U0075827

台湾のみなさま

台湾に気軽に行くことができず
とてもさみしいですが　本を通して
みなさんとつながっていると思うと
うれしいです。近いうちに　どうかまた
台湾でお目にかかれますように!!

角田光代

我非常想念台灣，雖然無法輕鬆前去遊玩，
但透過這本書與大家有所連結，真的很開心。
希望在不遠的將來，能在台灣與大家相遇！！

銀之夜

角田光代
林佩玟——譯

CHAPTER 1

不是晴天的湛藍，但也不是夜晚的深藍，那麼夕陽西下帶著粉色的橘怎麼樣呢？點按滑鼠微幅調整背景配色，井出千鶴忽地抬起頭，因為眼球表面乾燥而眨了眨眼，之後緊緊閉上眼睛，以食指用力按壓太陽穴。

張開眼睛，工作桌前有一扇大玻璃窗，天空覆蓋著低垂的雲層，從十樓房間望出去的街道，遠方是一片灰濛濛。千鶴察覺房間裡昏暗凝滯，伸手往牆壁打開電燈，白熾燈的暖黃光芒，讓房間感覺一口氣狹小了起來。「啪噠」小水珠貼在眼前的玻璃窗上，千鶴微抬起身看向正下方，走在商店街上的人們紛紛撐起了傘，紅色、黑色、透明的塑膠傘像花瓣般一片一片綻放。

關掉正在上色的插畫畫面，打開電子郵件，有三封新信件，兩封是以前訂購過的食品公司寄來的廣告信，一封是岡野麻友美寄來的，廣告信千鶴看也不看就刪除，然後打開麻友美的信。

好久不見，妳好嗎？跟妳說喔，小伊前陣子好像終於回到東京了，要不要吃個午餐慶祝她回國？告訴我妳方便的日子，之後等我安排好細節再跟妳聯絡，等妳回信喔！

螢幕上的文字雖然冰冷，但麻友美那講話黏在一起的聲音彷彿從喇叭中傳了出來，千鶴伸手向放在工作桌一隅的桌曆，就算不確認桌曆，也知道幾乎每一天都是空白的。

千鶴目不轉睛地盯著按下回信鍵後出現在畫面上的空白，「什麼時候都可以，不然就乾脆明天」，真要老實這樣寫總覺得不太甘願，好像在公告自己很閒一樣。

麻友美和我到底誰更閒呢？千鶴思考著。麻友美有小孩，所以也許比我忙，但既然她想要規劃只是去了國外三個月的伊都子的歡迎會，那麼搞不好比我還閒。想到這裡，千鶴忽然覺得好笑了起來，「有人比我閒」，為什麼這件事會讓我覺得安心？

回信一個字也沒寫，千鶴將才剛刪掉不久的廣告信從已刪除的郵件欄中撈出來打開，一封是北海道螃蟹專賣店的信，一封是京都的豆腐專賣店寄來的，千鶴按下連結，仔細地瀏覽跳出來的賣家網站。「現在買最划算！毛蟹搭配醬油鮭魚卵一組八千五百日圓……拉麵組合開賣啦……」從這間店宅配螃蟹已經是前年冬天的事了，一隻用鹽水煮，另一隻則和排骨一起煮成火鍋，那時候老公壽士還每天八點回家。「網購還真方便呢。」千鶴像個孩子一樣笑著說，然後接二連三訂購了蕎麥麵、生豆皮、乾貨等等，一時之間網路購物成了井出家的風潮，千鶴想起連麵包和調味料都曾在網路上買過，裡面有好吃的也有不好吃的，但即使買到了不好吃的也算是一種樂趣，和壽士兩人坐在餐桌前抱怨的時光很是快樂。看著畫面上顯示的鮮豔螃蟹照片，千鶴想著這些事，幾乎是無意識地將螃蟹和鮭魚卵和拉麵組合放進購物車中，然後慌張地關掉網站。「今天螃蟹會寄來，你要早點回家喔！」怎麼可能和壽士這麼說，就算真的說出口了，他也不一定會像從前那樣回來。

千鶴抬起頭，玻璃窗上沾滿了水珠，有幾滴越積越大顆，然後直線滑落。

七號或八號，或者十五號的白天有空，不過累積了一堆工作，不太能悠悠哉哉地聊天就是了。

千鶴打著要回給麻友美的信，「真令人期待呢」，最後打下這句，按下傳送鍵。

「要不要去買點東西呢。」

千鶴自言自語著，抬頭看了掛在牆上的時鐘，四點三十五分，雖然站起身了，但又忽然覺得麻煩，這個時間的超市擠滿了人，要撐著傘走到超市，提著塑膠購物籃在擁擠的店內晃來晃去，實在是難以忍受的痛苦。

千鶴離開房間往客廳走去，在昏暗的客廳中也不開燈就躺到了沙發上，從客廳的窗戶可以看見新宿副都心，滂沱大雨中的那一頭，高樓大廈的燈光暈染了開來。

壽士外遇了，雖然難以置信，但卻是事實。千鶴也知道對方是誰，是在同一個事務所工作，叫做新藤穗香，名字聽起來像是稻米品牌的女孩，生日一月五號，二十五歲，雖然待在壽士以技術翻譯為主的事務所中，但是將來想要翻譯小說，心願是發掘現代的弗蘭納里・奧康納◆並介紹給日本的讀者。

要說千鶴為什麼知道這種事，是因為她調查過了。壽士的手機郵件、書房電腦的信件往來紀錄、塞在包包裡沒拿出來的記事本、收在天花板頂櫃深處裝箱保管的信及卡片，本人應該是有意隱藏，但實在太沒有防備之心了，當初甚至讓千鶴感到忍俊不禁。千鶴想這大概是他打從娘胎以來第一次的外遇吧，畢竟壽士並不是受女性歡迎的類型，全身肉肉的，結婚之後更是增加了八公斤，完全不在意服裝搭配，對千鶴準備好的衣物看也不看就只是套在身上，當然也不知道什麼時尚的餐廳或酒吧，就算碰巧知道了也不是能妙語如珠聊天的人。

得知老公生平第一次的外遇時，千鶴心想，看到小孩滿分考卷時的感覺大概就是這樣吧，有些驕傲，但是又想叮囑他不要得意忘形的那種感覺，千鶴並不是不服輸在逞強，只是單純這麼覺得。

在千鶴的默許下，壽士越來越不加防備，現在的他平日回家時間不但超過十二點，星期六日搞不好還會說有工作要做而出門，這樣的生活已經過了半年。

走到這一步，千鶴越來越搞不懂自己的感受了，她還是和之前一樣不覺得嫉妒，完全不覺得嫉妒，但是千鶴對「不覺得嫉妒」這件事感到困惑，千鶴所感受到的更近似於一種長期被當成笨蛋的不愉快感，而她自己也隱隱約約察覺這種感受並非出自愛情，所以她沒辦法逼迫壽士作個了結。

千鶴心想，真希望乾脆感到嫉妒算了，如果可以怨恨二十五歲的新藤穗香該有多好，如果可以嫉妒她的年輕、羨慕她有自己沒有的優勢，可以學肥皂劇裡的主角那樣，嚷嚷著「你要選誰？」、「像個男人一點」、「你看著我」等經典台詞責怪壽士就好了。

千鶴從沙發站起身，打開房間的電燈，打開電視，打開冰箱，她拿出馬鈴薯、西洋芹、番茄，以及只有一片的冷凍鱈魚擺在流理台上。把鱈魚和切薄片的蔬菜疊好，撒上起司做無水烘烤吧，還有青醬，用那個拌義大利麵配著吃的話就不需要去買菜了，千鶴低頭看著流理台，在腦中決定好菜單。但是她沒有拿出砧板和菜刀，而是再次打開冰箱，取出昨天喝剩一半的白酒，倒進玻璃杯中喝了起來。

千鶴發著呆，腦海中浮現出即將和麻友美她們聚餐的景象。麻友美那張天真爛漫的臉，沒有任何不滿的表情卻抱怨連連；不問她就不主動說話的伊都子，那平靜卻也可以視為冷淡的笑容，千鶴還沒跟她們兩人說壽士外遇的事。三個月前相聚時，還有更早之前的聚會時，都差點說了出來，然而又在最後一刻吞了回去，這和明明

◆編註：Mary Flannery O'Connor（一九二五－一九六四），美國作家，作品經常探討宗教主題、南方種族問題，著有《好人難尋》、《暴力奪取》等作品。

很閒卻說自己很忙的打腫臉充胖子不一樣，而是千鶴不知道該怎麼解釋自己的感受才好。如果千鶴說自己根本不在意外遇對象的那個女人，她們大概會安慰她「不要勉強自己」、「不要難過」吧，一個弄不好，還要看她們一臉認真親暱地說「有什麼事都可以告訴我們」。事情才不是那樣。和年輕女性外遇的丈夫、癡癡等待的可憐妻子，千鶴無法忍受事情被她們充滿體貼的話語，總結成這麼個一目了然的畫面。不，如果事情被總結成這樣的畫面，也許我就可以感受到嫉妒了？

千鶴從瓦斯爐上方的櫃子中拿出袋口綁著、剩下半包的開心果，喀啦喀啦地在餐桌上倒出幾顆，坐在椅子上開始剝了起來。

千鶴再次回想從十五歲開始便交往至今的兩名友人的臉，感到很不可思議。為什麼我們會一直在一起呢？我和伊都子無法抱持著同理心傾聽麻友美育兒的煩惱，同樣地我也不覺得她們能夠理解我的婚姻生活，還有伊都子，我和麻友美也搞不懂她究竟在做什麼、以什麼為目標，所以不知從何時起，我們就算相聚也只是說些不著邊際的話題，不再像過去那樣彼此坦承內心的所有角落。都這樣了為什麼我們還會繼續見面呢？為什麼從寄出「真令人期待呢」的回信那一刻起，就真的開始期待了起來呢？千鶴回想的兩人的面容，不知不覺間變成了將近二十年前，少女時代的臉龐。

千鶴印出麻友美附加在信件裡寄來的地圖，一邊確認地圖一邊走在神保町的街道上，只要三人決定見面，麻友美就會安排好所有的細節，從高中畢業以後一直都是如此。

三個月前，以為遠赴國外的伊都子送行為名目相聚時，是選在國會議事堂前的法式餐廳，雖然決定好餐廳並事先預約是很令人感激，但麻友美指定的餐廳總是位在算不上非常麻煩但又不能說是方便之處。千鶴家在東北澤，伊都子住的大廈在神樂坂，麻友美住在目黑，所以新宿或惠比壽之類的地方明明會是對大家來說都更方便的地點。想到這裡千鶴不禁苦笑，不管是新宿或吉祥寺或北千住或橫濱，對沒有任何事做的自己而言有什麼差別嗎？

一直下到昨天的雨在昨晚停了，今天是久違的好天氣，梅雨季大概快結束了吧。藍得接近白的天空之下，學生及上班族腳步匆匆地交會而過。

擔心迷路而提早出門，結果馬上就找到目標的中華料理店，比起預約時間早了大概十分鐘，但又不足以做點什麼打發時間，無奈之下千鶴走進店裡說了麻友美的名字後，被店員領到了二樓的包廂。千鶴一個人坐在鋪著白色桌巾的桌前，在帶位的店員離開後為了打發無聊的時間，便翻開菜單看著。

草部伊都子在約好的時間三分鐘前抵達，穿著白色襯衫及合身的牛仔褲，像高中時代一樣雙手晃呀晃地走進包廂內就座。在千鶴看來，無論何時與伊都子見面她都沒有改變，只有薄薄塗了一層粉底液的臉幾乎是素顏，但看起來卻如二十後半歲一樣年輕，對於穿著打扮看似不經心，可是卻透出毫不矯飾的潔淨感，帶有引人注目的華麗。千鶴暗想，她一點也沒變老是因為沒有結婚吧，因為和柴米油鹽醬醋茶完全無緣的關係。

「只有三個人卻坐圓桌，總覺得太誇張了。」伊都子從皮包中拿出香菸後笑了。

「妳是去哪裡啊？」

千鶴一問，伊都子便不好意思地笑著說：「摩洛哥。」就算聽到摩洛哥這個名字，千鶴也想不出任何有摩洛哥風情的東西。

「那是在哪裡？」

「哎唷，小千妳這地理白痴還是沒變呢，在非洲大陸頂端，西班牙的對面啦。」

「三個月都待在摩洛哥？」

「也有渡海到西班牙，或是去突尼西亞。我說，反正麻友美大概會遲到，我們要不要先點個飲料？」點了菸後，伊都子翻開菜單。

「小伊妳要點酒嗎？」

「當然啦，妳也要吧？」伊都子聳聳肩露出笑容，呼喚店員後也幫千鶴點了一杯啤酒。陽光從裡面的玻璃窗像是斜切過包廂一樣照了進來，千鶴和伊都子如同要擋住陽光一般舉起店員送來的啤酒乾杯。

「三個月妳都做了哪些事？」

「別說這些了，妳過得好嗎？最近怎麼樣？」

「也沒怎麼樣，就是和三個月前一樣沒有任何變化的生活。」

「插畫的工作怎麼樣了？」

「嗯，還可以。」

每當被問到工作的事，千鶴總是支吾其詞。大約是一年半前，千鶴透過老公的熟人牽線，開始從事插畫工作，在雜誌專欄或讀者投書旁不起眼地加上插畫，這類的委託一個月的件數屈指可數，大部分都不會註明井出千鶴的名字，收入也不夠一個月的伙食費，就算不畫了大概也不會有人為此傷腦筋，不，或許根本不會有人察覺，千鶴自己覺得那就是個輕鬆的家庭主婦的興趣，但卻不知為何並不希望他人這麼想。

「我在想差不多該舉辦個展了。」所以她才忍不住這麼說。「還沒決定好地點，不過總之，我在畫一些和工作委託不一樣的、比較大型的作品。」

「這樣子啊。」啤酒杯拿離嘴邊，伊都子看著千鶴，佩服似地點了好幾次頭。「決定好之後要馬上告訴我喔，我會帶花過去，我從以前就很喜歡妳畫的畫了。」

伊都子忽然一臉認真地閉口不言，咕嘟咕嘟地喝完剩下的啤酒。

「妳會不會喝太快了？」

千鶴半開玩笑地這麼說，伊都子依然一臉認真，「沒關係，畢竟這是我的回國慶祝會，我要再點一杯啤酒，乾脆連料理也一起點了吧，麻友美會不會先點好合菜了？」

伊都子拿著菜單呼喚店員。

「可以單點呢，要吃什麼？前菜拼盤和……蘆筍炒牛肉，美乃滋蝦球也不錯呢，怎麼樣？妳想吃什麼？」

伊都子將拿起來頗沉重的菜單推給千鶴。

距離約好的時間已經過了約二十分鐘後，麻友美終於抵達，匆匆忙忙走上樓梯的聲音連綿不絕，包廂的門猛地被打開。

「討厭，妳們已經開喝了。」

高亢的聲音伴隨著麻友美一同進門，淺粉色的連身洋裝，外搭深藍色的夏季外套。

「因為來不及了我就搭計程車，結果很倒楣路上塞車……小伊！好久不見！坦尚尼亞怎麼樣？啊，我也要啤酒。啊～出太陽是很好，但這麼熱很討厭呀！」麻友美嘴巴一刻不得閒地嚷嚷著坐到位子上，她手忙腳亂地脫掉外套，從包包中拿出手帕，按壓在太陽穴上。

「什麼坦尚尼亞啊！」

伊都子笑了，麻友美點的啤酒送來之後，三人再次輕敲酒杯。

「妳去的地方不是坦尚尼亞嗎？我記錯了？還是科隆群島？」

「真是受不了耶，妳們這些人，麻友美是記成坦尚尼亞，小千是不知道摩洛哥的位置，三個月前的餞行算什麼啊？」第二杯啤酒已經喝掉大約一半的伊都子，或許是開始有了醉意，笑聲變得比剛才更大聲。

「別管這些了，怎麼樣嘛？」

「也沒有怎麼樣啊。」

伊都子將剩下的前菜夾到麻友美的盤子裡。店員送來蟹肉蛋白羹，伊都子迫不及待地追加了紹興酒。

「怎麼搞的，為什麼大白天就開始喝那麼多酒？」

「哎呀，有什麼關係，別光說別人，妳自己呢？麻友美，妳過得怎麼樣？露娜還好嗎？」

「啊，露娜，很好呀。對了，我今天兩點多就必須離開這裡了，小千今天也要早點回家吧？所以我不喝紹興酒。哎唷，欸，這個湯好好喝喔，菜妳們都點好了嗎？跟妳們說，這裡的魚翅燴鍋巴很好吃喔，美乃滋蝦球也很有名，妳們應該還沒有點飯類吧？」

前菜只吃了幾口，麻友美又靜不下來地翻開了菜單。

「妳不要那麼心急啦！」千鶴笑了出來。

「真的，喝點紹興酒嘛！」

「不用了不用了，我不要喝，會被認為是酒精成癮的媽媽。」

「幹嘛？妳之後要去接露娜嗎？」

「對，要先去幼稚園接她，然後帶她去學院。不好意思，我要點菜。」

「什麼學院？」

「游泳嗎？英文？」

「不是，跟妳們說喔，」麻友美從打開的菜單後探出一部分的臉，像是要說什麼秘密的孩子一樣地笑，「那個，我呢，要培養露娜當藝人，所以從四月開始就送她去學院上課了。」

千鶴和伊都子面面相覷，店員手上拿著放了紹興酒的托盤走進來，三人不知不覺沉默地看著他恭敬地將酒瓶、玻璃杯和冰塊排列在桌子上。麻友美赫然想起般將臉靠近菜單，又加點了一些東西，千鶴和伊都子再次對看，伊都子挑起眉，千鶴用唇型說著「藝人」，然後兩人噴笑了出來。

「什麼什麼？妳們在笑什麼？有什麼好笑的？」麻友美上半身探到了桌上，視線急急地在兩人之間來回移動。麻友美總是這樣，千鶴心想，自己和伊都子無論何時都不會說出真心話，總是在外圍繞來繞去，只有麻友美什麼事都會說出來。我今天也和她們老實說了吧，說那個和年輕女孩談戀愛的胖老公的事，千鶴喝乾了第二杯啤酒，擦著笑過頭而流下的眼淚，一瞬間這麼想。

「所以呢？在妳說的那個學院裡要做哪些事？」伊都子努力平復笑意問道。

「跳芭蕾、唱歌，也會指導演技，還有介紹學員去試鏡。」

「同樣都叫藝人也是有分很多種吧？像是模特兒啦，歌手啦，演員啦。」千鶴邊將菜分到麻友美的盤子裡邊問。

「什麼都可以。」因為她說得太過不在乎了，千鶴和伊都子再次面面相覷。「哎呀，畢竟她還那麼小，怎麼會知道她有什麼才能呢！」麻友美將餐巾鋪在腿上，同時用「怎麼連這種事都不懂呢？」的表情說道。

料理一道一道送來，三人分頭分菜，忙碌地傳遞著小盤子。千鶴偷偷瞥了一眼在空玻璃杯裡自己倒入紹興酒的伊都子。

「話說回來，怎麼樣啊？妳剛說哪裡？嗯——摩洛哥。」麻友美像是剛想起來一樣探出身子問道。

「很開心呀。」伊都子的回答還是一樣簡短。

「妳在那邊交到男朋友了嗎？」

伊都子的簡短回答中或許帶有某些不想說的事，所以千鶴不再問下去，然而麻友美與千鶴完全相反，她會毫無顧忌地追問。

「是有交情還不錯的人，不過男朋友的話，沒有。」

伊都子看著千鶴微笑。

「這樣的話，那三個月妳都在做什麼？在當地採訪報導嗎？就是，之前不是有妳寫的甜點特輯嗎？類似那個的摩洛哥版嗎？」

麻友美忙碌地一邊動著筷子，一邊繼續提問。千鶴察覺自己其實是樂見於麻友美的提問，畢竟伊都子究竟在做什麼，千鶴到現在還是完全不明白。從四年制的大學畢業之後，伊都子便不曾就業過，而是在身為翻譯家的母親的事務所擔任秘書，或是在大學時代的朋友開設的進口雜貨店幫忙，然後不知道經歷什麼樣的過程之後，開始從事寫作。好幾次在雜誌上看見伊都子的名字，不同於千鶴擔任插畫的雜誌，那是更華麗的女性雜誌，就在千鶴以為伊都子要專注於這個職業時，年過三十又突然讀起了兩年制的攝影專業學校，專業學校畢業之後，就開始像這次一樣經常到國外去。記得摩洛哥的上一次是去東歐，再上一次則是愛爾蘭，但感覺並不像雜誌社委託的工作。伊都子現在的職稱是作家還是攝影師，千鶴完全不知道，她唯一知道的只有伊都子擁有這樣東做一點西做一點的餘裕，無論是時間上的，經濟上的，或是心靈上的。

「是有幾件別人委託的工作啦，像是沙漠的照片，或是西班牙酒館的樣貌等等。」

「哼嗯～」

和千鶴「再問深入一點啊！」的心願截然相反，麻友美沒什麼興趣地應和了聲，將小盤子上的蝦子放入口中，「好好吃喔！」她像孩子般雙手放在胸前合掌大叫。

在那之後的一段時間，變成如同往常的近況報告會，說是這麼說，話最多的人還是麻友美，無農藥的宅配蔬菜啦，健康檢查發現老公的三酸甘油酯太高啦，露娜學會說這種話了啦，幼稚園裡比較要好的媽媽朋友們的狀況啦，因為她毫不做作也不加以修飾地說出來，所以千鶴總是覺得好像經歷了其實根本沒有體驗過的媽媽主婦生活。當然麻友美也會問千鶴很直接的問題（妳和老公處得好嗎？會去哪裡吃飯？畫畫的工作怎麼樣了？），但千鶴和伊都子一樣，只會用簡單的回答巧妙帶過，想必伊都子也認為自己「不知道在做什麼」吧，千鶴想。

店員在送過來的鍋巴上淋上芡汁，三人聽著滋滋作響的美妙聲音發出熱鬧的歡快聲，彼此說完感想後動起筷子，看來今天可以不必聽麻友美說她老是掛在嘴邊的那些話了。就在千鶴這麼想時，麻友美雖仍埋頭在盤子中，但還是緩緩地冒出三人聚會時她必定會說的那句話。

「我們人生的巔峰，果然是十幾歲後半那時候吧。」

千鶴感到隱約的不耐煩，假裝沒聽到繼續吃著鍋巴，似乎是喝太多紹興酒了，覺得全身軟綿綿的，默默喝著紹興酒的伊都子一定也是對麻友美的這番話感到厭煩了，千鶴這麼想。兩人都沒有回應，麻友美應該就會停止這個話題了吧，然而她卻反而自顧自地說下去。

「我不是說露娜開始去學院上課嗎？參加學院的那些孩子的媽媽，和幼稚園的媽媽們一樣，每個都比我還要年輕很多，也難怪她們不認識我，這也沒什麼，但老實說我還是有些失望，不過呢，學院的經紀人倒是還記得很清楚喔，那時的我們。」

「都已經是將近二十年前的事了，不要老是掛在嘴邊啦。」

伊都子輕聲笑著說，但麻友美仍不停止。

「還沒超過二十年呢！啊～在邁入四十歲之前，有沒有機會再一次沐浴在聚光燈之下呢？不，就算不是沐浴在聚光燈之下也沒關係，該怎麼說呢，希望可以打從心底感受到充實感或是成就感之類的東西。」

「妳的生活這麼無聊嗎？」千鶴揶揄似地說。

「不是無聊，只是有一種坐在救生圈上漂在海中的感覺，不管發生什麼事，再怎麼想積極克服或是想改變方向，都還是只能隨著救生圈漂流，類似這種感覺的生活，可是人就是會想靠著自己的雙手奮力游游看不是嗎？」

「欸，麻友美，妳還有時間嗎？已經快要兩點了喔。」

伊都子這麼說，麻友美忽然看向手錶。

「糟糕，謝謝妳告訴我。」

麻友美放下筷子，用紙巾擦拭嘴角，拿出小粉盒快速檢視臉上後站起身，她抓起放在桌角的帳單。

「我會先付清，下次換妳們其中一人請客喔，之後再聯絡，見到妳們很開心。」

她滿臉笑容地說完，和來時一樣匆匆忙忙地離開包廂。

包廂迅速地靜了下來，從隔壁包廂傳來微弱的笑聲。每一盤都各剩一點的菜餚，沾上了茶色污漬的桌巾，與剛才的位置有了微妙改變的陽光，就在千鶴看著這些時——

「她還真是沒變呢，麻友美。」伊都子這麼說完，兩人相視而笑。

「我們也回家吧。」千鶴才說完，

「吶，如果妳有時間，要不要喝杯咖啡再走？我還想喝酒，但這麼早賣酒的店都還沒開。」伊都子少見地自己提出邀約。

「那妳要不要來我家？要喝酒的話乾脆來我家。」總覺得有些開心的千鶴回道，她感覺還有話想和伊都子說，即使伊都子會閃避直搗核心的問題，即使自己大概也不會說出其實很想說出來的話。

「咦？可以嗎？好開心喔，但妳不是有工作嗎？」

「總覺得我也想喝一杯了，欸，來嘛！」

「從這裡過去妳家的話，會經過新宿吧？要不要在伊勢丹買好喝的紅酒過去？」

「那晚餐也在我家吃吧，我會從百貨公司樓下買些好料的。」

「好料的。」伊都子聳聳肩笑了，「好像很久沒聽過好料的這個詞了。」

井出千鶴、岡野麻友美，草部伊都子就讀同一所國中和高中，那是一間可以從幼稚園讀到短期大學的直升制女子學校，千鶴從小學，麻友美從國中開始就讀，伊都子則是國二時轉學過來，三人只有在國三那一年是同班同學。井出千鶴當時還是片山千鶴，岡野麻友美則是井坂麻友美。

在十五歲同班的那個時候，彼此是怎麼熟稔起來的呢？其中的契機三人都不記得了。雖然回家的方向各自不同，但回過神時才發現她們總是一起放學，明明大人禁止在回家路上閒晃，她們也會偷偷繞到賣甜甜圈的店或家庭餐廳，一邊吃著甜點一邊聊天好幾個小時，也經常到彼此家中夜宿聚會，帶著睡衣到其中一人家裡，關在小孩房內聊一整晚。

造成兩年後三人遭到退學最早的開端，就是暑假時的夜宿聚會。

三人到伊都子母親名下的伊豆高原度假公寓借住時，剛好看到衛星電視播出的「拯救生命」現場演唱會直播，「我們也來組團吧！」說出這句話的人似乎是麻友美，千鶴這麼記得。三人討論著我們來組團然後規劃一場慈善演唱會吧！當然那只是受到電視觸發的孩子們的一時興起，但在那個附近不僅沒有鬧區，連便利商店都沒有的度假公寓中，為了排解無聊，三人開始計畫了起來。從孩提時代就開始學鋼琴的麻友美擔任作曲者，九歲到十二歲住在英國的歸國子女伊都子參雜著英文作詞，喜歡畫畫的千鶴則在素描簿上畫了好幾套舞台服裝，四天三夜的夜宿聚會因為虛構的少女樂團組團計畫而熱鬧非凡。

這個計畫之所以沒有流於某個夏天用來打發時間的遊戲，一定是因為那時候的生活本身就像極了被包圍在林木與別墅之間的伊豆高原度假公寓，雖然放學後只要搭幾站電車就能到澀谷，雖然距離自家不到三分鐘的地方就有便利商店，生活還是無聊到了極點，千鶴這麼想。

國三的秋天有一場業餘樂團大賽，令千鶴感到意外的是，報名的人不是麻友美而是伊都子。因為報名了，而且還是樂團大賽，只能趕鴨子上架分配位置，由伊都子練鼓，千鶴練吉他，練到指甲斷裂，手指長繭，然後在甜甜圈店和家庭餐廳的閒聊變成了在音樂教室或出租練團室裡的練習。當然她們演奏得很糟，比賽的參加者不用說，都是二十來歲，用盡全身力量主張人生只有音樂的人，在這樣的一群人之中，三名國中小女生的演奏，糟得不僅是評審員，連參加者都啞然失笑。雖然比賽一如所料地沒有得獎，但演藝經紀公司的人卻提出邀請，問她們要不要到他們那裡練習。

不是因為參加者中最年輕，還穿著裙襬極短的制服唱歌，單純只是因為很少見的關係所以才得到邀約吧，很久之後千鶴這麼想。那時候流行的是水手服要脫不脫的歌，市面上也淨是像娃娃一樣的偶像，所以大概是伊都子提出的「我們來塑造看起來擁有堅定信念，好勝又桀驁不馴的氣質吧」這個概念被認為很有趣吧。但是從當時的千鶴等人的角度，卻誤認為是才能受到發掘，畢竟只不過練習了大概三個月，就獲得大人們的肯定，於是就以為自己擁有無可限量的音樂才華，連自己是否喜歡音樂都沒有思考過，便一頭熱地相信了才華這個詞。

之後三人的生活有了一百八十度改變，學校放學後，就前往經紀公司旗下的練團室，埋首於練習中，除了樂器，還有發聲練習，以及糊裡糊塗就被送去的舞蹈課。偶爾練習結束後，會和大人們一起去用餐，被他們帶去的地方，就千鶴來看是和全家人一起去的家庭餐廳或壽司店氣氛完全不同的店家。在料亭的包廂或昏暗的酒吧中，三人多數時候不發一語，只是不停地眨眼。

決定出道是在高中一年級的時候。幾乎沒什麼進步的吉他被換掉，千鶴改為拿起了鈴鼓；比千鶴更熱中於練習，因此打起鼓來還算有模有樣的伊都子，不但歌唱得最好，英語發音也很流利，而且還長著一張顯而易見的美麗容貌（雖然大人們沒有明說），因此被安排於正中央唱歌，在大人的要求下伊都子拿起了吉他，但那幾乎只是裝飾，只需要不時假裝彈奏就可以了；麻友美從鋼琴改成彈電子琴，並要記下電子合成音樂的演奏方式。那個夏日夜晚，三人想破頭取好的團體名稱「雛菊」，也被改為了「Dizzy」，作詞依然由伊都子負責，作曲名義上雖然是麻友美，事實上卻是交給專業作曲家，千鶴不再需要繪製服裝設計，造型師會備妥一切，雖然對外說是真正的制服，不過那當然是由專門人士設計的服飾。一切都無視三人的想法，在他人的安排下一步一步進行，雖然千鶴認為這樣和娃娃偶像根本沒什麼兩樣，然而諷刺的是，伊都子想出來的概念「擁有堅定信念，好勝又桀驁不馴」則是原封不動地被拿來運用，連三人的個性都受到詳細規範（髮型、私人服裝、化妝、說話方式、受訪時的應對態度）。但是對於大人決定好一切的這件事，三人並沒有太大的反感，因為這比往返在學校和家中的兩點一線還要來得更加刺激與快樂，只是她們也發現了自己一開始做的事，和現在所做的事互相矛盾，於是帶著諷刺與反抗，在只有三人聊天時，她們仍是稱呼自己的團體名稱為「雛菊」，總覺得只要這麼稱呼，就可以當作所有已經發生的意料之外，全部都是自己的選擇，現在所做的一切不是被安排好的，而是自己選擇之下的結果。

為了宣傳單曲唱片上市，在橫濱地下街搭設的拱形特別會場上進行了第一次演唱，之後，也擔任過小型展演空間或演唱會場的暖場樂團，也曾在車展或是活動舞台中登場，高一時的冬天出了一張專輯唱片。因為是穿著制服的高中生用自己的語言以及音樂（事實上並不是），夾雜著流利的英語唱出傳達了某些訊息的歌，於是開始慢慢受到矚目，雜誌採訪邀約一件接著一件，而在採訪中表現出來的愛理不理應對態度以及充滿想法的受訪內容（已經受過事前演練），這些也都讓話題更加沸騰。

日復一日前往他人決定好的地點，做他人決定好的事就已經夠筋疲力盡了，完全沒有多餘的心力好好審視自己處於什麼位置的三人，在高二暑假前夕，收到了學校的退學處分。千鶴她們就讀的直升學校以校規嚴格出名，不論是打工或是演藝活動當然都不被允許，但已然經歷過的這些日子實在是比學校有趣太多，因此千鶴認為這樣也沒關係，只是也感受到自己的人生已經大幅偏離了原定軌道。三人的父母或反對，或震怒，或非常贊成，反應各不相同，但既然都收到退學處分了，三人也只好離開學校，然後，在與自己想法有著微妙差異的地方走上他人準備好的道路，除此之外別無選擇。

遭到退學一事讓三人更加受到關注，不過就只在退學後的一小段時間內。

大幅偏離了原定軌道的人生，回過神時，已經回歸原軌，走在符合自己風格的道路上了。千鶴是在二十八歲與井出壽士結婚時冒出這個想法的，當然現在的她也是這麼想。無論是搭飛機或搭計程車或搭公車或走路，最終那個人都會準確無誤地回到那個人原先所屬的地方。

「不過啊，說『要培養露娜當藝人』，還真了不起呢麻友美。」

買完雙手抱了滿懷的東西之後，在百貨公司前搭到的計程車中，伊都子感到好笑地笑了起來。

「她還很戀戀不捨呢，麻友美，明明說要解散『雛菊』的人就是她。」

千鶴和伊都子對看，小聲地笑了起來。

「我突然去打擾沒關係嗎？會不會給妳老公造成困擾？」

伊都子忽然收起笑容，冒出這句話。

「不會有什麼困擾啦，而且我家那個，總是很晚才回來。」

輕快地說完後，下一秒，千鶴必須很努力才能壓抑住幾乎要脫口而出的衝動。好想乾脆說出來。聽我說，我老公才不會在十二點之前回家咧，那樣的人竟然和年輕女孩在談戀愛。在殘存的一點醉意推波助瀾之下，好想開口說出來，若是伊都子的話一定會靜靜聽我說，她不會說些「不要勉強自己」或是「別難過」等一廂情願的安慰話語，也不會雙眼發光地說「有什麼心事都說出來吧」，所以可以告訴她沒關係，說出來之後一定會比現在還要輕鬆。

就在千鶴打算開口而抬起頭時，伊都子搶先開了口。

「我啊，或許會出攝影集喔。」

伊都子像是考了滿分的孩子一樣視線由下往上看著千鶴說。

「欸，很厲害耶，是這次旅行中拍的照片？」

錯失良機的千鶴以不自然的音量狀似開心地說。

「是呀，另外也會放一些之前拍的，現在已經進入實際作業流程了。」

「太厲害了，這種事怎麼不早說啊，剛才都先慶祝過了。」

「因為總覺得，很害羞啊，這種事。」

「那等一下再乾杯一次吧。」千鶴微微地提起放在腳邊的紅酒包裝這麼說。

伊都子看著千鶴，小聲地說了謝謝後輕笑起來，她似乎還想說些什麼地看著千鶴，卻又忽然撇開臉看向窗外，千鶴也轉向窗外，覺得幸好自己沒有說出口。在那之後伊都子和千鶴都沉默不語，彼此眺望著左右窗外，離黃昏還很久的街景。

千鶴和伊都子將買回來的東西一樣一樣放到桌上，好幾種沙拉各夾了一些裝在大盤子裡，法國麵包和起司切好後排在盤子中，一邊將橄欖盛在小碟子裡一邊捏幾個來吃，將洋蔥切薄片搭配裝在塑膠盒中的烤牛肉片。雖然是第一次邀請伊都子到與壽士同住的家中，但她卻彷彿曾在這裡住過一樣熟練地拿出盤子，使用菜刀，從碗盤櫥櫃中取出餐具。兩個女人在廚房來來去去，對千鶴來說，這件事快樂得令人驚訝，彷彿現在才回想起原來還有這樣的快樂似地，情緒不可思議地高漲。酒意應該早就清醒了，但她卻好幾次發出聲音大笑，而每一次伊都子也都跟著笑彎了腰，說橄欖滾到地上去了也笑，說醃黃瓜的罐子打不開也彼此對望笑出來。

「感覺好懷念啊，這種事。」伊都子比較著買回來的三瓶紅酒酒標這麼說。

「但說懷念也很奇怪吧，懷念是指想念自己以前經歷過的事吧？但我們以前根本沒有做過這種事啊，到某個人家裡做菜之類的。」

「有啊，在伊豆的時候。」選了中間那一瓶，插入開瓶器的伊都子笑了。

「伊豆啊，又要回想那麼久遠以前的事嗎？」千鶴有些不耐煩地說，伊都子只是輕輕笑了笑。

桌上排著滿滿的盤子簡直要淹沒桌面，伊都子擺盤的功力讓千鶴感到佩服，不論是沙拉或麵包，經過伊都子的擺盤，看起來就像料理雜誌的內頁，不是什麼名家大作的盤子看起來也像是個高級品，然而這樣的擺盤功力，卻讓人覺得料理對她來說應該不是日常生活。

「豐盛歸豐盛，可是我肚子還不餓。」

雖然坐到了桌前，但數小時前吃完的中華料理感覺還原封不動地留在胃裡。伊都子坐在壽士的位子上，伸長了手在千鶴的杯中倒入紅酒。

「哎呀，很快就會餓了吧，剩下的就給妳老公當晚餐吧。」

「話是這麼說沒錯啦。」千鶴在回答的同時，腦海中浮現出老公夜不歸家的深夜裡，將眼前的豐盛料理全部丟進垃圾桶的自己。

「這是個安靜的好地方呢！」

伊都子誇張地重重坐下，視線看過整間房子後說。這間房子確實很安靜，安靜得讓人以為過去充滿了電視聲、笑聲，以及彼此呼喚的聲音都是假的，如果千鶴不發出聲音，這房子就像忠犬一般保持沉默。千鶴覺得好像被人看穿了那股寂靜的類型，她低下頭，啜飲著其實也沒有那麼想喝的紅酒。窗外開始暗了下來，西方的天空還殘留著少許的粉紅色。

「我幾乎是一個人生活。」

因為伊都子只是看著窗外什麼話也沒有說，所以千鶴心一橫說出了這句話，感覺如果想說就只能趁現在了。「已經有很長一段時間，我老公都不會在我醒著的時候回家了。」

伊都子從窗外收回視線，看著千鶴，以一種毫無來由就被拿走玩具的呆愣表情看著千鶴，千鶴輕笑一聲，她想著這樣的笑法感覺好像在模仿電視連續劇一樣，於是馬上斂去了笑容。

「他對我置之不理，和我結婚的那個人把我丟下不管。」

千鶴對著依然發著愣的伊都子直截了當地說，但伊都子卻沒有改變表情。她不可能不懂我的言下之意呀，千鶴覺得越來越煩躁，難道一定要我直接說「意思就是我老公在外面有女人了」才可以嗎？就在千鶴正要開口時——

「只要老公按時拿錢回家，人不在家也沒關係，我記得有這樣一句俗語吧？」因為伊都子一臉正經地這麼說，千鶴忍不住笑了出來。

「小伊，那不是俗語。」千鶴邊笑邊說。

「嗯？不是嗎？那不然是典故？」看來伊都子並不是意圖敷衍或是在開玩笑。

「這是什麼典故啊！」千鶴笑得更大聲了。笑著笑著，千鶴開始這麼想，也是呢，為什麼自己會認為她們也許會一廂情願地安慰自己呢？為什麼會覺得她們會自作多情親暱地說「有什麼心事都說出來吧」？就像對千鶴來說，伊都子的旅行目的地是坦尚尼亞或是摩洛哥她都不在意一樣，對伊都子來說也是，只在婚禮上見過一次面的胖男人，到底是在加班還是外遇了，她必定沒有絲毫頭緒，千鶴甚至想到，這就是她們之間的距離，也是她們的固定做法。

「別管這個了，攝影集是哪家要出？」千鶴改變了話題。不管是夜不歸家的老公，還是這個家中的寂靜，似乎都成了無所謂的事，即使在幾個小時之後，又會鬱悶地想著這些事，但至少現在，這是歸類在無所謂之中的事。

伊都子說了一間千鶴沒聽過的出版社名字。

「雖然不是大公司，但那是相當側重於攝影的出版社。」伊都子像在找藉口似地說。「已經決定在出版的同時舉辦攝影展了，對了，妳也說過要辦個展吧？」

「別管我的事啦，反正只是預計辦在無法和妳相提並論的小地方，而且搞不好還無法實現呢。」

千鶴慌忙說道。什麼個展，那只是瞬間脫口說出的話。

「我覺得啊，這次一定可以不受任何人擺布，按照自己的想法做事。」

捏起一顆橄欖放入口中，在杯中倒入紅酒，伊都子說。她大概是在說最後發展成與她們想法完全不同的「雛菊」吧，千鶴這麼理解並應和著她，用牙籤插起一根醃黃瓜吃下。不管談論什麼話題，麻友美和伊都子都一定會拿十幾歲時的特殊經歷當作對照標準，這件事已經讓千鶴感到相當不耐煩了。為什麼非得將話題繞到那裡不可？那並不是屬於她們的標準，那只是一瞬間的非日常罷了，不加掩飾地嚷嚷著當時是人生巔峰的麻友美已經夠讓人驚訝了，結果連伊都子都說到了現在終於可以按照自己的想法做事，這太不正常了，應該要再換個話題了。當千鶴的視線在空中游移時，因為醉意而眼眶發紅的伊都子，像是要鎖定千鶴的視線般看著她的眼睛說道：

「欸，妳覺得為什麼麻友美要讓露娜參加奇怪的學院？只是為了讓孩子代替自己完成自己沒能做到的事吧。雖然難以對本人啟齒，不過也就是說，麻友美不是將露娜當成一個獨立個體，而是想要養育自己的小分身對吧？說得誇張一點，就是藉由露娜的身體重新活過一次。」

千鶴從正面盯著坐在壽士位子上的伊都子，看來伊都子想說的不是「雛菊」的事。伊都子將酒斟到杯子約半滿處，接著像在喝果汁一樣大口喝下後繼續說道：

「欸，妳知道嗎？我媽媽啊，就和現在的麻友美一模一樣，不，感覺是更歇斯底里的麻友美，我一直沒有發現這件事，以為一切都是我自己選擇要去做的，但卻不是這樣，全部都是她安排好的，直到現在我才發現這件事，三字頭都過一半了，才終於發現。」

從以前，從國中開始，就很少談論自己的伊都子，突然滔滔不絕地說起話來，而且還是關於她的私事，這讓千鶴感到驚訝。說到伊都子的母親，十來歲時曾見過幾次面，不，即使是現在也偶爾會在買來的雜誌上見到，如果說壽士的外遇對象新藤穗香有崇拜的人物，那麼大概就是伊都子的母親了吧，千鶴曾隱隱約約這麼想過。伊都子的母親是名翻譯家，雖然不清楚伊都子家中的詳細狀況，但從伊都子的隻言片語，以及雜誌報導中得知，伊都子的母親似乎是未婚生下伊都子，過去以翻譯兒童書籍為主，在英國生活數年後，開始翻譯起英美的短篇小說，其中一本成為暢銷書，在那之後，該名作家的著作便一直由她擔任翻譯。最近很少聽到她以翻譯家的身分出現，但有時候會像突然想起來一樣登上雜誌，都是一些是「永保亮麗的秘訣」，或是「優雅的年齡增長方式」之類的特輯，在雜誌上看到的她，確實和千鶴高中時見到的一樣，甚至讓人覺得好像更年輕了。

「我一直沒有察覺這件事，只是照著她說的去做，直到這把年紀。『雛菊』那時候是這樣，之後寫專欄也是這樣，那個人想把我變成某個樣子，她想讓我成為自己沒能做到的某個樣子，只要她發現我在某個地方努力，卻沒有希望成為某個樣子，她就會出言貶低我。她會在看了我撰稿的雜誌後，不痛不癢地說我的名字還真小一個，如果我在吃完蛋糕卻只評論了好吃，她就會說這種東西誰來寫都一樣，不能要求太多。我沒有察覺那是媽咪的策略，於是更加拚命努力想獲得她的肯定，不停重複這樣的迴圈，可是結果呢，因為那不是自己想做的事，而是被迫去做的事，所以感到筋疲力盡。吶，我啊，竟然到了這個年紀才發現這件事。」

媽媽、那個人、媽咪，千鶴像在偷瞄似地瞥著不停改變稱呼方式的伊都子，雖然覺得伊都子說的那些是不是誤會了什麼，但千鶴沒有插嘴，視線轉移到伸手向酒瓶的伊都子的手臂。因為，千鶴想，因為伊都子的母親或許不是非常知名的人士，但至少也是有在看小說的人都知道名字的「某個人物」吧。和「母親做不到的事就要女兒去做」有些不同，伊都子母女的情況應該只是追趕著母親的伊都子一個人拚命努力，但因為追不上，所以隨便碰到什麼東西就改變路線吧。伊都子再次在杯中斟滿酒，但她並沒有就口，用指尖將烤牛肉片捲成團後放入口中。

「哎呀，這個，超好吃耶！」

她和千鶴相視笑了起來。與其說是笑容，在千鶴看來卻像是哭出來之前一秒的表情，於是千鶴趕緊說道：

「不過，妳現在很好呀，快出攝影集了又可以辦個展，這代表妳確實找到了自己想做的事不是嗎？」

「不管受到什麼阻礙，我都不會再被騙了，我決定不要再迷失自己了。」

伊都子浮現出沉穩到看起來冷淡的笑容，以平常不太多話的她來說，難得語氣這麼強烈。窗外已完全轉換成深藍色了，千鶴開始感到肚子有一點空，伸手去拿料理，她邊撕著麵包邊看時鐘，已經過了七點，平日總是一個人看著窗外或是看電視的這個時間，屋子裡還有其他人在，快樂得心中雀躍飛揚，千鶴覺得她直到現在才知道自己有多麼孤單。

「妳沒有交往對象嗎？可是妳很受歡迎耶！」

難得不是自己一個人，千鶴想要讓氣氛愉快一些，為了改變話題她打趣地說，但一臉凝重地盯著桌面的伊都子，又開口提了「我媽」。

「就連談戀愛都不知道被那個人破壞了多少次，媽咪會不斷挑剔我的對象，而且還是很妙的挑剔方式喔！二十六歲的時候，我有個真心想結婚的對象，也去和對方家長打過招呼，他也來我家打過招呼了。那個對象比我還要矮一點，結果我媽對他說，和我走在一起時，不可以幫我拿東西，因為那會讓我看起來更大隻，她一臉滿不在乎的樣子笑著這麼說。不只是那一任，她還挑剔過賺太少啦，或是吃飯時平攤費用啦，到最後甚至連牙齒排列不整齊都說出口了。」

「可是要結婚的人是妳又不是妳媽，那些話左耳進右耳出不就好了？」

「現在回想起來是這樣沒錯，這麼做才是對的，但是那時候我對那個人言聽計從，只要我媽這樣隨便挑剔個什麼地方，我就會開始覺得這個人好像很不怎麼樣，應該說如果不是我媽認可的人，就算談戀愛也沒有什麼意義。」

「什麼樣的人妳媽才覺得夠格呢？就算是湯姆克魯斯身高也會是個問題吧？」千鶴半開玩笑地說然後笑了出來，但伊都子並沒有笑，「應該會是個問題吧。」她一臉嚴肅地說完，又再次無止境地繼續媽媽的話題，或許是醉意推了一把，再加上累積至今的不滿傾巢而出的關係吧。雖然不知道在想什麼的伊都子願意說給自己聽是很開心，但千鶴對於其中的內容漸漸開始感到不耐煩，伊都子話裡的意思是，所有的責任都在她媽媽身上，不論是沒有結婚，還是無法長久從事同一個職業，一切都是她媽媽的錯。就千鶴來看，伊都子從以前就是個顯而易見的美女，而且不管是進口雜貨店或是寫專欄的工作，即使她沒有主動做什麼，工作邀約也會自己上門，就算半途而廢了也不曾造成什麼問題，每次碰到其他機會就改變路線所產生的費用，似乎也都是由母親負擔，以千鶴的角度來看，只認為那是非常幸運的人生。

聽著滔滔不絕，彷彿成了自言自語的伊都子的聲音，千鶴開始思考起如果自己有伊都子那樣的條件，是否會和老公結婚呢？千鶴決定結婚最大的理由，是對於活著這件事的茫然以及不安，有經濟方面的，也有心靈方面的，隨著三十歲步步進逼，什麼失去自我啦或是想做的事情啦，也開始沒了心力去思考這些事。現在也是，她之所以不質問徹夜不歸的老公，也是因為害怕再次和那股不安對抗的關係。想到這裡，千鶴嚇了一跳，看來她無法逼迫壽士做個了斷的原因不是因為她不嫉妒新藤穗香，而是因為她很害怕那股不安再次浮現，她明明就已經這麼孤單了，竟然還是害怕物理上自己會孤身一人。

我媽、那個人、媽咪。為了打斷還在繼續的伊都子的話，千鶴站起身，到廚房無意義地開開關關冰箱，她從廚房中島探出臉。

「欸，要不要烤一下麵包？」說完，她大吃一驚，因為伊都子在哭。

「啊，抱歉喔，小千。」視線交會，伊都子扯開笑容擦擦眼睛，「不用了啦，麵包不用特別烤。我第一次說這些，說完之後感覺輕鬆多了，所以我……」伊都子的左眼滑出了水珠，她急忙以右手背壓住臉頰。「三十四歲啊，小時候覺得那一定是個成熟的大人而且還是歐巴桑了，看來也不一定呢，真令人失望。」伊都子動作僵硬地拿著叉子，開始吃起了沙拉。

「哎呀，總是有各種情況嘛。」

不知道到底該說什麼才好，雖然覺得那是個相當敷衍的回應，但千鶴還是說了，就在她沒事做而回到餐桌邊時，玄關傳出門鎖轉動的聲音。千鶴詫異地看著伊都子，伊都子卻一點也不驚訝。

「啊，妳老公回來了呢，我還可以繼續待著嗎？」她問。

千鶴連忙站起身跑向玄關，對於自己和伊都子的反應似乎反過來了而感到好笑。因先生回家而吃驚的太太，和以平常心看待的客人。

「怎麼了？你今天還真早。」

千鶴向在玄關脫鞋子的老公說，壽士抬起頭。

「有客人？」他問。

「啊，對呀，國中就認識的朋友來玩，因為我完全沒想到你會這麼早回來。」

「妳們在喝酒嗎？」

「嗯，啊，喝了一點。」

回答的同時，千鶴感受到不愉快的情緒。為什麼要被人用像是責怪的語氣說「妳們在喝酒嗎？」，為什麼自己非要像做錯事的小孩一樣驚惶失措地回答不可？壽士一言不發，穿著拖鞋走過通往餐廳的走廊。

「你好，打擾了，我是草部伊都子，平常承蒙千鶴許多照顧。」

因喝醉酒紅著一張臉的伊都子站起身，禮數周到地低下頭，壽士只是站在那裡，視線掃過伊都子全身後，嘴裡含糊地嘟囔著：

「喔，妳好。」然後轉過身回到走廊，走進房間內「砰」地關上門。

強烈的羞恥感朝站在門前的千鶴襲來，千鶴打從心底覺得壽士見不得人。身材很胖，最近很喜歡而常穿的條紋襯衫看起來莫名地浮誇，用黏稠的視線打量著伊都子，連好好打招呼都做不到，也不會說些「妳慢坐」之類的社交性寒暄，像是落荒而逃般躲進房間的老公，為什麼一定要讓伊都子看見這樣的老公呢？

「會不會是我突然來訪所以他心情不好？我要回去了，對不起喔，不小心在這裡待太久了。」

伊都子開始迅速地收拾東西準備回家。

「沒這回事，妳留下來啦，紅酒也還有兩瓶耶！」

自己也覺得可笑的拚命挽留聲傳到耳裡。

「沒關係啦沒關係，妳和老公一起喝吧，下次也去我家玩吧。那我回去了，今天真的謝謝囉！」

不知道喝了多少的伊都子搖搖晃晃地離開餐廳，踩著不穩的腳步走向玄關，在穿鞋子時失去平衡，跌了一跤。

「欸，妳還好嗎？」千鶴想也不想地伸出手，伊都子用力抓著她的手站起身，高聲笑了起來。

「沒怎樣沒怎樣。抱歉，沒有幫忙收拾，也幫我跟妳老公道歉。那我先走了，打擾啦。」伊都子像正經八百的小學生一樣深深低下頭，消失在門的另一邊。

門在眼前關上，千鶴在門前站了好一會兒，雖然伊都子並沒有說什麼，但有那麼一瞬間，千鶴非常能夠理解她說媽媽挑剔交往對象後，就開始覺得對方不怎麼樣了的心情。

「你太過分了。」粗魯打開房間的門一看，壽士已經換穿了T恤和棉褲，盤腿坐在床上看著晚報，與壽士不相稱的浮誇襯衫和卡其褲捲成一團丟在地上。

「她可是第一次到我們家玩耶，因為她一直待在國外，我們很久沒見面了。」

千鶴以強烈的語氣說完，壽士頭抬也不抬嘀咕道：

「我又沒有叫她回去。」

「就算你沒有說，被人用那種態度對待一定會選擇回家的啊。幹嘛啊，你平常不是都超過十二點才回來嗎？為什麼今天偏偏選在這個時間回來啊！」

「回自己的家還要被罵真是太驚人啦！」

壽士以極為冷靜的聲音饒富興味地說，舔了舔食指後翻頁。

「是我邀她來，所以她才來的。我的朋友難得來這裡，說句歡迎是會少塊肉嗎？你擺出那種明顯要她回去的態度，我覺得很丟臉！」

在微醺的醉意帶動下，千鶴的音量越來越大，最後幾乎是大吼了起來，壽士如同從選舉宣傳車正前方經過時一樣，輕微地搖了搖頭，由下往上看著千鶴。

「我先和妳確認一下，我可沒有叫她回去喔！再說我累了一天回來，為什麼一定要接待妳的朋友，我實在不懂其中的原因。」

因為他以冷靜到令人憤恨的語氣這麼說，千鶴非常想拿起隨意脫在床下的拖鞋用力丟他，但她沒有這麼做，而是調整呼吸，發出盡己所能的平穩語調。

「你知道草部芙巳子嗎？」

或許是平穩的語調讓他放下心，壽士直直地看著千鶴，微微地歪著頭說：「不知道。」

「她是有名的翻譯家，剛才那個朋友是草部芙巳子的女兒，去問問你們事務所裡的年輕女孩吧，至少會有一個很想翻譯小說，很崇拜她的人吧。」

千鶴靜靜地說，說完後，對自己沒有出任何差錯而安心，然後慢慢扯開笑容，這麼做的同時，心中湧現出今天第二次「好像在模仿連續劇啊」的感想，然而這次她並沒有收起笑容。看得出壽士的臉上靜靜地掠過一絲慌亂，但只是一瞬間就消失了。

「啊，是喔，我問問看。」

壽士以一副成熟大人的表情笑著說，目光回到報紙上。原來他認定了我不是因為有了什麼確切證據才這麼說，而是用猜的說出「事務所裡的年輕女孩」呀，千鶴心想。要不要乾脆打開天窗說亮話，叫他一定要去問問喜歡弗蘭納里．奧康納的女孩算了，但又覺得在這時候亮出王牌不是明智之舉。

「我連介紹你是我老公都覺得丟臉！」

千鶴不屑地丟下這句話關上房間的門。這是她為了傷害壽士努力擠出來的話，但實際上他是否受傷了，千鶴並沒有辦法確認。

擺在桌上像刊登在料理雜誌內頁的菜餚，如同幾個小時前的想像，被千鶴一道一道丟進垃圾桶。剛才應該更明確地暗示他我已經知道新藤穗香的事了比較好吧，千鶴一邊想，一邊將髒盤子放到水槽裡，然後又自己否定「不，不可以」，她用力地轉開了水龍頭，王牌要留到最後，要在最有效的時候使用才可以，能夠在打架中獲勝的不是爆發力也不是拳頭大小，而是聰明才智。明明不是在和壽士打架，千鶴卻想著這些，用海綿刷洗起盤子。

CHAPTER 2

坐在計程車上的伊都子，看過計費表上方電子鐘的時間後，急忙從包包中拿出手機，在聯絡人清單中找出宮本恭市的名字，按下播話鍵。才剛過八點，這個時間恭市應該還在工作室。

數到第五聲響鈴時，恭市接起了電話。

「我現在要回去了。」

伊都子看著窗外流逝的白色黃色橙色霓虹燈說道。

「妳吃了嗎？」

恭市總是先問這句話。

「吃過了。」

伊都子回答後噗哧地笑了，沉默暫時降臨。

「你要不要過來？」

伊都子說完，恭市靜了一會兒。

「去一下好了，但沒辦法待太久。」

他說。

「這樣做我覺得很好。」

伊都子覺得自己的話很奇怪，於是又一個人笑了。

「那就這樣吧。」

「你肚子餓了嗎？」

「啊，妳這麼一說，我從中午開始就什麼也沒吃了。」

「那我會準備一點東西，你直接過來。」

「好，待會見。」

「待會見。」

伊都子學恭市說話，然後笑著按下結束通話鍵。看向窗外時，正好經過新宿，外面亮得像白天，來來去去的行人看起來似乎也沒有察覺到已經是晚上了，手勾著手的戀人們、穿著打扮相似的女孩們、牛仔褲穿到腰部以下的一群男孩們，在喝醉的伊都子眼中，新宿明亮的夜晚看起來就像移動式遊樂園，在和媽媽一起生活的異國城市短暫夏季中看見的，散發出炫目光彩但又神奇地靜靜矗立的遊樂園。

在超市前下車，一手拿著購物籃的伊都子在超市裡走來走去，雖然想為等一下會餓著肚子過來的戀人做點吃的，但伊都子並不擅長做菜，燉煮南瓜要花半天時間，漢堡排也老是整個燒焦，所以她走來走去看的是熟食和即食料理包櫃位。

自己不擅長做菜都是媽媽的錯，伊都子這麼想。伊都子的媽媽是不煮飯的女人，她瞧不起煮飯的女性，餐桌上總是擺滿了外送料理或是在百貨公司樓下食品賣場買來的外表好看的料理。

伊都子挑選了瓶裝橄欖、義大利麵、醃黃瓜加上罐裝湯品及幾種義大利麵醬，一一放入購物籃內，這麼做的同時想著為什麼會這麼幸福呢？為了喜歡的男人在超市裡走來走去，為什麼會這麼幸福呢？這若成了每天的例行公事，是否就不再覺得幸福了呢？是否會成為令人厭煩的日常瑣事呢？不會這樣的，伊都子堅定地想，像這樣買東西、準備菜餚、等待恭市回家，這不可能會變成令人厭煩的事。

伊都子走到酒精飲料賣場，雖然自己的醉意還沒消，但恭市一定會想喝冰啤酒吧，也買瓶白酒吧，伊都子滿心期待地看著酒標。

雙手提著超市的袋子，伊都子小跑步朝她住的大樓前進，連掏出鑰匙都覺得不耐煩地打開公共大廳的門，搭上電梯，將鑰匙插進八樓房間的玄關門。她在房內來回奔波，冰好啤酒及白酒，簡單地收拾過寢室，又忽然想起來似地，趕忙坐在梳妝台前仔細地補妝，補完之後恭市依然還沒到，所以換了床單，迅速打掃過廁所。

在做這些事的同時，伊都子思考著，聽人說過幸福的樣貌因人而異，但那其實也沒有分成那麼多種，一定是頂多一種或兩種而已。說到幸福，世人想到的應該都是些大同小異的東西，而母親，草部芙巳子這個女人，就只有她，必定是個與幸福無緣的人。

最近的伊都子開始覺得過去媽媽教給她的一切，都是引領她前往不幸的道路，例如不下廚這件事，沒有比做菜給男人吃的女人更悲慘的人了，芙巳子曾篤定地說；例如將房間交給其他人打理這件事，妳要成為一個不必為了打掃房間而團團轉的大人，芙巳子曾多次耳提面命；例如完全不化妝這件事，化妝只是在討好他人，就像掛著「我很廉價」的招牌到處走一樣，這麼說的芙巳子，從伊都子還小的時候就不曾化過妝；例如不要期望男人這件事，對男人抱有期望是無能的人在做的事，芙巳子曾噙著笑這麼說；以及不可以平凡無奇這件事，平凡只不過是人生失敗組的藉口，芙巳子曾語氣強烈地說，她說成就平凡的人，是為了隱藏自己的慣性逃避以及依賴心，因此只做出平均值的成果，然後就感到放心了。

這一切，這一切伊都子都曾深信不疑，對年幼的伊都子來說，母親總是如此帥氣，是個理想的女性，她認為這樣的媽媽說的話一切都是真理，直到年過三十之後。

媽媽說的那些會不會不是真理，會不會其實是有點扭曲的看法？伊都子開始這麼懷疑的契機，是在她發現自己做什麼都不順遂的時候。自己做什麼都不順遂，會不會是因為她忠實地遵守了媽媽說的那些話的關係？一旦開始這麼想，就像黑白棋中白棋瞬間被染黑一樣，開始覺得媽媽說的一切都是錯的，而且這個疑問甚至將過去都一一拖出來審視。她之所以不能當個平凡的高中生再接著成為平凡的大學生，都是因為媽媽太狂熱的錯。比一般人晚了三年上大學的伊都子，畢業時拚了命地尋找不平凡的職業類型，當個上班族這種事用媽媽的話來說就是平凡無奇，但是伊都子又找不到非凡且卓越的什麼來做。樂團也不過是瞬間的燦爛，伊都子也沒有作詞或音樂方面的才華，為了逃脫平凡這個詞，在透過過去人脈勉強維持工作的麻友美介紹之下，也擔任過雜誌模特兒，但實在與個性不合，因此沒能繼續做下去，無計可施之下回家當母親的助手，可是只要擔任助手的一天就不可能獲得媽媽的肯定，經常進出母親家中的編輯介紹了專欄的工作，就在伊都子開始覺得這份工作有些收穫時，卻因為媽媽完全不當一回事，而忽然找不到其中的意義，最後便停筆了。

伊都子回想到，過去受挫的地方全部都有媽媽錯誤的教誨，那個時候和那個時候還有那個時候，如果推翻媽媽所有的話再作取捨，自己應該就可以更簡單且更早獲得幸福才是。

門鈴響起，伊都子回過神來，從廁所飛奔而出，打開共用大廳的自動鎖，在恭市來到八樓前的空檔，先照鏡子確認自己的臉，再在大湯鍋中加水點燃瓦斯爐。門外的鈴聲響起，伊都子快步奔向玄關。

「唷。」

門一打開，外面站著笑容滿面的恭市，伊都子不禁張開雙臂，光著腳走下玄關，抱著恭市一動也不動，盡情地深吸Ｔ恤的肩膀那一帶飄來、似乎混合了洗衣精與汗水的味道。「哈哈」，恭市嘆氣似地笑了。越是做一些違背媽媽真理的事，自己就越幸福，伊都子確切地感受到。

伊都子喝著咖啡，一邊看著坐在對面品嘗白酒，吃著香辣番茄義大利麵的恭市。雖然光是靜靜地看著就很滿足了，但恭市可能會覺得不舒服，伊都子忽然這麼想，連忙找了個話題。

「攝影集的事有進度嗎？」

「那次之後還沒有聯絡，不過，總之下週應該會有消息吧。」

「如果需要我一起去開會就跟我說喔。」

「當然啦，一定會找妳一起去。」

伊都子的視線落到捲了義大利麵的叉子上問道：「好吃嗎？」

「嗯。」

簡短回答後，恭市將叉子送進嘴裡。就算稱讚的是即食料理，伊都子也高興得快要飛上天。伊都子想，是否該去學做菜呢？這真是個好主意，往後為恭市下廚的機會應該會增加吧？不久的將來，這應該會成為每天的日常吧？這樣的話，先學起來不但沒有損失，或許還是必要的，問題在於錢，因為實在無法和媽媽說想要學做菜，所以必須自己想辦法，可是現在的伊都子幾乎沒有收入，「不過只要攝影集出版以後就沒問題了！」伊都子這麼想，感覺嘴角彎起了弧度。攝影集出版以後，應該會有一筆不小的金額入帳，這麼一來，不論是做菜還是瑜伽或是喜歡的事，都可以隨心所欲地去學，也可以拒絕媽媽每個月匯來的錢了，在那之後就要認真思考與恭市的關係了，搞不好恭市是打算等攝影集出版時自己主動提出。

「妳好像很開心，」恭市說，「發生什麼好事了嗎？」

「因為你來了。」

伊都子毫不掩飾嘴邊笑意地說。

「嗚哇，妳竟然能臉不紅氣不喘地說這種話！」

或許是害羞了，恭市頭轉向旁邊，不停地將醃黃瓜放入口中。

髒盤子丟在水槽中，伊都子和恭市在廚房做愛。難得剛換了床單，伊都子一邊這麼想，一邊任憑恭市擺布，很快地這種事就被拋到腦後，只是在恭市身下喘息著。恭市喜歡在各種地方交合，浴室、更衣室、玄關、客廳，對沒有在床上以外的地方和男人做過的伊都子來說，一開始覺得自己背後抵著洗衣機，或是靠著鞋櫃支撐上半身的姿勢太難為情又滑稽，實在引起不了興致，但最近反而是要這樣才能更投入。

恭市射精之後暫時倒在伊都子的身上不動，然後突然站起身走向浴室。伊都子仍躺在廚房地上，看著逐漸離去的恭市肌肉穠纖合度的背部，背後汗水溼黏雖然很不舒服，不過伊都子依然只是躺著。

電話響了，伊都子緩慢地起身，踩過脫下的衣服去拿電話子機，從貼在耳邊的子機傳來的是媽媽芙巳子的聲音。

「是我。」

伊都子忽地臉紅，感覺好像她正從某處看著剛做完愛一絲不掛的自己一樣。肩上夾著子機，伊都子快速穿上內褲。

「我問妳喔，伊都子，我的密碼是多少？」

母親沙啞低沉，過度簡潔明快的聲音從子機傳來，走廊盡頭的浴室裡，淋浴的水聲還在繼續，伊都子仔細地側耳傾聽著兩者。

「妳指什麼？我現在有客人。」

「就是美國運通的密碼啊。」

芙巳子打斷伊都子說道。

「這我哪知道啊，我現在剛好有客人，可以晚一點再說嗎？」

「妳怎麼可能不知道，那不是我們一起想的嗎？是青山的家的電話號碼嗎？還是妳的生日？還是格拉斯哥的地址？」

「抱歉，我現在……」

「是男人吧，」芙巳子一針見血地說，「客人是男的對吧。」

「這和妳沒關係吧！」

芙巳子用聽起來像是「哼哼哼」的聲音笑了，伊都子彷彿聞到了母親混合著菸味、咖啡味以及香水的味道，不禁皺起了眉。

「什麼樣的男人？比妳小？比妳大？有老婆小孩？欸，讓我跟他見個面嘛。」

伊都子沉默不語，從走廊盡頭傳來浴室門打開的聲音。

「我要掛電話了。」

慌張說完後伊都子按下結束通話鍵，將子機丟到沙發上，急忙穿上衣服，汗水早就已經乾了。

來到洗臉台，恭市正在吹頭髮，他透過鏡子朝伊都子微笑說道：

「我要回去了。」

伊都子裝作吹風機的噪音太吵所以沒聽見。

「你要喝啤酒嗎？」

她大聲問道。

「喔，我，要回去了。」

恭市也大聲回答。

恭市從來不曾在這裡待到超過十二點，他似乎會認枕頭。因為不可能每次都搭計程車，所以要在趕得上最後一班電車前回家，不知何時恭市這麼說過。也因此，明明很清楚他會離開，伊都子依然每次都很失望，這份失望和小時候感受到的很相像，是想要躺在地上揮舞四肢大哭的那種失望。

吹完頭髮的恭市如他預告地離開了伊都子家，伊都子和他一起走出玄關，在電梯裡纏綿地熱吻後，從公共大廳目送他離去，壓抑著想要放聲大哭的心情，一個人搭進了電梯。就在看著樓層顯示面板的數字「二、三……」地跳動時，耳邊忽然出現芙巳子低沉的嗓音：「有老婆小孩？」怎麼可能，伊都子像是看到了髒東西一樣甩甩頭。

下個月即將三十歲的恭市怎麼可能有老婆，更別說有小孩了。媽媽就是這樣的女人，伊都子想，在別人覺得幸福的時候，她不出來潑人冷水好像就會渾身不對勁一樣，那個女人的個性就是只要稍微感受到我快樂的情緒，便一定要說些會讓我不安的話才開心。

打開沒有上鎖的玄關門，輕輕走進還留有恭市氣息的家，一個一個洗起了丟在水槽裡的盤子。從白天開始喝的酒，以及在廚房做愛的餘韻，讓身體感到一陣顫慄。

恭市是自由編輯。在東歐旅行之後，伊都子將以往拍攝的照片拿到了過去寫作專欄時的幾家出版社推銷，然而每一家都以攝影集不賺錢為由拒絕了，而恭市從後面追出來，叫住了剛離開出版社的伊都子，邀她去喝杯茶。

「我看到了妳在會議室裡展示的照片，色彩很有個性很棒。」恭市說，「但是妳不應該拿到這種地方來的，妳拿到完全不願投注心力在攝影，應該說是美術方面的地方，他們當然無法理解。」

那天傍晚，在出版社附近的居酒屋中，拗不過恭市的請求，伊都子再次翻開了照片，恭市用了各種詞彙讚美伊都子的照片，大部分的內容伊都子都不記得了，不，就連受到稱讚的那個當下，伊都子都沒有仔細在聽恭市說了什麼，她一邊感受著被人稱讚飄飄然的高昂情緒，同時看著恭市看到入迷。

恭市就像伊都子喜歡的類型出現在三次元一樣，即使並肩站立也比高個子的伊都子高出了一個頭，細長的眼睛，挺直的鼻梁，薄唇，肌理細緻白皙的皮膚，勻稱的身體，翻閱資料夾時修長纖細的手指。好想睡，伊都子想，好想跟他睡，這是她第一次有這樣的念頭。

在離開居酒屋時，開口邀約恭市的人是伊都子。家裡還有照片，你來看看吧，她說。恭市跟著走了，然後在伊都子的住家內，在看照片之前，先將伊都子壓在了餐桌上，掀起她的裙襬。

那一天恭市也在十二點前就回家了，不過在恭市離開之後，伊都子領悟到自己完全脫離了母親的咒縛。認為沒有比做菜給喜歡的男人吃的女人更悲慘的人了的媽媽，同樣也說過沒有比第一次見面當天就帶男人回家的女人更笨的人了。她說一眼就讓人看穿這個女人很飢渴。

但她卻這麼做了。不是因為對方邀約而跟著走，也不是對方要求才發生關係，更不是經過好幾次約會後慎重地進入一段關係，而是自己主動邀請初次見面的男人，並在幾個小時後和他睡了，而且和那個男人在一起的期間，伊都子一次也沒有想到媽媽，媽媽也許會打電話來，能不能把他介紹給媽媽，媽媽會不會做出責難的舉動等等，這些念頭一次也沒有出現在腦海中。

建議伊都子去摩洛哥的人是恭市，他說，捷克或愛爾蘭也很好，但是比起風光明媚的景色，帶點繁雜、似乎蒙了一層灰的景象，更適合伊都子的照片。雖然離開恭市三個月令人難以忍受，但恭市說不待那麼久就無法了解那個城市，所以她也就照做了。旅行期間，伊都子每兩天就要尋找網咖，進去寄信給恭市並確認有無回信，對她來說，在回想旅行風景時，比起當地稱為麥地那、如迷宮般的舊城區市集，比起從前往西班牙的渡輪上看到的落日風光，比起沙漠中的星空，說她第一個回想起來的就是網咖也不誇張。無論在哪一個城市，都大同小異地放著整排電腦，毫無溫度的屋子。

將近百捲的底片洗成負片，恭市一張一張看過，慎重地選擇要拿給出版社的照片，再印到相紙上，恭市拿著那些照片，到處拜訪「擅長美術領域」的出版社，然後終於找到了出版的機會。

和恭市共度的時間自不用說，和他一起創造出什麼東西的感覺，讓伊都子感到相當滿足，越是和恭市相處，加上隨著攝影集逐漸有了雛形，伊都子就越覺得從母親那裡得到解脫。擠出從她那裡繼承而來的血，踐踏過基因，重獲新生再活過一次的實感，雖然誇張但伊都子確實這麼覺得。

伊都子擦著洗好的盤子，腦中浮現出才剛分開的恭市的背影。

伊都子不曾去過恭市的家，雖然聽他說過住在東中野，但那是透天厝還是住宅大樓，伊都子並不知道，恭市說他常忍不住帶工作回家做，所以看起來就像垃圾屋一樣髒。伊都子也不知道他住家的電話號碼，恭市說他幾乎都外出不在家，所以只告訴她用來當作工作室的小套房電話以及手機號碼。

不邀自己去家裡、連他家的電話都不知道、總是在伊都子家見面、十二點前一定要回家，若是真如芙巳子嘲笑般所說的「有妻有子」，那麼這些小謎團就都有了合理的解釋了。說家裡像垃圾屋一樣，身上的衣物卻總是傳來香皂的清香；就算在這裡沖澡也不用香皂或洗髮精類的東西（伊都子常用的香皂是法國製，有個苦甜的獨特香味）；看起來很喜歡喝酒，卻一定不會醉到無法動彈；星期日和國定假日，可以說是絕對不會接電話。過去絲毫不在意的事——或許其實是一直在逃避思考——一口氣湧上了伊都子的心頭。

難道，難道，難道！隨著思考，心跳開始噗通噗通跳了起來，差點摔破盤子，伊都子重新抓好盤子，執拗地以抹布擦著，刻意笑出來。

「真是個笨蛋，」她說出聲來，「又這麼輕易受到那個女人的暗示了，我真是個笨蛋。」

房間整個靜了下來，伊都子收好盤子後從包包裡拿出手機打給恭市，或許是正在搭地鐵，語音訊息重複著「您撥的電話未開機，請稍後再撥」。伊都子掛斷電話，但卻依舊拿在手上，站在面向陽台的玻璃落地窗前，拉開窗簾，斜前方矗立著幾年前蓋好的摩天住宅大樓，下方是民宅及住家大樓的燈光，彷彿從摩天住宅大樓溢出般散落一地。

目黑的家的地址。伊都子突然想起來了，媽媽說的提款卡密碼，是從英國回來之後，最早租的房子的地址。

那是木造的房子，房子北面攀附了一整面的地錦，窗戶和牆上都是，小小的庭院裡有棵會結紅色果實的樹，雜草隨心所欲地長成一片。伊都子甚至回想起了這些。芙巳子和還是國中生的伊都子有一段時間很熱中於餵食附近的流浪貓，在院子裡放盤子，裝著魚乾或罐頭鮪魚等待貓咪，雖然有幾隻貓來吃飼料，卻沒有任何一隻因此親近她們。不久後，附近開始投訴，甚至在門上貼了紙條要求不要再不負責任地餵貓，但媽媽不是會為了這種事就認輸的人，她找出貼紙條的那戶人家，故意以毛筆寫下不要隨便亂貼紙條，帶著伊都子在半夜悄悄地貼上，貼完之後快速跑回家，和伊都子兩人相對哈哈笑個不停。然後媽媽在經常出入家中的編輯協助之下，只抓了母浪貓，讓牠們接受結紮手術直到覺得厭煩為止。她是個只要三個月就會馬上對這種事感到厭煩的人。

目黑的家中沒有固定來幫忙的幫傭，伊都子想起所以這個時期媽媽應該還會下廚，雖然有時候是由女性編輯下廚，但她們並不是每天都來，所以媽媽應該也有做過菜。到底是什麼樣的菜呢？伊都子視線掃過摩天住宅大樓窗戶一個一個的小亮點，不知為何拚命地想要回想起來。

但是她能夠想起來的只有雜草刺刺的觸感，朝北的和室榻榻米有多冰冷，昏暗的廚房散發霧光的水龍頭，以及深夜時貓的叫聲，只有這些東西。

從孩提時代開始，每次要和不認識的人見面，伊都子都會極度緊張，自己總是在和不認識的人見面呢，在單調的會議室裡伊都子這麼想。

自有記憶以來，老是有不認識的人進進出出家中，每當開始記得長相和名字、喜歡的食物和口頭禪之後，就會因為職務調動或換工作，又出現了不認識的人，再次記住了那些新的人以後，這次卻是媽媽帶著伊都子到陌生的國家去旅行，而對怕生的伊都子來說，好不容易交到了可以稱為是朋友的人時，媽媽又會突然宣布要回國。

就讀高中時，那個只能稱之為奇怪的時期也是如此。和演藝經紀公司的人見面、和聲音訓練老師見面、和舞者見面、和錄音室樂手見面、和作詞家見面和作曲家見面、和髮妝師或造型師見面、和節目企劃見面、和無數的工作人員見面，若沒有千鶴和麻友美，她早就逃走了，因為有她們在，她才能一臉平靜地和不認識的人打招呼。

決定要解散樂團時，伊都子內心放下了一顆大石頭，但是也害怕必須和她們分開變成孤身一人。事實上，在那之後她一直是孤身一人，一路上一個人與不認識的人見面。真虧自己忍耐著熬過來了呢，伊都子想，在遇見這個人之前，自己努力地忍耐著熬過來了呢，伊都子看著坐在身旁的恭市這麼想。

雖說恭市過生日之後就三十歲了，但現在依然屬於二字頭，可是在推動事情進展上卻比伊都子更能幹，伊都子一臉放空地坐在他旁邊，來回瞄著對面的編輯和放在桌上的他的名片。T恤搭配牛仔褲，一身輕裝的編輯看起來和伊都子同歲，或是再更大一點，態度卻非常謙和，對恭市也是使用敬語說話，他看著散在桌上經過放大的照片，專注地討論。還是有一點主題性比較好……可是這不是旅遊書，用地點來分類不夠瀟灑……我不是這個意思，而是像以生活為主題，或是以笑容或背影為主體……這樣的話，這種感覺怎麼樣……這是我們去年出的書，尺寸做成這個大小……

他們在討論的明明是自己的照片，伊都子卻事不關己地聽著，這跟有沒有心要做無關，而是她聽起來真的就像在談論他人的事一樣。攝影集這種東西是怎麼統整成一本書的，伊都子不懂，尺寸啦排版啦主題啦，關於這方面的事，恭市比自己還要有概念。

伊都子發現兩人正看著自己，她連忙從一直盯著的編輯名片中抬頭。

「嗯……剛說到哪裡？」

她一小聲說完，恭市就笑了，編輯也跟著笑了。

「我們說到文章啦，草部小姐，妳會寫文章吧？」

恭市問。在工作的場合中，他都會以伊都子的姓氏稱呼她，每一次都讓伊都子有渾身發癢的感覺。

「你問我會不會寫，我是可以正常使用日文書寫沒問題啦。」

伊都子搞不清楚問題在問什麼，慌慌張張地回答之後，兩人又笑出聲來。

「這個人雖然是天然呆，不過之前為雜誌寫過專欄和隨筆，她有她自己的語言，所以不需要另外委託作家，她自己就可以寫。」

看著專注在和編輯談話的恭市，伊都子忽然感到不安，他們會要我寫什麼呢？我才沒有寫過隨筆咧，也沒寫過需要我自己的語言的文章。

「那個……」

伊都子一插嘴，兩人便同時轉頭過來，在那瞬間，伊都子想起了媽媽的話。吃完蛋糕之後感想如果只有好吃，那誰來寫都一樣，難怪名字會這麼小一個，不能要求太多。別被媽媽的話給騙了，為了打擊我的信心而說出來的話，不要相信，伊都子念著咒語般地想，然後對還在看著自己的兩人笑了笑。

「好，我來寫。」

「這樣啊，畢竟現在這個世道，光只有照片會有點難賣，雖然可能和您期待的方向有點出入，不過還是這種，該說是圖文書嗎？有一些文字的話會比較好推出。」

「先讓本人寫寫看，你看過之後如果覺得不太可行，那就再委託其他人寫，你覺得呢？」

「雖然會多花一點時間，不過如果你們願意的話可以。」

「寧願多花一點時間，也一定要做出好作品，這樣對她或對出版社來說都比較好。」

恭市以堅定的語氣說，伊都子鬆了一口氣，點了好幾次頭。

真虧以往我忍了那麼久，伊都子再次想到，但已經不用擔心了，只要有這個人在一切都會很順利。

離開出版社，在前往地鐵車站的途中，有一間已經開始營業的居酒屋。要不要喝一杯？恭市這麼說，伊都子大大地點了點頭。剛過下午四點，太陽還高掛空中，在道路前方靜止停等紅綠燈的車子，因為熱氣的關係看起來左右晃動。離開道路上來來往往擦著汗的上班族們，伊都子跟在恭市身後走進居酒屋的門裡。

「那，來提前慶祝出版吧。」

恭市拿起送上來的啤酒杯，伊都子也這麼做，輕輕地碰了一下酒杯。

「剛才很好笑呢！」

恭市用筷子撥著裝小菜的小缽，嘴角含著笑。

「對不起，我好像有點在發呆，因為不知道該說什麼才好。」

「沒什麼，用妳喜歡的方式說妳喜歡的事就好了，像是『你可以那樣做嗎？我想要這樣做』，說什麼都沒關係。」

「我平常很少說什麼『我想要這樣做、我想要那樣做』之類的話。」

伊都子低著頭說，恭市抬頭看著天花板笑了。

「不，沒關係，這樣反而怎麼說，更有藝術家的感覺更好。伊都子妳呀，因為人很漂亮，所以一旦不說話看起來臉就很臭，然後妳像那樣一言不發地待著時，該怎麼說？看起來身價非凡？對方就會覺得搞不好這個人才華洋溢而開始畏縮起來，我看就知道了。」

「那我那樣是做對了。」

伊都子鬆了口氣。

「非常好、非常好。」

恭市翻開菜單爽朗說道。

伊都子發現剛才的那些對話，好像在哪裡聽過。那樣可以嗎？可以、可以，非常好喔。

啊，對了，是高中的時候。每次在訪談結束之後，伊都子都會向經紀公司的人確認自己有沒有順利按照練習時那樣回答，那時伊都子分配到的角色沉默無表情，冷眼看待一切，並將「那種事隨便啦」掛在嘴邊，現在回想起來會覺得很蠢，但當時伊都子是非常努力地在說她為數不多的「台詞」。

但是現在和那時候不同，所做的事規模相差懸殊，而且那時候是三個人一起，現在則是一個人，再加上給出ＯＫ訊號的不是根本不熟的大人，而是自己最信賴的恭市。伊都子維持著自然綻開的笑靨，一起看著恭市翻開的菜單。

「毛豆、炸茄子，再點些什麼串燒來吃吧。」

「那就雞肉丸、雞肝和雞皮，還要高湯蛋捲和沙拉。」

「不好意思，我要點菜。」

恭市的聲音迴盪在沒有其他客人的店內，穿著圍裙的中年女性手裡拿著小本子出現，伊都子偷偷瞄著一項一項念出品名的恭市。

媽媽壞心的玩笑話，在那之後一直盤旋在伊都子心中，一旦開始想就停不下來。他也不一定是結婚了，搞不好是有同居多年的女友，不然就是沒有同居但有其他女人，很難斬釘截鐵地說這種可能性是零。吶，不管是什麼樣的地方我都不會被嚇到，帶我回你家看看嘛，伊都子好幾次想這麼說，卻沒能開口，要是恭市拒絕了，該怎麼看待這個回應才好，自己一定會忍不住懷疑他真的有所隱瞞。

「總之，雖然只是暫時的結論，不過妳就假設最後會採用剛才所說的編排，盡早寫一些文章吧。不是我在哪裡看到了什麼，而是像日記的片段那樣的散文就行了，我會挑一些可以作為參考的資料明天寄給妳，妳就看看吧。」

喝乾了啤酒後，恭市轉換成工作模式的口吻。「嗯、嗯」地點頭後——

「你今天要來我家嗎？」

伊都子問道，恭市的臉瞬間垮了下來。

「妳有聽到我剛才說的話嗎？今天呢，我等一下要跑幾間開到比較晚的書店，然後妳回家，再看一次重新排過的照片，先建構一個意象。」

「我也跟你一起去書店吧。」

「我的意思是，雖然我會寄給妳可以參考的資料，但如果妳沒有自己的意象，看過資料之後寫出來的東西不就怎麼寫都和資料很像嗎？妳不先建構一個意象出來我很難做事，再怎麼晚也要在明年春天出版喔！」

伊都子瞭解到恭市現在很煩躁，所以放棄繼續問他接下來的行程，也沒有問下下星期恭市即將到來的生日有什麼打算。剛才的女性送來毛豆和炸茄子，恭市連同伊都子的份一起加點了啤酒。伊都子伸手去拿毛豆，嘴裡含著還帶有熱氣的毛豆下定了決心，既然說不出叫他帶自己回家，也問不出口他是不是隱瞞了什麼事，那麼，就只能自己去找出真相了。

恭市的事務所位於築地，背對中央批發市場走進小巷之後，老舊的住商混合大樓林立。蓋在大樓之間、幾乎像是要被壓垮的三層樓建築「分租公寓村上」，二〇二號室就是恭市的事務所了。

伊都子坐在分租公寓村上斜對面的咖啡廳裡，安靜地盯著窗外，直到剛才店裡都還因為加班中的上班族來吃晚餐所以擠滿了人，現在卻幾乎沒什麼客人了，只有坐在餐具歸還口附近，看起來像學生的一群人，筆記本攤開晾在桌上，大聲地在聊天。

六點有個會議，只要之後沒有演變成一起去吃飯，九點左右恭市應該會回自己家。剛過七點半時看到了恭市回到分租公寓村上的身影，因此接下來的幾十分鐘裡，恭市應該會從事務所出來才對。

伊都子曾去過分租公寓村上，在約會途中跟著恭市回來拿他忘記的東西，那是個無隔間套房，完全沒有生活氣息的單調場所，廚房到處是骯髒水垢，浴室不但沒有用過的痕跡，浴缸還變成放資料的地方，除了恭市坐的椅子之外，就只有一張無靠背的圓椅子，沒有可以放鬆伸展四肢的地方。恭市問自己要不要喝杯咖啡還是什麼，但在稱不上乾淨的廚房沖泡的咖啡實在是讓伊都子敬謝不敏，所以伊都子提議到斜對面的咖啡廳去，可是恭市說他討厭那間店的咖啡，最後他們只拿了忘記的東西，沒有多待就離開事務所了。

伊都子知道恭市不會靠近這間咖啡廳，所以即使看到恭市走過窗外，伊都子也不驚慌。今天的計畫一定可以順利進行，伊都子有信心即使尾隨在離開事務所回家的恭市身後，也能夠在不被發現的狀態下找到他的住處。

伊都子也明白恭市所說的，必須優先處理文章云云，雖然出版社說就算花時間也要做出好東西，但恭市對伊都子說過，要是時間拖太久，出版社那邊情況有變就糟了，他也還說過，七月底前一定要完成文章的草稿。

但是伊都子現在沒有心力做這些事，自從在出版社開完會，居酒屋喝完酒之後，恭市就不再到伊都子家中，約好的見面也都延期了。三十歲生日那天恭市也沒有到伊都子家，伊都子纏著說要替他慶生，結果他卻回「告一個段落之後再說」。恭市說「總之妳現在以攝影集為優先，越快越好」，但事實上真的是如他所說的那樣嗎？隨著不能見面的時間拉長，隱約浮現的疑問也變得越來越大，雖然不知道是妻子還是戀人，總之會不會是因為不是我的女性知道了我的存在，所以才要拉開距離呢？不，搞不好是出現了其他新的女人。一直到媽媽打電話來的那天之前，伊都子的腦海中一個接一個浮現出原本想都沒想過的想像，完全無法做任何事。

必須先弄清楚，工作之後再說，這就是伊都子得出的結論。什麼都沒有的話就什麼都沒有，就算有了什麼自己的心意也不會改變，只是單純不喜歡被蒙在鼓裡，所以，去弄清楚吧！於是今天，伊都子就在築地的咖啡廳裡坐了好幾個小時。

即使——真如媽媽所說——最糟的真相正等在前方，我也沒有關係。今天離開家時，伊都子確認過了自己的心意。就算他還有其他人，至今我們也都相處得很好，接下來也還有攝影集的工作，我們之間的信賴關係不會動搖。

正當伊都子猶豫著該不該點第四杯咖啡時，她看見有個人影從昏暗的分租公寓村上的公共大廳走出來，不用看臉伊都子也清楚知道那是恭市，伊都子抓著包包，小心地站起來。

恭市以比和伊都子走在一起時還要快很多的速度走向車站，伊都子拉開了充分的距離尾隨在後，電視劇裡，走在前方的目標人物會轉過頭來，而尾隨者會迅速躲到電線杆後，但恭市完全沒有回頭，只是心無旁鶩地快步走著。恭市的身影好幾次隱沒在同樣走向地鐵月台的人群中，而伊都子每一次都因此心生不安地改為小跑步，不過身高很高的恭市，總會在伊都子追上之前從人群中露出頭來。

伊都子搭上大江戶線與恭市不同的車廂，她想要透過車廂連結處的窗戶確認恭市的身影，卻因為夾在人群中而無法這麼做。別擔心，伊都子安慰自己，恭市應該會在東中野下車，一定可以在今天確認恭市住的地方。

伊都子盯著貼在門上方的路線圖，一個一個確認經過的車站名，過了新宿，過了中野坂上，隨著電車越來越接近東中野，彷彿全身都變成了心臟一樣怦怦顫動。

奔馳在地底的電車抵達了東中野，伊都子和大量乘客一起被吐到月台上，她迅速確認恭市搭乘的車廂。電車門關閉，再次奔馳了起來，乘客列隊往手扶梯前進，然而人群之中沒有高出一個頭的恭市身影。

不可能會這樣。伊都子呆站在月台上，連忙環顧四周，幾乎所有的乘客都被吸到手扶梯那裡去，站在月台上的只有等待對向列車的人。伊都子像被彈開一樣跑了起來，衝上樓梯，與此同時，她仍在人們的背影中尋找恭市。沒有，沒有！通往驗票閘門的樓梯長得讓人覺得是不是沒有盡頭，來到閘門前時，已經小腿痠痛，上氣不接下氣。走出驗票閘門，伊都子看向四周，就算被發現了也沒關係，這麼想的伊都子不顧一切地找起了恭市。

然而恭市卻不在那裡。在乘客離去之後安靜下來的地下驗票閘門前，只有自己激烈的喘息聲傳到伊都子耳中。

跟丟了？——不是。伊都子的內心小聲卻清晰地說，不是這樣，是恭市說了假的自宅地點。

恭市說的參考資料隔天寄來了，有許多是柔和的照片搭配如詩詞字句的書，伊都子反覆看著那些書，雖然讀過了文字，但卻完全不知道該參考什麼。

伊都子一張一張看過攤在餐桌上的照片。

打開電腦，按下電源鍵。

開啟新的文件，在鍵盤上打字。

摩洛哥那像月球表面的亞特拉斯山脈，周邊沒有民宅或商店，或許連一樣人造物都沒有的地方，一名少年獨自走著，一隻手拿著長樹枝，就只拿著那個。少年究竟從何而來，又要去往何方？這個問題也適用於自己身上。我從何而來，又要去往何方？一路上做過了哪些事，現在又想要做什麼事？

不是在哪裡看到了什麼，而是像日記的片段就行了，伊都子想起恭市的話。在哪裡看到了什麼，和日記的片段有什麼差別？伊都子不知道。剛才打下的那段文字，看起來既像在哪裡看到了什麼，但又可看成是典型的日記片段不是嗎？

反覆讀過幾次打好的文章後，伊都子存檔並關掉文件，她開啟電子信箱，按下收發鍵。恭市會不會寄信來了呢？伊都子抱著一線希望這麼想，但收到的兩封信上面都不是恭市的名字，即使失望，伊都子還是閱讀起寄來的郵件。

第一封是從專欄時代開始就有往來的自由作家裕惠。下次我要和矢野他們一起喝酒，妳有空的話要不要一起來？是封輕鬆的邀約信。第二封是麻友美寄來的。

已經敲好露娜的電視出道節目了！雖然要等到下個月。每週日傍晚五點開始的節目《冒險晚餐》，她會出現在裡面，一定一定要看喔！快到的時候我會再和妳聯絡！

伊都子放空地看著彷彿可以聽見麻友美歡快聲的那封信，然後關掉了郵件。

總覺得好像只有自己一個人停止了成長。交往中的男人不願意告訴自己他住在哪裡，會為了這種事煩惱的人好像只有自己一個，麻友美和千鶴都長成了成熟的大人，老早就從戀愛的瑣碎煩惱中解脫，認真做著自己該做的事。

連續兩個星期都沒有打電話來；總覺得最近很生疏；他似乎有了其他的女人；突然有人向我告白；其實啊，雖然我瞞著他，不過我要去約會了。

從什麼時候開始，彼此不再聊這些話題了？從什麼時候開始，不再專注地傾聽對方說話，認真給出建議了？如果現在，和麻友美及千鶴說恭市的事，她們會像以前那樣認真聽我說嗎？我不知道他家住哪裡、他好像在對我說謊、我只知道他的手機號碼。聽完這些之後，她們一定會這麼說：「小伊，妳要這樣搞到什麼時候啊？」然後說著要煮飯給老公吃啦，要去接送孩子啦，急匆匆地就回去自己的歸處了。

嘆了口氣，眼看原稿不會有什麼進度了，便將電腦關機，這時室內電話響了。恭市一定是打手機，所以不會是他，不過說不定有這個可能，伊都子抱著些許的期待接起子機。

「是我。」

突然跳入耳中的是媽媽芙巳子的聲音。

「幹嘛？」

聲音轉為失望又冷淡。

「今天傍晚有空嗎？有空的話來我這，六點多來就可以了，不過想早點來也沒關係，有事讓妳做。」

問完之後不等待回答，芙巳子以篤定的口吻說道。

「我沒有空。」

「那妳六點來就可以了，晚一點也沒關係。」

「什麼事？」

「滿月會。妳現在沒有工作吧？或許會有人介紹什麼工作給妳。」

「我有工作，妳不要擅自下定論。」伊都子打斷芙巳子，以強調的語氣說。

「阿珠去了一趟義大利，拿了一堆牛肝菌啦生火腿啦過來。」

「我很忙，抱歉啦。」

伊都子低聲說完，按下了結束通話鍵。

喜愛熱鬧的芙巳子總是馬上為普通的喝酒聚會取個名字，然後變成定期聚會。有一陣子沉迷於歌劇時就叫歌劇愛好會，也有享用當季食物的旬之日，初夏時是白酒派對，黃昏時分是一文字之會，甚至還有完全不具任何意思的浪貓同盟、彌次郎兵衛之會、半夜兩點半的集會之類，有一些只持續了幾次就停止，有一些換了名稱後仍斷斷續續進行，倒是旬之日和一文字之會，雖然經過成員更迭，卻是從伊都子高中時期開始一直到現在，大部分的出席者是編輯或同業，有時候會有作家或藝術家，以及他們帶來的來歷不明的人。芙巳子總是像睥睨一切的貓咪一樣只是坐著，做料理的人分發飲品的人，全部都是長年和芙巳子來往的編輯，還住在老家的時候伊都子也常被拉來接待客人，那個時候她還很期待這些聚會，不僅母親的交友散布各年齡層讓她很驕傲，作家及藝術家創造出來的華麗氛圍也讓她感到飄飄然。

我怎麼可能去，伊都子嘴裡嘀咕著回到餐桌前，然而一看到四散的照片，忽然就沒了幹勁，不管是看著照片思考文字還是寫文章都覺得很厭煩。伊都子站起身往睡房走去，挑好衣服換裝完成後再走往梳妝室去。雖然不知道是滿月還是弦月，但只要到了熱鬧的地方，就可以不用再想恭市，不用再等恭市打來的電話了吧，而且關於附在照片旁的文章，說不定作家或詩人會帶來一些靈感。只要忽視媽媽就好了，伊都子一邊這麼想，一邊仔細地在臉上擦上飾底乳。

媽媽居住的千馱谷大樓寓中聚集了大約二十名男女，伊都子認識的只有過去擔任芙巳子編輯的幾人而已，其他大部分伊都子都不認識，他們有的在可以眺望東京夜景的客廳，坐在自己喜歡的地方，又或者圍成一圈站著，各自談笑，還有頭髮染成紅色的年輕男子，以及服裝暴露到讓人以為是泳裝的女子。我在畫畫、我是鋼琴自彈自唱的歌手、我在寫小說，每一次自我介紹時他們都會向伊都子報上姓名，但那都不是伊都子認識的名字，也找不到共同話題，伊都子只是掛著擠出來的微笑，喝著酒吃著某個人準備好的菜餚，即使如此，這個空間依然神奇地讓伊都子感到心安。雖然已經不再帶著崇拜的眼神看著媽媽，但是人們群聚談笑，音樂流洩、發出餐具碰撞聲的這個空間，是伊都子從小就看慣了的景象，與她處得不自在的感覺相反，有一種像是造訪小學母校一樣，甘甜的懷念氣息。

芙巳子還是沒變，依然不可一世地坐在沙發正中間，喝著別人倒的酒吐著煙圈，有人說了笑話就高聲大笑，伊都子為了不去注意那樣的母親，拚命地認真聽著周圍根本不記得名字的人的談話內容並給予應和。

「伊都子小姐，妳從事什麼樣的工作？」

說自己在畫畫的女子將話題轉向伊都子。

「我現在在做攝影方面的事。」

哇，攝影。

「已經決定不久後要出攝影集了。」

因為點了點頭的女子不再繼續問下去，所以伊都子自己說出來，四周伸手去拿料理的幾個人視線都集中到了伊都子身上。

「攝影集？好厲害喔，現在最難撐下去的就是攝影集的出版社了吧。」

「母女兩人都才華洋溢，真令人羨慕。」

「是由哪一間出版？」

「什麼時候會出？我想看。」

眾人你一言我一語，伊都子瞬間緊張了起來，大家會不會認為自己是借助了草部芙巳子的關係才找到出版社的？那是伊都子很熟悉的感覺，不管做什麼她都會這麼想，明知道這是自我貶抑的思考模式，但因為沒有自信，所以總是陷入這樣的思考模式中。伊都子想要仔細說明來龍去脈好讓芙巳子的朋友們理解，說明她是在與媽媽毫無關係的地方，獲得恭市這個夥伴，努力地想以自己的力量開創某個東西。

伊都子喝了一口手上的紅酒，一一看過四周的人，說出出版社的名字，一鼓作氣說明已經決定快的話會在今年，慢的話也會在明年初春時出版。

「意思是妳自己上門推銷的？」一名看不出是年輕還是老的男性問道。

「對，我沒有特殊關係，也沒有認識的人，所以要靠自己的雙腳拿著照片到處跑，就像陌生開發的業務一樣。」

喔喔喔，周圍的人點著頭，然而他們似乎已經失去了興趣，開始四處張望尋找熟識的人，或是為彼此的杯子裡倒入紅酒。

「我的話很幸運的是，認識了一位能夠精準判別照片的自由編輯，所以獲得許多建議，不過基本上還是我一個人，現在也正在寫附在攝影集中的文字……」

為了抓回他們的注意力，伊都子繼續說，但還在聽她說話的人，已經只剩下說自己在畫畫的妹妹頭女子了。女子似乎對伊都子的某方面有興趣，站在她正對面不停問了許多問題，像是妳到哪一間出版社推銷、記得應對的編輯名字嗎、現在的責任編輯是誰等等，看來她並不如外表所見的那麼年輕，對與美術相關的出版社瞭若指掌，每當伊都子說出出版社的名字，或是隱約記得的名字時，她都會一臉得意地說「喔，那裡啊，不行不行，那裡只出會賺錢的書」，或是「不是太田是大川吧，我知道他，他是從八卦雜誌轉來的，怎麼可能願意看」之類的話。

「這樣的話，」在話題快中斷時，伊都子主動問道，「您認識宮本恭市先生嗎？他是自由編輯……」

這麼問完，她果然一臉知道內幕的表情點頭。

「喔，曾待過仲嶺出版社的男人吧，很敢衝的那個。」她哈哈大笑。

「您認識嗎？我現在正和他合作，他經常給我建議，這次的案子也是他……」可以談到恭市讓伊都子很開心，忍不住就說了出來，但她卻完全不聽伊都子說話，洋洋得意地繼續道：

「原來他現在是自由編輯啊，最後一次見面時我還給了他忠告，叫他絕對不要成為自由編輯的說，雖然那已經是久遠到想不起來的過去的事了，不過反正就算沒有工作，他們家也可以靠他太太吃喝。」

伊都子維持掛在臉上的笑，看著從事畫畫的女子。

沒有打算離開伊都子的畫畫女馬上又換了個話題。

「所以妳說出版社那邊的承辦人是誰？」

「我想想，是中村先生，嗎？」上個月見過、出版社那個謙和的男人，伊都子早就忘了他的名字，只是心不在焉地隨便說了個名字。

「哦～他是轉職過來的新人嗎？還沒有來跟我打過招呼呢！」

「原來宮本先生真的結婚啦。」伊都子依然笑著說。

「咦？妳不知道？很年輕時就先有後婚了。」

「因為我們只有公事往來，所以我不清楚他的私生活，連他幾歲都不知道，只是他看起來很年輕，我一直以為他一定還是單身。哦～連孩子都有了。」

別擔心，說得很好，她沒有起疑，這個女的也不會在之後去和媽媽告狀，伊都子想。還想知道更多關於恭市的事，還想再問更多，究竟該說些什麼怎麼說才能自然地套出情報？腦中正紛亂地思考時，有人拍了拍伊都子的肩膀，一轉身，芙巳子站在那裡。

「欸，阿珠要煮義大利麵，妳能不能收一下空盤子？」

伊都子愣愣地將視線轉移到母親身上，剪短的頭髮，依然是不帶妝的臉，因為頗有份量的耳環而稍微下垂的沒有彈性的耳垂。

「聽說伊都子要出攝影集了，剛才和她聊起來，聽到的都是認識的名字，真令人驚訝，世界還真小呢。」

畫畫女狀似親密地和芙巳子搭話。

「妳啊，拚了命地在到處推銷自己，難怪到哪都是妳認識的人啦！」

芙巳子輕描淡寫地說，畫畫女的臉突然脹紅了起來，瞬間，伊都子感到一股孩童般的勝利。低級的女人，伊都子看著畫畫女這麼想，這個人不是對我說的話有興趣，她只是想表現出自己在出版界很有名。低級的女人。明明是自己主動詢問恭市的事，而她也確實說了自己想知道的事，伊都子卻反過來怨恨她，在心中腹誹道。伊都子離開那裡，按照芙巳子說的疊起空盤子。

「攝影，哼嗯，攝影啊。」芙巳子走到伊都子身旁，嘖嘖稱奇似地這麼發出幾個音節後，又回到沙發大搖大擺地坐下。伊都子視線從母親身上移開，拿著盤子往廚房走去，廚房裡，守谷珠美雙手握著鍋柄正在甩鍋，沾滿咖啡色醬汁的義大利麵一下一下地跳動。

「好久不見了，小伊。」

守谷珠美一臉認真地甩著鍋子說道。守谷珠美是比媽媽小了大概五歲的編輯，從伊都子國中時就開始進出這個家，現在隸屬於非翻譯相關的編輯部裡，但芙巳子的聚會她幾乎都會出現，下廚、收拾殘局、招待來客，再過幾年珠美應該就要退休了。

「每次都要麻煩妳，真不好意思。」

伊都子將洗碗精擠在海綿上起泡的同時說道，就在她開始洗起餐具時，珠美將炒鍋裡的東西裝到大盤子裡。

「我把這個拿出去喔。」

珠美向伊都子打聲招呼後就離開了廚房。

伊都子一語不發地清洗黏著油漬與乾掉菜渣的盤子，客廳傳來歡呼聲，可以聽見笑聲、談話聲與小聲的搖滾樂。專注在洗盤子中，客廳的喧囂不知不覺漸漸遠去，微微開了一條縫的廚房窗外，吹進一陣涼爽的風。

曾待過仲嶺出版社的男人，很敢衝的那個，可以靠他太太吃喝，先有後婚。畫畫女的聲音在耳朵深處不停迴盪。

那個低級的女人，一定是將恭市誤認成別人了，伊都子這麼想。伊都子完全不知道恭市成為自由編輯之前的事，但恭市絕對不是很敢衝的那種人，那個女人就是一定要表現出她認識我說的所有人才甘心，所以才會隨口胡謅，畢竟在我隨便說出中村先生這個名字時，她也說得一副好像她認識一樣，竟然不惜做到這樣，也要誇示她人面有多廣。

「小伊，我來洗就好，妳放著吧，去那邊吃義大利麵。」

珠美回到廚房，看著烤箱裡面。

「不用啦，就快洗完了。妳在烤什麼？」

「小羊排，我買了一整塊回來，打算烤完以後再分切，妳一定要吃吃看這個喔。」

「計時器響了我再叫妳，妳先去那邊喝點酒吧。」

雖然伊都子這麼說，珠美卻沒有離開廚房，她雙手抱胸靠在流理台，一直盯著伊都子的手邊。

「我問妳，小伊，妳最近常和芙巳聯絡嗎？」

還以為她不想講話了，沒想到竟然會問這種事。

「很少，我在忙我的事，而且媽媽會囉嗦很多事情，所以我也有刻意拉開距離。」

伊都子一邊沖掉洗碗精，一邊笑著回答。

「這樣啊，也是。以前妳們母女感情好得就像同卵雙胞胎一樣，不過妳也有自己的工作了呢。」

珠美在背後感慨地說。伊都子不是很明白珠美想說什麼，但比起這種事，她更在意恭市的事，她對珠美的話充耳不聞，一心想著等一下要不要打電話給恭市。

「不過啊，妳有時候也來看看芙巳吧，我是也會來，但次數還是有限，妳住得也沒那麼遠吧？」

珠美點起一根菸，按下抽風機的開關，然後這麼說。伊都子關掉水龍頭，轉身看向珠美。

「我媽有說她哪裡不舒服嗎？」

「沒有啦，我不是這個意思。」珠美急忙說道，朝著天花板吐出白煙，「妳想想看，我和芙巳都已經不年輕了嘛。」她笑著說。不明白珠美想說什麼的伊都子雙手甩了甩水，盯著珠美看。

「我第一次來這裡見芙巳時，妳還只是國中生呢，因為一直在一起，所以我們有時候都忘了自己不停在變老，不過妳也已經三十幾歲了吧？我們也該認清自己已經變成歐巴桑了呢！」

快速地說完這些話後，珠美將還抽不到一半的香菸丟進了放在流理台上的菸灰缸裡。

星期六晚上恭市打電話來，「怎麼樣？有進度嗎？」手機喇叭孔另一端的聲音這麼說，那是好久沒有聽見的聲音。

「有啊，我一整天關在家裡對著電腦，踏出家門到外面已經是三天前的事了，你敢相信嗎？」

伊都子盯著幾乎沒寫幾個字的電腦畫面，用開朗的聲音說道。

「等告一個段落之後，我一定會硬拉著妳出門，帶妳到處去玩到怕。」

伊都子將手機用力貼在耳朵上，集中精神在透過手機喇叭孔傳來的聲音。

「你如果不帶我出門，我的腦袋搞不好會壞掉。」

恭市短促地笑了幾聲，之後沉默下來，伊都子也跟著沉默。

「妳寫完的那些就可以了，電子檔可以寄給我嗎？」

「好。」伊都子回答，猶豫了短暫的幾瞬之後開口，「欸，小恭，你在當自由編輯以前，有待過哪家出版社嗎？」

拜託你否認，然後笑著說這什麼問題啊。伊都子祈禱般地想，然而恭市很乾脆地就說了。

「喔，我曾在超小間的出版社待過，大概在那裡工作了四年吧，為什麼這麼問？」

「是叫仲嶺出版社的地方嗎？」

心臟的跳動聲明明激烈得令人害怕，但說出口的聲音卻依然一如剛接起電話時那樣地開朗，伊都子感到很不可思議。

「欸？為什麼？妳遇到仲嶺的誰了嗎？」

「那，」伊都子深吸了一大口氣，屏住，然後緩緩吐出。「你因為女方懷孕，所以在很年輕的時候就結婚了是真的嗎？」

一陣粗糙的沉默，感覺似乎聽見了手機的另一端傳來微弱的車子喇叭聲。

「欸，這是怎麼回事？」

恭市的聲音傳過來。

「什麼怎麼回事，問問題的人是我。」

「怎麼了？妳遇到誰跟妳說了什麼嗎？」

「一個在畫畫的人，她說她知道有關你的事，說你在成為自由編輯之前她阻止過你。」

「欸？有這種人嗎？在我成為自由編輯之前，的確是十個人裡面有九個人都反對，但反對的那些人，和我一點關係也沒有，都是一些根本不是很瞭解我的人，那些人只要嗅到我做得很順利的氣息，就一副很懂的樣子說一堆有的沒的。想要誇耀那些闖出名堂的人是自己培育出來的，那種無能的人啊，到處都有啦。」

沒錯，真的是這樣，那個人真的就是這種人，我媽也說過她，我也覺得她很低級，真的有這種人存在呢！但是，但是呀恭市，你轉移話題了，問問題的人是我，而你還沒回答我的問題。伊都子沒有說出這些，相反地——

「我想見你，」她這麼說。「你現在過來，如果你不能過來，那就我去找你。」

「什麼？現在嗎？」

「對，就是現在，你來我這裡，或是我去你那裡，二選一。」

「等一下，我現在剛好在工作……」

「那我過去，你在工作的話就是人在築地的事務所吧？還是在東中野的家中？」

「那不然雖然會晚一點，不過等我告一個段落就打電話給妳，然後我過去妳那裡，這樣可以嗎？」

「我等你電話，一定要打給我喔！」

伊都子說完，按下結束通話鍵，將手機放在電腦旁，動也不動地盯著窗外。外面在下雨，從房內散發出去的燈光照射出如銀絲般的雨。

別擔心，就算事情是最糟糕的狀況也不用擔心，不久前才剛思考過而已，至今我們都相處得很好，接下來也還有工作，而且我對恭市的心意很明確，我是最明白自己的心意，不是那種會受某些事影響、不是那種搖擺不定的人。伊都子深吸一口氣，屏住呼吸，緩緩吐出，感覺好像身在X光室，在白色無生命力的房間裡，冰冷的機器貼在胸口，將內心的最深處投射在某個東西上的感覺。

來整理一下吧，讓談話可以順利進行。恭市沒有說謊，他從來沒有說過自己沒有結婚，沒有小孩，只是我從來沒問過他，所以我不打算責怪恭市，而且我也沒有那樣的權利。這樣不對，我應該表達我的情感，說我需要你，我沒有辦法離開你。伊都子站起身，走到寂靜的廚房，將煮水壺放到瓦斯爐上，打開櫥櫃，明明想要喝咖啡，回神時卻發現手上拿著湯罐。將湯罐放回原位後，伊都子直盯著櫥櫃內，我剛才打算做什麼？已經搞不清楚一切了，只有煮水壺「咻咻」地猛烈噴發出水蒸氣。

看來自己非常慌亂，伊都子發覺到。

手機響了起來，伊都子全身僵硬，跑出了廚房。

「喂。」接電話的聲音在顫抖。

「啊，小伊？」伊都子認定了會是恭市打來的，沒想到傳來的卻是麻友美的聲音。

「啊，麻友美。」

伊都子深深地嘆了口氣。

「幹嘛啊，討厭啦，竟然嘆氣，好像很失望電話是我打的一樣，我猜是那個吧，妳在等妳親愛的打電話來對吧！」

和高中時代完全沒變的麻友美的聲音讓伊都子鬆了口氣，同時也煩躁了起來。

「什麼事？在這種時間打電話來。」

快哭了，好想脫口說出「麻友美，妳聽我說」，當然，伊都子的口中只發得出和平常沒什麼兩樣的冷淡音調。

「我想說妳會不會忘了明天的事所以才打來，剛才我也打給小千了，星期日傍晚五點開始的《冒險晚餐》，妳還記得嗎？」

「啊，露娜的……」

「沒錯，就是露娜的出道，不要錯過了喔，這是確認用的電話。」

「別擔心，明天我在家，我會看。」

「啊——太好了，對不起喔，這麼晚打給妳，小千也說她會看，我真的是放下一顆心了。那就這樣啦，看完以後要告訴我感想喔，用電子郵件也沒關係。」

「好，我知道了，下次見，晚安。」

麻友美，聽我說，不要掛掉。為了不這麼大喊出聲，伊都子急忙掛斷電話。

雨還在下，廚房裡的煮水壺依然發出尖銳的聲音不停噴出蒸氣。

媽媽說的話成真了，伊都子緩慢地移動到廚房同時這麼想。當初真的不應該告訴媽媽恭市的事，就是因為說了事情才會變成這樣。

他是不是有妻有子啊？就因為媽媽半開玩笑地這麼說，事情才會成真——伊都子這麼覺得，當然伊都子一點也沒有去思考這個理論不合理之處。

為了等待五點開始的節目，伊都子從四點就坐在電視機前了，她沒有看進嘈雜的節目內容，只是漫不經心地盯著電視，總覺得有很多事情要思考，但直覺卻說不要去想比較好。什麼都不想地呆坐著，就想起了昨天的事。

原以為一定不會過來的恭市，在昨天十一點多時出現了，恭市很乾脆地說出了伊都子想問的事。畫畫女說的是真的。恭市說因為女方懷孕，他在二十三歲就結婚了。為什麼不告訴我？對於伊都子的提問，恭市一副理所當然地回答「因為妳又沒問我」。

簡直就像在面試一樣，雙方隔著桌子面對面坐著，伊都子和恭市來回一問一答。「你的小孩多大了？」、「今年十二月就六歲了。」、「只有一個嗎？」、「不是，還有另一個三歲的。」、「你靠太太養你嗎？」、「這算什麼問題？剛成為自由編輯時的確曾經靠過她，但是她沒在工作時也是我在養她啊！」、「你太太在做什麼工作？」、「什麼工作？就普通的上班族啊。」、「他們公司是做什麼的？」、「就進口家具……哈哈，總覺得好像在面試。」、「她知道我的存在嗎？」、「不，不知道。我很少回家，也很少和她講話。」

伊都子也很驚訝，恭市的這句話竟然讓自己感覺像是心中有一盞燈被點亮了一樣，自己對這樣的內容感到很開心。

「為什麼？這表示你已經不愛她了嗎？」、「我說啊，」恭市在這裡停頓了一下，整個人往後仰看著天花板，「什麼愛啊那些的，感覺老早就在遙不可及之處啦！」

心中點亮的那盞燈亮度增加了，伊都子還想聽更多，還想聽更多更多。我根本不愛我太太、我們之間沒有愛也沒有對話、我也沒有回家、好想離婚、我想和真正心愛的人在一起……伊都子想聽到這些話，對恭市的憤怒神奇地消失了。

為了思考如何提出有效問題引導出想聽的答案，伊都子靜了下來，而恭市隨即問到：「夠了嗎？妳想問的就這些了？」

我還有問題，還有很多很多問題，但是被這樣一問，感覺就好像不再有任何問題了一樣。就在伊都子默不作聲時，恭市站了起來，走近伊都子，雙掌穿入她的腋下讓她站起身，然後將她壓在桌上，舌頭鑽進伊都子的口中。

「最後一個問題。」襯衫的鈕扣一顆一顆被解開時，伊都子以細微的聲音說道，

「我們的關係會變得怎麼樣？」

「怎麼樣？」恭市反問。恭市的舌頭舔著胸罩被拉下、袒胸露乳的伊都子胸部，以含糊的聲音道，「妳想變怎麼樣就變怎麼樣吧。」

回過神的伊都子聚焦在電視上，從四點就開始等，結果真正重要的節目早就已經開始了。那是孩子們和藝人一起在野外做料理的節目。伊都子將根本沒有解開任何疑惑的昨天的事趕出腦袋，仔細看著電視畫面，孩子們鬧烘烘地大聲吵嚷著，一邊將薯類和菇類包進鋁箔紙中。不論再怎麼仔細看畫面，伊都子都認不出哪一個才是露娜，發出尖銳的聲音，以笨拙的動作處理食材的孩子，每一個看起來都像是恭市的孩子。我還有問題，伊都子想，忘了問他小孩是男的還是女的。總覺得其實還有別的更想問的問題，但伊都子將那別的問題排除腦袋之外，想著下次見面時一定要問他孩子的性別，然後在電視機前重新調整坐姿。

難以原諒。

氣憤的麻友美在沙發上坐下，倒轉錄影帶，然後播放，安靜的房子裡響起了膠卷往回捲的窸窸窣窣聲。

按下播放鍵，《冒險晚餐》，彷彿兒童以蠟筆寫成的字卡在綠色的林木背景襯托下浮現。「今天我們來到了秋川溪谷！」藝人以歡快的聲音說道。「現在要欣賞紅葉還早呢！」另一位藝人說，「今天大家要一起用鋁箔紙烤秋天的味道！」

孩子們跑了出來，穿著淺桃紅襯衫搭配牛仔裙的露娜雖然出現在畫面的最邊邊，但也清楚拍到她，參加同一間學院的小三學生真邊瞳則站在最顯眼的位置。母女倆都是愛出風頭的人呢！還只有五歲的露娜並沒有要讓自己突出的想法，馬上就被小瞳給擋住了，可是還是有清楚地拍到她。

但是，大家卻異口同聲這麼說。

完全看不出來哪一個是露娜。

可以理解幼稚園的媽媽們這麼說，她們大概是覺得很無趣吧，雖然嘴裡說著什麼參加培訓學校好棒呀、要上電視好厲害呀，但麻友美知道她們多少有些意興闌珊。伊都子和千鶴這麼說，嗯，也可以理解，她們上一次見到露娜已經是兩年多前的事了，一定連露娜長什麼樣子都不太記得了。

無法原諒的是連自己的爸媽和老公的爸媽都這麼說。雖然對著公婆實在是說不出口，但麻友美對自己的爸媽大吼道：「外孫女的臉你們也認真找一下吧！」

「可是有那麼多人，我哪認得出來！」這是爸爸的回答。「妳想想，最前面不是有個很可愛的女孩子嗎？她好好笑喔，做得越認真就越容易失敗……」這是媽媽的回應。

媽媽說的是屬於其他經紀公司的津田憐奈，事實上憐奈很可愛，她有一張同時存在大人成熟以及孩子天真的神奇臉龐。她和小瞳不一樣，明明完全沒有想要出風頭，但動作卻無意間帶著搞笑成分，讓人忍不住被吸引。攝影師大概也想著同樣的事吧，畫面經常以憐奈為中心移動，所以麻友美才會連她的名字都記得，也記得她媽媽的臉，她是個長相平凡的女人，不論長相還是穿著打扮都平凡到令人百思不得其解，為什麼會讓孩子加入演藝經紀公司呢？

憐奈和露娜一樣是五歲，身為外婆的麻友美的媽媽，竟然不是看自己的外孫女，而是一直看著其他五歲女孩，想到就理智斷線。

畫面切換到廣告，麻友美到廚房去，打開冰箱，裡面有兩罐啤酒和賢太郎喝剩的琴酒。

「妳要喝啤酒嗎？」

一轉身，賢太郎正站在客廳。

「啊嗯，露娜睡了？」

「睡了睡了，我也來喝一罐好了。」

麻友美拿出兩罐啤酒，將其中一罐連同杯子一起拿給老公。

「什麼啊，妳還在看嗎？而且還是看錄影帶，ＤＶＤ的比較清楚喔。」

賢太郎坐到沙發上，將啤酒倒進杯子裡，麻友美把小餅乾裝在盤子，拿著啤酒回到沙發。

「沒關係啦，錄影帶也滿清楚的呀。」

廣告結束，節目再度開始，麻友美到現在依然不太清楚ＤＶＤ的操作方式，為了沒看到露娜節目的朋友，而請賢太郎燒到了ＣＤ－Ｒ裡，但其中的原理事實上她也不是很清楚。

吃著餅乾喝著啤酒的麻友美專心看著畫面，每次露娜被小瞳擋住時，就會發出「真是的，搞什麼」的聲音，賢太郎從喉嚨深處發出「咯、咯」的笑聲。

「你覺得露娜可愛嗎？」

麻友美看著螢幕問賢太郎。

「這是什麼問題，怎麼可能不可愛。」

賢太郎秒答。

「我不是要問這個，不是從爸爸的角度來看，而是從更大眾的眼光來看啦，就是，你覺得她比小瞳或憐奈可愛嗎？」

「當然很可愛呀，露娜很可愛，妳看，她變成焦點了。」

賢太郎開心地指著畫面，露娜雖然在一瞬間成為焦點，但下一秒鏡頭就去拍其他男孩了。

「井坂麻友美的女兒怎麼可能會不可愛呢！」

賢太郎這麼說，將手環到麻友美的肩上，開玩笑地揉著她的肩，麻友美在沙發上抱著膝蓋，眼睛眨也不眨地看著位在畫面邊緣的自己的女兒。節目結束，廣告再次出現。

「我去洗澡好了，你可以把這個喝掉。」

丟下這句話，麻友美走向浴室。

以大眾的眼光來看，露娜是否其實沒有那麼可愛？最近麻友美會這麼想。例如露娜就沒有津田憐奈那種一目了然的魅力，然後也不像幼稚園同班同學吉田真玲那樣，擁有偶像般的長相，但是，圓滾滾的單眼皮、圓圓的鼻子、大嘴巴、又黑又直的頭髮，這些都是其他孩子沒有的魅力，麻友美這麼想，就算她這麼想，可是像那樣看著畫面，她就清楚明白露娜的外表有多麼平凡無趣。雖然麻友美氣憤所有人眾口同聲說完全不知道露娜在哪裡，但在她內心的某個部分，其實也覺得他們說得沒錯。

露娜和自己長得並不像，麻友美一直這麼認為，隨著露娜的成長她就更加如此肯定。雖然她曾認為女孩子長得像爸爸只是一種迷信，但事實上露娜確實是長得很像賢太郎，又細又小的眼睛，大大的嘴巴，賢太郎的鼻子雖然很挺，可是賢太郎的母親五官全都很圓，圓臉、圓眼、圓嘟嘟的小嘴、塌而圓的鼻子，偏偏露娜就只有鼻子像婆婆。

麻友美對自己的容貌頗有自信，還在樂團裡的時候，唱片公司的人將中間的主唱位置指定給伊都子時，她雖然非常失望，但是受到男孩子歡迎的人不是伊都子而是自己，麻友美一直這麼認為。伊都子漂亮歸漂亮，但她的長相並不是男生喜歡的類型，因為她的臉看起來很冷淡，男生喜歡的是像自己這樣，比起漂亮更適合用可愛來形容的女孩子，還是高中生的麻友美就已經這麼想了。事實上，從國中開始，就經常有人搭訕麻友美，也曾收過其他學校學生的信，「雛菊」解散之後，進入模特兒業的人也只有她而已，和賢太郎結婚以後也還是有工作邀約，她之所以不再當模特兒不是因為過氣了，而是出於她自己的決定，因為那時候她非常渴望有孩子。

為什麼露娜會不像我呢？麻友美泡在浴缸裡認真地思考。「耳朵很像妳」、「臉頰很像妳」，露娜剛出生時朋友和親戚舉出了很多不像老公而是像自己的地方，但自從露娜三歲開始，「哎呀，和爸爸一模一樣呢！」連不認識的人都會這麼說，「和爸爸一模一樣呢」，甚至有人在說完這句話之後笑了出來，麻友美也明白這是因為實在是太像了所以才會忍不住笑出來，但她的感覺卻是露娜的容貌被人取笑一般，不是很愉快。

麻友美往下看向乳白色的浴缸，目不轉睛地盯著浮在水中的乳房後站起來，用浴室裡的全身鏡照過全身之後走出浴室，擦乾身體，打開洗臉台的櫃子，全身塗上保溼乳霜，腳跟和手肘則用別的乳霜塗上厚厚一層，穿上居家服，往房間走去。賢太郎將啤酒放在邊桌上，坐在床上看書，麻友美坐在梳妝台前，面向鏡子。

拍上化妝水，再用別的化妝水仔細輕拍全臉，塗乳液，用乳霜慢慢按摩全臉，賢太郎從鏡子裡專注地看著麻友美的這些動作。賢太郎喜歡看麻友美化妝或是擦基礎化妝品的樣子，總是一臉孩子氣地盯著看，都已經婚後即將邁入第十二年了，卻依然絲毫不厭煩地看著。兩人在鏡中對到眼，賢太郎不好意思地笑了，這個比自己大兩歲的男人，直到現在還是很愛自己呢，這種時候麻友美就會這麼想。

欸，真的是「Dizzy」的成員嗎？我是覺得長得很像，但沒想到是本人，真是太神奇了。

第一次遇到岡野賢太郎時，他對麻友美這麼說，還是大學生的他，似乎從高中時起就是該少女樂團的大粉絲。因為沒什麼女子樂團啊，這和偶像團體不一樣，歌曲毫不馬虎，歌詞也具有文學性，很有震撼力，我那時想，已經來到了這類型的樂團嶄露頭角的時代了呢！賢太郎熱切地說著，讓井坂麻友美聽了以後心情大好。還是大四生的賢太郎已經開始自行創業了，那是間不僅限於自己就讀的大學，而是在各地大學規劃並執行演唱會或演講等企劃的活動公司，雖然麻友美覺得那不過是學生社團的延伸，但或許那時候的景氣很好，隨著兩人越來越熟，麻友美隱約瞭解到還是學生的賢太郎收入比一般的上班族還要高很多。

賢太郎對待自己就像在對待明星一樣，所以麻友美心情很好。「Dizzy」這種作弊的樂團真的是瞬間就被世人遺忘了，沒有人會回頭多看一眼，沒有人來要簽名，沒有人對自己有興趣，在成了這麼普通的二十歲年輕女孩之後，對這個大學生來說，自己卻依然是個特別的存在呢，麻友美想。

抱著好玩的心態開始的樂團，超出了三人的預期，按著大人們的期待變得還算小有名氣，但麻友美從來沒想過當她們不再是高中生之後就失去了商品價值。遭到退學而成為話題的三人，從高二的第二學期開始轉到了其他學校，麻友美和千鶴到都立學校，伊都子則轉入私立學校。由大人決定所有概念的女高中生樂團，一直到三人升上三年級時都還勉強維持住熱度，所以麻友美對於認真煩惱要不要考大學入學測驗的伊都子和千鶴感到很不可思議，因為她打算就這樣繼續進行演藝活動。

麻友美一直以為高中畢業之後，應該還是會有人提供概念給她們，告訴她們要從制服打扮改換成其他什麼樣的服裝，以及該說什麼樣的台詞，但是「Dizzy」的支持度隨著她們畢業日期的接近而每況愈下，經紀公司也很明顯地不再將心力放在她們身上，不過比起這些，更讓麻友美不滿的是伊都子和千鶴，因為兩人都是一副遊戲結束了，對樂團不再有興趣的態度。伊都子和千鶴各自參加了大考，雖然她們都落榜了，但這也表明了她們想要上大學的意思。

工作並非馬上就歸零。高中畢業之後她們還是錄了幾首歌，明明已經不是高中生了，卻還是穿著制服，也曾參加過外縣市的活動，伊都子和千鶴不情不願的樣子連旁人都看得出來，只是她們似乎不知道該怎麼結束一切。

最早決定「Dizzy」停止活動，然後從今往後再也不願扯上關係的人是麻友美，因為麻友美無法忍受這些，外縣市的活動、賣不出去的ＣＤ，不，最讓她無法忍受的是周圍的大人不再將她捧在手心。伊都子和千鶴開始專心準備大考，麻友美則透過所屬經紀公司的介紹得到工作，開始了以雜誌模特兒為主的個人活動。

雖然連有沒有人認識自己都不知道，但麻友美還是很害怕逐漸被人遺忘，就像高中畢業後馬上失去了自己的位置一樣，若是年紀越來越大，再也接不到模特兒的工作該怎麼辦，麻友美開始終日思索這件事。先不論自己是否有特別的某種東西，總之麻友美害怕自己不再是個特別的存在，再不論自己是否明白平凡究竟為何物，總之麻友美厭惡自己被埋沒在平凡之中。就在那個時期，她和岡野賢太郎相遇了。

這個人或許一直將自己當成明星看待，二十歲的麻友美這麼想。「要不要結婚？」二十二歲時麻友美自己開口提出這個問題，當時二十四歲的岡野賢太郎一臉呆滯地看著她。「我想都沒想過那個井坂麻友美會願意和自己結婚。」在很久以後，他才如此解釋自己當時的狀態。

和幼稚園的老師打過招呼，向露娜的朋友們揮手拜拜後，麻友美走出幼稚園，打開停好的車副駕駛座那側的門，露娜卻不坐進去，就算想將她抱進去，露娜也是使足了力氣抵抗。

「好啦，露娜，快上車，快要遲到了。」

然而露娜卻蹲了下來。

「我好像發燒了。」她用細微的聲音說。

「咦？發燒？」

麻友美連忙將手貼在露娜額頭上，但並沒有感受到掌心即可判別的高溫。

「怎麼了？很熱嗎？還是很冷？」

露娜想了一下之後，回答「很熱」，然後小聲說著：「肚子也很痛。」她的手抓緊了從柏油路縫隙間長出來的野草。

「肚子痛嗎？那要不要去廁所？」

「不是這樣啦！」

露娜說完，一屁股坐在了地上。

「肚子痛到沒辦法去練習嗎？」

麻友美看著蹲坐在地低著頭的露娜問道，露娜也不抬眼看麻友美，只是點了一下頭。

「那今天就請假吧，我們去有小狗狗的冰淇淋店，吃露娜最喜歡的粉紅色冰淇淋，摸摸小狗狗之後就回家？」

「嗯，好。」

露娜馬上站起來，自己坐進了副駕駛座，麻友美關上門，坐上駕駛座，發動車子，唱起了露娜喜歡的卡通歌，坐在兒童座椅裡的露娜也跟著一起唱了起來。

開過目黑通，來到環狀七號線時，露娜露出了不安的表情，她看向窗外，再轉頭抬眼偷偷看著麻友美，看來她發現了媽媽並沒有按照約定前往冰淇淋店，然而麻友美一句話也不說，心情非常好地繼續唱著歌，奔馳在環狀七號線上。

她開始會裝病，已經長大了呢，麻友美對這點感到欣慰，但這麼容易就被冰淇淋店給騙上了車，果然還是個孩子呢！麻友美多少也察覺到最近露娜不願去學院上課，上上星期她從鞦韆上摔落說腳在痛，因為老師確實也是這樣和家長說明，加上她的右腳膝蓋撞出了瘀青，為了慎重起見學院那邊就請假了，或許她因此食髓知味了吧，在那之後的下一次課程她也說頭痛，上星期則是說身體不舒服。

「露娜都不惜裝病也不想去了，妳還硬要帶她去。」若是千鶴她們的話大概會這樣責怪自己吧，手握方向盤的麻友美這麼想，但是上星期和先前幾次，帶她去學院之後，她也是很平靜地上完課了呀，和學院裡的朋友也相處得很融洽。我還記得很清楚，麻友美想，小時候我也是非常討厭去上鋼琴課，可是比起討厭鋼琴課，其實我只是討厭放下手邊正在做的事情去別的地方而已，但媽媽不准自己請假，就算是真的發燒了也會被逼著去上課，不過就是因為如此，自己那個時候才會彈電子琴，麻友美這麼想。就算是業餘樂團，如果成員連樂器都不會彈奏，那也不會有之後的「Dizzy」，那個樂團之所以可以走到出道，並且曾經擁有即使只是瞬間燦爛的知名度，這都是媽媽的功勞，麻友美一直這麼認為。

不管麻友美多努力唱歌，露娜都不跟著唱和，她只是一臉不安地看著窗外。

小孩子什麼都不懂，麻友美只在心裡想著沒有說出口。將來會在哪裡派上用場，小孩子根本不會明白，所以只能由父母在某種程度上替他們安排，就算不能逼著他們去做，至少也要替他們拓展選擇的廣度，三十歲之後就算想要跳舞，也不是說學就學得起來的，所以我是為了這個孩子好，才會狠下心來帶她去學院。

麻友美發現自己內心說話的口氣就像在找藉口一樣，不禁苦笑了起來，雖然不知道究竟為什麼，但麻友美總是用這樣的方式在和伊都子及千鶴說話，找藉口、解釋、炫耀、訴說內心的煩惱，只不過事實上，自己既不曾向已經三十多歲的她們訴說內心的煩惱，她們也不曾向自己提過什麼意見。

「露娜，今天的晚餐就做妳喜歡的熱呼呼焗烤好不好啊？」

麻友美以開朗的語氣問露娜，露娜依然看著窗外，以快哭出來的聲音回答「嗯」。露娜的個性是就算想說什麼也不會明確說出來，有時候這讓麻友美感到很煩，但在這種時候就很容易讓事情照著自己的想法走，只要帶她到學院去，她就會和朋友開心度過一個下午。麻友美放入迪士尼的ＣＤ，開始哼起了歌。

從小時候起，麻友美就沒有想過自己將來要做什麼，只是想要隨心所欲地生活，她向來認為和願意讓自己隨心所欲的男人結婚是最好的方法。而樂團神奇地大賣時，她覺得好像終於瞭解了自己，什麼啊，原來就算不用去找一個願意讓我隨心所欲生活的男人，我也擁有足以讓自己隨心所欲生活的能力，麻友美這麼想。高中畢業之後沒多久，樂團完全賣不出去的時候，麻友美仍不認為那種想法只是個錯覺，只不過她快速地修正了軌道。

事實上，岡野賢太郎提供了麻友美隨心所欲的生活。賢太郎的活動企劃公司在泡沫經濟破滅以後一度面臨危機，但他的雙親立即出資，賢太郎則保留活動企劃公司的職務，同時和朋友創立電腦相關企業，那是一般家庭裡電腦還不是非常普及的時代，就算聽了工作內容麻友美也是一頭霧水，她對於公司能否順利營運感到不安，不過至少到目前為止，麻友美和女兒露娜都沒有被迫過著不如意的生活。

麻友美交替試穿著羊毛套裝的褲裝和裙裝，因兩者都難以割捨而猶豫不決，賢太郎告訴她乾脆兩件都買下來。

「可是我也想要毛衣呀。」

「那毛衣也買不就好了。」

抱著露娜的賢太郎說，麻友美將整套套裝交給店員，開始物色起毛衣。

「灰色和白色你覺得哪一件比較好？」

麻友美輪流將毛衣比在自己身上。

「兩個顏色都很適合妳啊。」

賢太郎開心地說。

「那這個也可以兩件都買嗎？」

「真拿妳沒辦法，好啊。」

「耶！」麻友美雀躍地小小跳了一下，拿著兩件毛衣走向結帳櫃台，隔壁在看毛衣的女人瞄了一眼麻友美，然後裝作若無其事的樣子偷看賢太郎，這種時候，麻友美會產生一種優越感。賢太郎將露娜交給麻友美，站在收銀台前方，手上拿著錢包，默默地看著店員過度仔細地包裝服飾。

「媽咪，我好渴。」

手上牽著的露娜說。

「買完東西之後我們去樓上喝點東西吧，然後再去買露娜的東西。」

「好，那我想要故事書。」

「妳不是有很多故事書了嗎？我們去買衣服吧。」

「衣服有很多了。」露娜固執地堅持。

這孩子到底是像誰呢？麻友美不可思議地想。麻友美在差不多露娜這個年紀的時候，每次去買東西時就會吵著要買這個買那個，她想要的都是衣服或是娃娃，雖然絕大多數時候爸媽都不會買給她。

賢太郎跟在雙手抱著紙袋的店員後方走回來，他在店舖門口接過東西走了出來。

「謝謝惠顧。」麻友美聽著店員道謝的聲音，小跑步追上賢太郎。

「露娜把拔，我超開心的，謝謝你——」

她誇張地說，賢太郎一臉不好意思，但又隱隱充滿自信地笑著昂首闊步前進。

麻友美覺得有一種突兀的感覺，那是像植物尖針刺痛手指般的異樣感。

「媽咪，我好渴。」

手上牽著的露娜說。

「好、好。露娜把拔，露娜說想去樓上的飲料店喝點東西。」

麻友美向走在前方的老公說，匆忙地掩蓋住異樣感。

每一次和老公來買東西時，這種感覺總會襲上麻友美心頭。

買東西給別人的成人得意的表情，對比討好般表現得很開心的自己，讓麻友美有一種自己現在仍是個孩子的錯覺。事實上大方掏錢買下衣服和飾品時的賢太郎，態度總是格外神氣，麻友美覺得他好像想表達如果沒有他，自己就會流落街頭。的確，她是沒有辦法花超過二十萬日圓買東西，也正因為如此她才會諂媚地道謝。

伊都子或千鶴的話——麻友美再次將她們拿出來作對照——她們又是如何呢？伊都子和千鶴都在工作，所以大概沒有感受過這樣的心情吧，還是說，伊都子和千鶴也是會帶著屈辱的感覺，讓戀人或媽媽或老公買東西給她們嗎？下次問她們看看好了，想是這麼想，但麻友美不知道該怎麼問才好。

「先去買妳的東西，然後去吃晚餐好不好？現在喝了果汁，妳肚子就飽了。」

走進電梯裡的賢太郎轉身蹲下和露娜說。

「怎麼樣，露娜？這樣好不好？」

露娜雖然一臉不高興，不過還是點了點頭。想喝果汁的話就直說自己想喝果汁啊！明知這是遷怒，但麻友美還是對不明確說出自己想法的女兒感到煩躁。

我們家該不會很窮吧，麻友美是在剛上國中時開始這麼想的。小學時從來沒想過這種事，但通過入學考試後就讀的女子學校，和小學完全不一樣，班上的同學只要快遲到了就會一臉稀鬆平常地搭計程車，身上穿戴的都是名牌手錶和包包，慶生會的規模也不一樣，在自家舉辦還算是普通的了，也有人是包下高級餐廳或飯店的大套房慶生，而生日禮物也都是一些名牌物品，甚至有一次想說對方辦在自己家中就安心出門，結果那是在有網球場與游泳池的豪宅中舉辦的花園派對。

麻友美慢慢認知到，和普通上班族爸爸、做著時薪制工作的媽媽，以及撿自己穿不下的衣服穿的妹妹，一家四口住在集合住宅裡的人只有自己。究竟是真的沒錢，還是生性節儉，大概兩者都有吧，總之麻友美的記憶中從沒有喜歡的東西想要多少就能買多少的印象，父母只願意將錢花在和學習才藝或讀書有關的事情上，其他的東西不論什麼要求都不允許，書愛買多少就能買多少，但衣服卻不是想要就能買；鋼琴就算不想學也被迫一直學，可是全家卻難得出門外食一次。

國高中是另一個世界，和花錢如同在抽車站旁免費贈送的衛生紙一樣的同學來往非常辛苦，學校禁止打工所以不能去賺錢，就算和父母索要零用錢也有上限，沒辦法增加，麻友美拚了命地在隱瞞錢包空空如也的事實。幸運的是，家中經濟越寬裕、越是千金小姐的同學，打扮就越是樸實，也越不在意金錢，即使假日和她們到鬧區逛街，也不需要為自己的穿著感到丟臉，就算順路一起搭計程車，車資也是由她們支付。

即使如此，麻友美依然不能辦慶生會（總不能招待她們到集合住宅裡），聖誕節派對或文化祭慶功時，也必須打電話和祖母索討零用錢。校外教學、畢業旅行或夏天的林間學校更是一大痛苦，不但身上帶的錢額度不同，玩的東西和買東西的方式也不一樣，國中的畢業旅行是自由活動，到了祇園時她們覺得好玩就買下了舊和服，然後預約料亭吃了一萬日圓的全套精緻料理。麻友美曾感到後悔，要是選擇就讀公立學校就好了，好想要和小學的時候一樣，在自己的家境與其他人沒有不同的認知下長大。

建議她就讀女子學校的人是她的父母。「這個社會是用學歷來判斷一個人」，這是爸爸的口頭禪，麻友美隱約明白只有高中畢業的爸爸為此吃了很多的苦；「那間學校雖然對我們家來說是高攀了，但以後妳就會覺得幸好當初勒緊褲帶也要去念。」媽媽好幾次和麻友美這麼說。事實上父母的確是很拚，爸爸開始很晚回家，媽媽則是假日也要排班工作，或許是因為他們光是供應麻友美一個人就分身乏術了，因此即使妹妹不由美的成績比姊姊好，仍然被送去就讀公立國中。「姊，妳很不要臉欸！」每次妹妹這麼說，麻友美就會在心裡嗆回去，「那妳跟我交換啊！」

每當接近聖誕節時，全家都會一起到百貨公司去，這是一年一次的固定行程，這一天，大家可以買自己喜歡的東西，爸爸則會看起來格外驕傲自大。在大外套和毛衣間猶豫不決，好不容易選完拿到結帳櫃台時，爸爸會用一種矯揉造作的動作拿出錢包，走出店家門口後，媽媽則會讓人不忍直視地深深低下頭，說：「孩子的爸，謝謝你。」如果不跟著這麼做就會被媽媽罵，所以麻友美和妹妹也會在買完東西之後，深深地低下頭說同一句話，爸爸聽了那句話之後，就會嚴肅地點點頭，用命令般的口吻說「要好好讀書」或是「要幫媽媽做家事」。「好～」、「我會加油～」麻友美和妹妹則會歡快地回答。

這個固定行程隨著年紀增長變得越來越痛苦，媽媽看起來很悲哀，爸爸則讓人覺得丟臉，還有只不過是一萬日圓不到的毛衣或裙子，卻換來被人命令做這做那的，這也很令人火大，但麻友美知道，這種事一旦說出口，氣氛馬上會變得很糟，所以她一直表現得很開心，「哇～爸爸，謝謝你～」、「好～我會更努力～」，她總是帶著笑容這麼說，一直持續到高中一年級的聖誕節。

那時候麻友美下定了決心，她要成為可以隨心所欲買喜歡的東西的大人，不需要討爸爸歡心也能得到想要的東西的大人，然而麻友美並沒有更深入地去思考，為了隨心所欲地生活她應該做些什麼，她應該成為什麼樣的人，她又想成為什麼樣的人，她只是希望可以逃離「那裡」，但卻沒有訂立逃離之後的目標。

每次和老公去購物，由老公當金主隨心所欲地買了喜歡的東西時，心中總會瞬間湧起異樣感，那是因為小時候和現在實在是太過相像了的關係。當然購買的東西金額不同，爸爸和老公也不一樣，老公也不會因此命令她做什麼，但麻友美總是會想，我逃離了那裡之後，又來到了哪裡呢？不，我以為我逃離了，結果又回到同樣的地方了嗎？每當思緒快飄到這裡時，麻友美就會急忙掩蓋住這個念頭，她會在內心說「啊～好幸福呀」，在心裡想著旁邊那個挑毛衣的女人，或是某個衡量薪水和三萬幾千日圓毛衣價值的人，覺得她們真是可憐呢！這樣一來，那股異樣感就會消失得無影無蹤，她就可以相信自己已經獲得了過去描繪的美好生活。

踏進幼稚園大門的麻友美，在園區裡幾名玩耍的幼兒中尋找露娜的身影，然後大吃一驚，在角落和朋友香苗玩的露娜，身上穿著沒見過的衣服，麻友美正想跑過去時，視線停在了排隊等待玩盪鞦韆的真玲身上，她幫露娜穿的全新毛衣不知為何現在是真玲在穿。麻友美跑向了真玲，而不是露娜身邊，當她回神時自己正抓著真玲的手臂大聲怒罵。

「妳為什麼隨便穿露娜的衣服？這種行為就叫做小偷。」

真玲一臉懼怕地抬頭看著麻友美，皺著小臉隨時都要哭出來。不久前老公才剛買給露娜的黑底含蓄刺繡毛衣，穿在真玲身上比穿在露娜身上還要好看，麻友美發現自己的腦海一隅竟然這麼想，霎時臉紅了起來。

「這是露娜的衣服吧？快脫下來！」

麻友美拉扯著真玲的毛衣大聲罵道，老師飛奔而來，真玲像是確認好老師過來的時機一樣放聲大哭，來接孩子的媽媽們遠遠地看著。

「發生什麼事了？」年輕的老師一臉別找麻煩的表情赤裸裸地看著麻友美，因此益發惱怒的麻友美更是拉高了音量。

「她穿著我女兒的衣服，這才剛買沒多久，一定是她逼我女兒脫掉的，這裡鼓勵任意偷拿他人東西的行為嗎？」

「什麼偷拿……」頭髮綁成三股辮的老師眉頭皺了起來，「那是吃午飯的時候露娜說很熱自己脫掉的，然後真玲說會冷，所以才問過露娜之後借給她，結果她們就說要交換衣服穿，這只是她們覺得好玩所以換穿衣服罷了。」

哎呀，的確不是值得這麼大驚小怪的事呢，麻友美也察覺到了，但已經無法回頭了。

「難道只要孩子們同意，就什麼東西都可以交換嗎？如果她說想穿著這件衣服回家，然後露娜說好，這樣這件衣服就變成她的了嗎？」

「就說是……」老師皺著眉頭狀似刻意地嘆了口氣，蹲在哭個不停的真玲面前，「真玲，露娜要先回家了，我們把衣服換回來吧。」她用溫柔甜美的聲音說道，協助真玲脫下毛衣。「露娜，交換衣服遊戲結束了喔！」被老師這麼一喊，露娜往這裡跑了過來。「好啦，兩個人來換衣服吧。」然而露娜只是低著頭，沒有要脫衣服的意思。麻友美看著露娜身上的運動衫，已經褪色的黃色布面上印著一隻大大的熊，背後則寫著白色的「NICE DAY NICE FRIEND」。好土的衣服，麻友美惡毒地想，奇怪的熊，還加上不知所云的一句話。

「露娜，去穿妳自己的衣服。」

麻友美這麼說，露娜才開始不情不願地脫起衣服，因為在頭部那裡拖了很久，麻友美就幫她拉起衣服脫掉，然後將運動衫塞給老師，幫露娜穿好黑色毛衣。

「這是把拔買給妳的，不可以隨便交換衣服穿。」

真難看，麻友美想，我真是太沒有大人樣了，不過是件衣服，不過是小孩子在玩，我竟然這麼大驚小怪。想到比起自己的女兒，那個女孩更適合成熟風的毛衣，結果就一把火上來，實在是太蠢了，還說什麼「這是把拔買給妳的」這種小家子氣的話，但麻友美越是認知到自己有多難看，就越是無法當場承認自己的錯誤。

「要交換衣服穿是也沒關係，但萬一以後都不知道該怎麼區別自己的東西和別人的東西那可就糟糕了，還請老師好好教教。」

麻友美輕蔑地向正在幫哭個不停的真玲穿運動衫的老師說完，就牽著露娜的手離開。

「岡野太太，之前就請妳不要開車來接孩子了。」

老師在背後說，但麻友美無視她的話繼續往前走，露娜轉身向真玲揮手拜拜，穿著自己衣服的真玲還在抽抽噎噎地哭著，在角落目不轉睛看著這邊的媽媽們，像是要避開麻友美一樣讓開一條路，麻友美知道她們正用帶著譴責的目光看向自己。

「再見！」麻友美故意開朗地打聲招呼，快步離開了幼稚園。

就在踏出門外時，露娜再一次轉身，揮了揮手拜拜，被拉著連帶轉身的麻友美看向孤零零站在老師身邊的真玲，真玲依然癟著嘴，但還是輕輕向露娜揮手。

回家的路上，麻友美繞到露娜喜歡的冰淇淋店去，那是一間在門口飼養黑色拉布拉多犬的義式冰淇淋店，人行道上排了幾張桌子，雖然風有點冷，但露娜說想坐在狗狗旁邊，所以她們選了戶外座位。露娜認真地舔著和自己的臉差不多大的草莓冰淇淋，麻友美則舔著奶油起司口味的冰淇淋，同時抬頭看向晴空。幼稚園的媽媽們大概有好一陣子都不會和自己說話了吧，她想著，到年底之前，有秋季遠足、萬聖節派對、聖誕節，一想到行事曆上排得滿滿的行程就忍不住嘆氣。

「算了，這樣也好。」麻友美嘟囔著。沒有關係，我沒有把幼稚園的媽媽們當成是朋友，也沒有想要和她們成為朋友，我有千鶴和伊都子，學院裡也有一些要好的媽媽。

「什麼東西很好，媽咪？」嘴巴四周沾上粉紅色的露娜問道，麻友美一邊用溼紙巾幫她擦拭嘴巴一邊說：

「我是在說天氣很好很舒服呢！」

「很舒服呢，媽咪。」露娜也學著麻友美的語氣說道。

「露娜，不可以再交換衣服穿了喔。」麻友美帶著笑容看著露娜。

「嗯，可是……」

「可是什麼？」

「可是那個很可愛……」露娜用幾乎要消失的聲音說。

什麼東西很可愛？熊的圖案嗎？還是穿著那件衣服的真玲？麻友美想問但又沒有問出口，因為這樣實在是太傻了。

「小學怎麼辦呢？怎麼辦呀，露娜。」麻友美像在自言自語地說道。和那間幼稚園的孩子們，應該說和那些媽媽們還要再相處六年，想到就忍不住發抖。要不要去讀私立學校算了，這樣就不會因為交換衣服穿的事而被指指點點了吧？又或者私立學校裡，根本不會出現交換衣服穿這種無聊的事？麻友美想起了自己的國中時代，露娜應該不會遇到像自己那樣不好的經驗，因為她和現在的自己一樣，獲得能夠隨心所欲生活的保障了。但是如果要送私立的話，就必須去找學校，還必須讓露娜讀書好參加考試吧？除了學院之外還要去補習，露娜吃得消嗎？匆匆想過各方面之後，麻友美鬱悶了起來。

「那還是很久、很久、很~久以後的事啦！」因為露娜用一副小大人的口氣說話，於是麻友美笑了出來。

「是呀，還是很～久以後的事呢。」麻友美回答。她說得沒錯呢，麻友美決定不再去想。按照順序思考，經過深思熟慮後作出結論或是理解事物，對麻友美來說很困難，就像過去她無法思考「想要隨心所欲地生活」之後的事一樣。

麻友美一邊攪散打在大碗中的蛋，一邊從廚房中島看向客廳，露娜抱著喜愛的小熊玩偶坐在沙發上，翻看著故事書，看來是在念給小熊聽，不過呢，還不認識所有文字的露娜小小聲地說著的，似乎是照著書中的圖片編出來的自創故事。

她的問題在於個性，麻友美在內心叨念著。

九月和十月這兩個月，露娜總共落選了五次試鏡，也就是說在孩子們一起煮飯的綜藝節目之後都沒有其他工作進來，還算是知道高中時代的麻友美有多活躍的經紀人，其實有特別照顧麻友美母女。露娜的魅力並不是大朵的向日葵或非洲菊那種張揚的類型，真要譬喻的話是像蒲公英或紫雲英那樣素雅且容易親近的花，麻友美向來是這麼認為的，而經紀人似乎也瞭解這一點，她會將適合露娜的試鏡優先提供給她，又唱又跳的廣告她不會推薦露娜去試，但若是有歷史劇的兒童角色，或是故事性強的廣告試鏡機會，她甚至會打電話到麻友美的手機通知她，但是露娜卻老是無法入選。

畏畏縮縮、在家一條龍在外一條蟲、沒有主見、我行我素、容易放棄，麻友美認為露娜的這些性格就是試鏡無法成功的原因。站在沒有人叫她唱歌她卻自顧自唱起來的五歲孩童旁邊，露娜卻是低著頭在玩裙襬；被問到喜歡什麼東西，接在模仿了藝人的女孩之後的露娜，卻只是回答「狗的……」，話說到一半就不說了，可是在回程的車子裡，她卻會對著麻友美活潑地唱著流行歌，就是因為這樣，麻友美才會老是覺得心煩。

該怎麼做才能矯正露娜畏畏縮縮的毛病？麻友美將蛋液過篩，和高湯混合均勻，在將蛋汁倒入碗中時，露娜忽然站了起來。

「把拔。」露娜大聲叫著往玄關跑去，看來她的耳朵沒有錯過玄關大門打開時的微小聲響。

「我回來了，這個是給妳的禮物。」

抱著露娜走進客廳的賢太郎隔著中島將黑色紙袋遞給麻友美。

「這是什麼？」

麻友美接過來往裡面一看，袋子裡放著繫了緞帶的盒子。

「巧克力，我看到開了一間新的店。」

賢太郎這麼說，放下露娜後走到房間去換衣服。

「露娜，把拔買了巧克力回來喔，等一下和媽咪一起吃吧。」

「耶～露娜最喜歡巧克力了。」

露娜在客廳裡轉圈圈。明明這麼可愛，為什麼就不能在不認識的人面前做出一樣的事呢？麻友美悄悄地嘆了口氣，將巧克力收進冰箱裡，繼續準備做茶碗蒸。

那通電話是在晚餐結束，麻友美正將巧克力擺放到盤子上時打來的，她看了一眼放在廚房中島上的手機，上面顯示著學院經紀人的名字，麻友美認為一定是有新的試鏡機會，便以充滿精神的聲音接起電話。

「岡野太太，妳以前組過樂團吧？」

經紀人平林恭子是快要四十歲的女性，她不只授課教學，也擔任學院學生們的經紀人，在審核入學的面試時，和麻友美說「好像在哪裡看過妳」的人也是她。

「啊，嗯，是這樣沒錯……」

麻友美低頭看著擺到一半的松露巧克力，驚訝地想著不知道經紀人打算說什麼，賢太郎坐在餐桌旁，將威士忌酒杯湊到露娜的鼻尖前。

「是這樣的，妳之前的那個樂團能不能一日限定復活，然後上電視演出？」

緊張地看著露娜，擔心她會不會不小心喝到威士忌的麻友美，因為恭子出乎意料的提問發出了驚愕的聲音。

「蛤？」

賢太郎和露娜回頭，麻友美沒有移開和賢太郎交會的視線，仔細地聽著電話那端傳來的恭子的聲音。

恭子快速解釋那是一個名為「復活大作戰」，專門播出老歌的音樂節目，其中一個單元是請現在已經沒有從事音樂活動的人登場表演歌曲，她認識的製作人正在尋找願意上節目的人，所以想問是否能將聯絡方式給對方。

「啊，可是，那個……」

「不需要馬上答覆沒關係，總之可以告訴對方妳的聯絡方式嗎？他不是奇怪的人不用擔心，當然妳想拒絕也沒問題。」

恭子聲音的背景聽起來是類似酒館的喧鬧聲。

「給聯絡方式是沒關係啦……」

麻友美依然看著賢太郎，嘟囔著說。

「那我就給他妳的手機和家裡電話喔，他是個男的，姓神原，不是什麼壞人，我想他這幾天就會和妳聯絡，再麻煩妳了。」

恭子匆忙說完後就掛斷電話，酒館的喧鬧迅速遠離。

「怎麼了？」

賢太郎問。

「沒有啦，沒什麼，我現在拿巧克力過去，把拔，你去泡咖啡。」

麻友美笑著說，迅速將巧克力擺到盤子上端到餐桌，賢太郎按照吩咐站起身，開始準備咖啡機。

「露娜，妳可以選妳喜歡的。」

麻友美說完，露娜兩手手肘撐在桌子上探出身體，認真地挑起了巧克力，但她似乎有選擇困難，不知如何是好地抬起頭，小小聲說道：「媽咪，給妳先選。」

若是平常的話，麻友美連露娜說這種話都會感到煩躁，但她卻照著露娜說的低頭看擺在盤子上的松露巧克力，恭子沙啞的聲音還迴盪在耳邊。

「為什麼妳們兩個要同時盯著巧克力？還一臉認真的表情。」

賢太郎笑著走回來，讓露娜坐在大腿上。

「媽咪正在挑選。」

露娜用小大人的語氣說，麻友美倏地從巧克力中抬起頭。

「你聽我說，很搞笑欸，經紀人恭子小姐不只是推銷露娜，她連我都想推銷出去耶，說有個什麼音樂節目，問我能不能用以前的樂團去上那個節目，把我這種歐巴桑從山洞裡拖出來到底想要幹嘛啊，真討厭。」

一口氣說完後，麻友美看向天花板笑了。

「哦～很棒啊，妳就乾脆去上節目吧？」

一看賢太郎，他是以認真的表情在說這句話。

「你是認真的嗎？一把年紀的歐巴桑，唱著已經沒有人記得的歌，只是去丟臉的吧！」

「不會啦，而且妳看起來根本不像歐巴桑，再說『Dizzy』以前有很多粉絲，我想大家都會很高興，我也可以跟公司的人炫耀喔，露娜也是，媽咪上電視妳也會很開心吧？」

因為麻友美遲遲不作選擇，所以也選不出巧克力的露娜，只是盯著巧克力回答。

「嗯，露娜非～常開心。」

「討厭啦，連露娜都這樣說，你們兩個真的是，很偏袒自家人耶！」

麻友美笑著捏起一顆巧克力放進嘴裡，在旁一直看著她動作的露娜，也慢慢伸手向盤子。

若只是收發電子郵件，麻友美已經能毫無障礙地使用電腦了，她只打開賢太郎當作書房使用的房間裡的立燈，反覆打幾個字後停下來思索，用刪除鍵刪掉打好的字句，然後又再次敲起鍵盤。

郵件收件者是千鶴和伊都子，「露娜上的學院的經紀人說有個節目要讓『Dizzy』再次組成」，麻友美寫給兩人。

很好笑吧，那種沒什麼知名度的樂團竟然也有人邀請。

一開始是這麼寫，寫得像是一笑置之一樣，事實上她原本的確是打算一笑置之，可是一旦提到露娜，敲鍵盤的手就停不下來。

露娜不知道像到誰，個性畏畏縮縮，衣服被幼稚園的朋友拿走了也不會回嘴，喜歡唱歌跳舞，在我面前會一臉得意地唱跳給我看，但在不認識的人面前就完全縮回去。我也不是硬要讓她當藝人，可是繼續這樣下去，我很擔心她上了小學以後一樣會過得很辛苦，所以我突然有一個想法。我其實不想上電視，而且現在也唱不了什麼歌了，但是，如果這時候我壓抑下自己覺得害羞的心努力嘗試的話，或許會成為露娜破殼而出的好機會，我想，看見努力嘗試的媽媽之後，露娜應該也會產生勇氣才是。

停下手，反覆閱讀，這樣寫感覺好像是自己想要上電視一樣，於是幾乎刪去全文，重新再寫一次。隨著刪刪寫寫，麻友美越來越覺得自己上了電視之後就真的能夠拯救露娜。

所以，千鶴，伊都子，妳們覺得呢？

在重新寫了好幾次的內容之後又加上這句話，然後麻友美按下寄出鍵。

在大罵穿了露娜衣服的真玲的那天晚上，真玲的媽媽打電話來抗議，說「光是插手孩子們的遊戲就已經夠那個了，聽說妳還叫我女兒是小偷?妳應該道歉賠罪」，真玲的媽媽在電話裡連珠炮轟炸。麻友美雖然認為那件事是自己不對，可是一旦像遭到定罪一樣被迫道歉，就開始逞強覺得怎麼可以道歉，於是她和對方槓了起來，「妳的意思是只要是孩子們的遊戲，就什麼東西都可以交換嗎?借了別人的東西，搞不好是很重要的東西，要是弄丟了或弄髒了，也要教孩子說因為是在玩，所以不需要放在心上嗎?」掛斷電話之後，「啊啊，說得太過火了」，雖然感到很後悔，但麻友美個性中有著對方越激動，自己就會比對方更激動的部分，在騷動平息前怎麼做都無法冷靜。

隔天起，不出所料地，媽媽們很明顯都在避開麻友美，還有媽媽故意以她聽得見的音量說「不知道她會以什麼理由怪罪自己。」而不願意靠近她，然而這些事對從國中到高二都念女子學校的麻友美來說不過是枝微末節的事，她已經很習慣女人只要聚在一起，就要找出替罪羔羊的模式，她甚至覺得和那時候比起來，與經濟方面無關的現在反而輕鬆多了，因為國中時的麻友美最害怕因為家裡沒錢的關係被同學們排擠。而且麻友美也知道女人們的結盟關係有個特徵就是無法持久，女人比男人還要更喜新厭舊，就算對方決定忽視自己，只要自己不要因此亂了陣腳，女人們很快就會覺得無聊改為尋找其他刺激。

只是她沒想到連露娜都會受到自己牽連而被排擠。雖然以前露娜就經常自己一個人玩，但是從那天起，在麻友美眼中，露娜就像被趕到了角落一樣，先前和露娜一起玩的香苗也疏遠了露娜，和老師提出疑問之後，只得到「露娜從以前就喜歡自己一個人玩，我不認為孩子們有排擠的行為，課堂上也沒有任何問題」的回答。

最近去接她時，露娜總是在室內看故事書，曾有班上的孩子對露娜的故事書有興趣而靠近她，結果孩子的媽媽急忙將孩子喚過去，「要是和露娜借故事書會被罵得很慘喔！」那名媽媽故意用麻友美也聽得見的音量說，拉著自己孩子的手從走廊離開。

在女子學校受過鍛鍊的自己不管遇到什麼事都沒關係，但她無法原諒毫無抵抗力的露娜受到傷害。麻友美每次都怒氣沖沖地離開幼稚園，我行我素又性格溫和的露娜，則似乎沒有被排擠的這個概念，除了去學院以外的日子，都很開心地和麻友美報告那天做了什麼，但是露娜這樣天真的態度反而讓麻友美對其他媽媽們的怒氣越來越深。不公平，麻友美想，對家長不滿的話就徹底排擠家長啊，跟孩子一點關係也沒有。麻友美忘了最早插手孩子們遊戲的人就是她自己，只是一味地感到憤怒。

即使如此，對麻友美來說，比起尋找新的幼稚園轉學，她比較想要就這樣留在這裡直到畢業，所以還有一年幾個月的時間，只能一邊繼續上學一邊等待情況改變。

我們和妳們可不一樣，麻友美打算靠這麼想度過一年又幾個月。我們不是只有這裡可以去，我們可沒有時間在這種地方玩小圈圈的朋友遊戲。

所以麻友美像溺水的人一樣，緊抓著只要露娜的試鏡順利情況就會好轉的想法，只要上電視就會成為受歡迎的人，無論父母說什麼，孩子們都一定會出於好奇心而接近露娜。麻友美想的是，這麼一來，就能讓那些父母知道，除了幼稚園，我們還有其他的世界，不管是忽視或是排擠對我們都不管用。

然而露娜卻不願意接受試鏡，身為她的母親可以做些什麼呢？露娜畏縮以及在家一條龍在外一條蟲的個性，該怎麼樣才能改正呢？就在她日也思夜也想的時候，有個上電視表演的機會送上門，麻友美想將一切的問題都和那個機會掛鉤。

關掉電腦電源時，麻友美想，說什麼都得說服千鶴和伊都子不可，一定要接受演出邀請才行。

隔天以及再之後的一天，千鶴和伊都子都沒有任何回應，雖然姓神原的男人也還沒有聯絡，但已經等不及了的麻友美打了電話給千鶴。

「妳看信了嗎？」麻友美劈頭就問。

「什麼信？」千鶴以慢條斯理的聲音回答。

「就是受邀上音樂節目的信啊！」

「喔，哎唷，那不是在開玩笑的嗎？」

千鶴發出了笑聲。

「那不是開玩笑的，欸，要不要去？我們去啦。」

「哎唷，妳真的是，現在又在演哪齣？」

「我沒有在開玩笑，是認真的，有什麼關係，反正只有一天，不想唱歌的話就請他們放帶子對嘴也可以啊！」

千鶴靜默不語，麻友美將注意力擺在那陣沉默上。好天氣的平日上午，千鶴在家裡做什麼呢？麻友美忽然想到。是在打掃或是洗衣服嗎？還是看著食譜或在畫畫呢？麻友美完全無法想像千鶴的生活。

「麻友美，妳有事沒事都要提到那段日子，該不會妳很想上電視吧？」

千鶴語帶揶揄的聲音讓麻友美一股氣上來。

「我才不想上什麼電視，我沒有那個意思，我是在為露娜著想。信裡面我也寫了，看見努力嘗試的媽媽之後，露娜應該也會有所改變，帶著露娜一起上電視唱歌也是一種辦法，想到現在的我能夠為她做什麼，就覺得好像只有這些了。」

「我明白妳是為了露娜著想，但我也不會因此就想讓自己出醜。」

千鶴以明確感到困擾的語氣說。

「出醜？什麼出醜啊，難道妳覺得我們以前做的那些事很丟臉嗎？」

麻友美一副我跟妳槓上了的態度說。

「是很丟臉啊！我把錄影帶還有ＣＤ全部都丟了，那時候真的是什麼都不懂，感覺好像不是自己的記憶一樣。」

千鶴這麼說，麻友美便一句話也回應不了。麻友美從來不曾認為高中那短暫的美好時光是件丟臉的事，她甚至為此感到驕傲，而自己周遭越來越多人不知道她過去有多麼活躍，讓她覺得極為不甘。錄影帶、ＣＤ、刊登了報導的雜誌還有海報，麻友美全都仔細地收藏著。

「那如果小伊答應的話妳也會答應嗎？」

麻友美以撒嬌的口吻問。

「小伊怎麼可能會答應，而且她現在好像很忙。」

「為什麼很忙？是在工作嗎？」

「她好像要出攝影集，為了那些準備作業忙得團團轉的樣子。」

麻友美電話子機還貼在耳邊，卻看著早餐碗盤還沒收的餐桌發呆，她不知道伊都子要出攝影集了。

「可是不問問看怎麼知道。」麻友美像個耍脾氣的孩子一樣地說。

「那妳就去問問看吧。」千鶴乾脆地回道。

掛斷電話後，麻友美按下伊都子的手機號碼，她將子機貼在耳邊，聽著反覆響起的來電答鈴，遠方傳來通知衣服洗好了的提示音。

「欸，麻友美，妳有空嗎？有空的話要不要來我家玩？」

電話一接通，伊都子劈頭就這麼說。

「小伊，妳看過我的信了嗎？」

「信？我想想什麼信喔？啊哈哈，隨便啦，見面再說。」

電話另一端，伊都子捧腹大笑，麻友美確認了一下牆上的時鐘，因為那爽朗的態度實在太不自然了，所以麻友美想她該不會是喝醉了吧，但是伊都子不是那種會在大白天就喝個爛醉的人才對呀。

「我是可以過去，但等我晾好衣服收好家裡出門都已經過中午了，然後我還要去接小孩……」

「那妳和露娜一起來不就好了？我今天整天都在家。」

「妳不是很忙嗎？」

「很忙啊，忙到都想問自己我已經幾天沒和別人說過話啦，所以偶爾和別人聊聊天也不錯，欸，妳來啦。」

「這樣啊，」麻友美再次無意義地抬頭看時鐘，「那妳可以先打開信來看嗎？」

「在電話裡叫別人讀信感覺很奇怪欸。」

伊都子這麼說完，又開始狂笑起來。她是熬夜了所以情緒亢奮嗎？還是太久沒和其他人見面所以想找人說話？麻友美心中充滿了疑問地掛斷電話，往洗衣室走去準備晾衣服，她已經開始思考該穿什麼衣服去伊都子家了。

仔細一想，麻友美從來沒去過伊都子家，應該說，根本沒想過伊都子會一個人住。當然伊都子說過她搬出媽媽家了，也說過她現在的地址，但只要提到伊都子，麻友美的腦海中就會同時浮現她媽媽。臉上脂粉未施，也不是穿著多華麗的服飾，但伊都子的母親就是流露出一股貴氣，在麻友美的記憶中，伊都子總是在媽媽身旁形影不離地笑著，每次見到她們兩人都讓麻友美覺得是姊姊和妹妹的關係。「孩子的爸，謝謝你」，自從麻友美開始厭惡起這麼說著深深低下頭的媽媽之後，伊都子的母親也成了她的理想。

「媽咪，妳要去找誰？露娜的朋友嗎？」

露娜在電梯中問。露娜最後一次見到伊都子大概是三歲前後的事，所以露娜應該是不記得了。

「是呀，她是媽咪的朋友，所以也是妳的朋友喔。」

「香苗嗎？還是真玲？」

「都不是，是媽咪的朋友，叫做小伊，妳們也很快就會變成朋友了喔。」

「她會和我當朋友嗎……」

低頭小聲說話的露娜看起來實在是太可憐了，最近都沒有人要靠近她，這個小女孩一定也有她覺得受傷的地方，麻友美想。

按下門鈴，大門打開，露出了伊都子的臉，但和電話中的她完全不同，板著一張浮腫蒼白的臉不說話。

「妳在睡覺嗎？」

「嗯，不小心睡著了……」聲音中透出迷濛。

「雖然是妳叫我來我才來的，會不會打擾到妳了？」

因為變化太快而感到困惑的麻友美笑了。

「不會，才不是打擾，進來吧。」

伊都子大大敞開了門。

「啊，她是露娜，妳和她都沒印象了吧？打擾了～露娜也快點打招呼呀！」

「打擾了～」

露娜模仿麻友美的方式說，但卻聲若蚊蚋，她躲到麻友美背後緊緊抓著麻友美的裙襬。麻友美跟在往裡面走去的伊都子身後，瞪大了眼睛。

「小伊，這是發生了什麼事？」

她忍不住脫口而出，因為屋子裡實在是太亂了，紙箱和百貨公司紙袋亂丟在走廊還算是好的，盡頭的客廳簡直慘不忍睹，桌上散亂地擺滿了文件、雜誌、照片、零食、寶特瓶、筆和色鉛筆、甜麵包的包裝袋，只有放筆記型電腦的地方空出了四角形的洞，沙發被衣服毛巾和絲襪掩埋堆成小山，地上隨處丟著CD殼、報紙、緞帶、信封以及不知道什麼的文件，多到想要走進去就只能踩在某樣物品上，或者先用腳踢開。

「麻友美，妳要喝什麼？有啤酒、琴酒、威士忌和紅酒。」搖搖晃晃走進廚房的伊都子，用依然迷濛的聲音問。

「什麼啊，這裡又不是酒吧，只有酒精飲料嗎？我開車來的。」麻友美笑了。露娜似乎也感受到屋子裡的不對勁，抓著麻友美的裙襬抱上她的大腿。

「啊，對了，妳是露娜？哦～之前還像個小嬰兒，現在已經長大了呢，妳也喝水好嗎？」

從廚房走出來的伊都子雙手拿著啤酒和礦泉水，像是終於注意到露娜一樣蹲下身問露娜，但是露娜把臉緊貼在麻友美的腿上沒有回答。

「坐那裡吧，那邊的東西放地上就好。」

伊都子將礦泉水遞給麻友美，把沙發上的東西迅速丟到地上清出一個空間，麻友美小心翼翼地坐下，並讓露娜坐在身旁。

「發生什麼事了，怎麼會亂成這樣？」

麻友美再次問道。這是間比想像中還要氣派的樓房，從大窗戶可以清楚看見新宿的高樓大廈，客廳至少有十坪，或許擁有那樣的母親這也沒什麼好訝異的，但搞不好千鶴說的攝影集工作比自己所想的還要順利許多呢，麻友美想像著。為什麼這麼棒的房子都亂成這樣了還能毫不在意？麻友美並不明白，而且邀自己來家裡玩的人還是她呢！

在和伊都子相處的過程中，最讓麻友美不明白的，是她對面子的看法，如果是自己的話，為了不丟臉，朋友來家裡前絕對會先打掃房子，麻友美想，自己會盡可能封起生活的味道，一定要展現出我住在這麼高級的房子裡過著這麼優雅的生活喔才甘心。

但伊都子卻沒有這種想法，就連幾個月一次的午餐會，她都會穿著牛仔褲就出現，也曾經頂著一張大素顏，現在甚至絲毫不打算掩飾一下這個東西丟得亂七八糟的屋子，與其說她是對二十年來的友人敞開心胸，麻友美認為這只能說是她不在乎面子。這種時候，就會讓麻友美有一點自卑，她忍不住想伊都子一定沒有為了生日派對而難堪的經驗，她一定不懂什麼是開不了口說自己沒有錢的心情。

「我這個人啊，好像沒有辦法同時做很多事，房子整理乾淨的話就沒辦法工作，一旦想要工作屋裡就變成這樣了。」

麻友美對面的一人座沙發上還放著衣服和襪子，伊都子一屁股坐下去，一邊喝著啤酒的她終於笑了。

「所以現在是工作期囉？」

「工作……嗯，差不多是這樣吧。」

伊都子抱著膝蓋，視線看向陽台外。

「媽咪，我想回家。」

緊貼在麻友美身旁的露娜用微弱，但只會出現在使性子時的特殊軟綿聲音說，麻友美忽略她的要求，手心滾動著未開蓋的礦泉水。

「那妳看信了嗎？」她問。

「嗯——是什麼啊……露娜的電視……」伊都子咬著指甲。

「什麼啦，那都多久之前的事了？是要不要用『Dizzy』的身分上電視！」

「欸？上電視？」

麻友美煩躁地簡單轉達了恭子的提議，為什麼千鶴和伊都子都不看信呢？總覺得她們都忙於自己的工作，好像只有自己是吃飽太閒的家庭主婦，為了可以上電視而樂得飄飄然，真的是氣死人了。

「我沒有很想上電視，但我覺得這麼做也是為了露娜好。」

伊都子轉身橫向坐沙發，雙腳掛在扶手上晃來晃去，直直地盯著麻友美看，因為她一言不發地盯著，麻友美開始坐立難安，轉開其實沒有很想喝的礦泉水瓶蓋，喝了一口水。伊都子開口。

「妳雖然嘴裡老是掛著為了露娜、為了露娜，但其實是為了妳自己吧？」

「蛤，妳說什麼啊！」麻友美不高興地開口，「就像我已經說過很多次的，我才不想上什麼電視，只是我上電視可以讓露娜……」

「可以讓露娜破殼而出接受試鏡，會因為這麼做而滿足自我表現欲望的人，不是露娜而是妳吧？對吧？我有說錯嗎？」

啞口無言的麻友美看著伊都子。

「妳怎麼了，小伊？」

她之所以脫口問出這句話，是因為伊都子難得這麼具攻擊性，雖然不明白其中緣由，但麻友美感覺得到伊都子正在強烈地責備自己，從國中認識到現在，還是第一次發生這種事。

「露娜真的想當什麼藝人嗎？妳只是因為媽咪這麼說，沒辦法才去做這做那的吧？其實妳比較喜歡看書或是畫畫對吧？」

伊都子的臉湊近僵硬地緊貼在麻友美身邊的露娜，這麼問道。

我跟伊都子說過露娜的事嗎？我有和她提過露娜不喜歡去學院，總是一個人看故事書之類的事嗎？麻友美思緒雜亂地回想著，然而，她並沒有說過的印象。

「別再這麼做了，現在或許還沒關係，但以後搞不好會被露娜怨恨或厭惡到妳難以想像的地步。妳想做的事妳自己去做不就好了嗎？現在開始還不遲，孩子和父母可是不同的個體。」

「妳是什麼意思？」

麻友美霍地從沙發上站起來，露娜受到驚嚇全身僵了一下，急忙從沙發上下來，緊緊抓著麻友美的腿。

「是妳找我來玩我才來的，為什麼自己把別人找來還淨說些這麼討人厭的話啊！」麻友美激動地說。

「妳會覺得很討厭不就是因為我說的那些話踩到妳的痛處嗎？」

然而伊都子也不遑多讓，冷冷地回道。看來她是要主動找自己吵架了，麻友美如此理解，雖然她也不明白這部分的原因，為什麼伊都子要把自己找來，而且還主動找她吵架。

「我要回去了，和喝醉的人講什麼都沒用，等妳清醒一點我再和妳商量。」

麻友美將喝剩的礦泉水放在地上，牽著露娜的手，踩過散落在腳邊的雜誌和報紙打算離開客廳，她以為她踩的是衣服，結果卻踩在了下面某個堅硬的東西上。

「好痛！」她不禁踉蹌了一下，翻開衣服一看，陶瓷製的磨泥器掉在下方。

「這也太誇張了吧！為什麼磨泥器會掉在這裡啊？害我踩到了啦！」麻友美大聲嚷嚷完，就聽到伊都子啊哈哈哈哈地大笑。她一下糾纏個沒完，一下主動吵架，一下又大笑出聲，不穩定的變化還真的有點可怕，麻友美膽怯地轉身看伊都子，橫向坐在沙發上的伊都子抬頭看著天花板笑，然後她拱著背肩膀顫抖，再抬起頭時臉頰沾滿了淚。

「不要回去嘛，麻友美，妳不是才剛來嗎？」

伊都子一手擦著眼睛，嘟囔地說。

「發生什麼事了，小伊？」

麻友美終於問道。

車子開在已經完全暗下來了的路上，麻友美反覆咀嚼著和伊都子的對話，剛才還一直吵著肚子餓了的露娜，現在正在安全座椅上睡著了。

是工作進行得不順利嗎？還是有其他的煩惱？伊都子並沒有明說，她又鬧又笑又哭，靜不下來的伊都子在喝了三罐啤酒之後終於冷靜下來，像平常一樣和麻友美對話，但她絮絮叨叨說出來的，在麻友美聽來都是一些抽象的東西——像是，事情越做越覺得什麼都沒有做，或是，再怎麼告訴自己這樣就夠了，也不知道為什麼無法前進——究竟是什麼事然後怎麼了，如果不具體說明的話麻友美根本搞不懂。「是工作上的事？」、「沒辦法收拾房子的關係？」麻友美一次一次問她，但伊都子都只是回答「才不是那樣的事」，完全聽不懂她想說什麼。

不過就因為伊都子說的話欠缺具體內容，所以麻友美反而可以自行解讀。自己長期以來懷抱著的模糊不安，她覺得伊都子一定也抱持著相同類型的東西。每天光是被雜事追著跑，時間就一點一滴流逝了；感覺好像已經走了很遠，結果一回頭，卻根本看不到自己的足跡；即使認為在四十歲之前一定要做點什麼事，但就連那個「什麼事」都還理不出一點頭緒來。

「欸，我們還是上電視吧？」所以麻友美說了。與其說是為了露娜，不如說是為了她們三人感覺比較正確。在四十歲之前非做不可的「某件事」，就算不是上電視，但也許藉由刻意重現她們的全盛期，反而可以掌握到那個「某件事」的線索，麻友美是這麼想的，不論是伊都子或是自己。然而伊都子只是輕笑幾聲。

「妳還真好命呢，麻友美。」因為伊都子連這樣的話都說出口了，麻友美覺得自己似乎被瞧不起，因此不高興地靜默下來。

因為擔心說要回去的話，伊都子不知道會不會又哭出來，所以麻友美一直坐在位子上沒起身，可是直到過了傍晚，天色開始暗下來，伊都子都只是恍惚地坐在沙發上喝酒，不僅沒有準備晚餐的意思，也沒有想出門用餐的打算，露娜小小聲地強烈表達「我肚子餓了」，麻友美這才終於離開伊都子住的大樓。

回到自己家時已經過了七點，賢太郎難得已經到家了，他出來玄關迎接麻友美，但臉上並沒有平時的笑容。

「晚餐呢？」他問。

「啊，對不起，我忘了。」麻友美回答的同時回想著冰箱裡有什麼。

「忘記了是怎樣啊？太誇張了吧！」賢太郎少見地不高興。

「你肚子餓了的話要不要出去吃？還是叫壽司或什麼東西來吃？」麻友美將露娜抱到房間裡睡好，這麼說著回到客廳。

「回來時就已經很累了，懶得再出門，叫外送好了，沒辦法。」坐在沙發上，攤開報紙的賢太郎說。

麻友美嘆了口氣，從抽屜裡拿出幾張外送菜單。我究竟算什麼？忽然浮現出這樣的想法，麻友美恍惚地低頭看著手上的外送單。

晚飯之後，姓神原的男人打電話到手機來，賢太郎正在幫露娜洗澡，更衣室的門似乎開著沒關，在客廳都聽得見賢太郎和露娜一起唱歌的聲音。

「妳從恭子那裡聽說了嗎？」電話那頭的男人用輕鬆的語氣說道。

「啊，嗯，那個，樂團的……」

「沒錯，我想要進一步詳細說明這件事，妳們可以空出時間嗎？希望是在這幾天。」

「那個，這件事……」麻友美在這裡停頓了一下，深深吸了一口氣，然後心一橫開口道：「不能我一個人參加嗎？我的意思是，能不能我和我女兒兩個人參加就好？」

「蛤？」

神原發出了充滿問號的聲音。數秒的沉默降臨，電話另一端顯得相當熱鬧，人群的笑聲、女性大叫的聲音、音樂，麻友美回想起來，對了，恭子的電話那頭也很熱鬧呢，該不會世界上的所有人，這個時間全都在更歡樂的地方吧？麻友美想，除了自己以外的所有人。

「妳說兩個人，呃，是指……」神原發出困惑的聲音。麻友美接著道：

「我問過另外兩人了，但她們不願意，所以我想由我和我女兒上電視的話不知道……」

「妳可以告訴我她們的聯絡方式嗎？」神原打斷麻友美的話。就算這個男人打電話給她們，麻友美也不認為她們會改變心意。

「嗯，我想這有點……」

「是嗎？那等到事情比較明確了我再和妳聯絡，抱歉這麼晚打擾妳。」

神原再次以輕鬆的語氣說完就掛斷電話。

屋子裡靜了下來，露娜和賢太郎的笑聲從走廊鑽了進來。我究竟算什麼？麻友美手上還抓著電話，再度思考了起來。我根本什麼也不是吧？電話那頭流洩出的喧囂在耳邊響起，除了自己所在的這個地方以外，其他地方的每個人都開心地笑著，進行有意義的對話，彼此確認明天及往後的行程，創造出某些眼睛看得見的東西，她有這種感覺，麻友美覺得，除了自己以外，每一個人都有自己該做的事，都是某號人物。

CHAPTER

4

看著坐在一般桌位，肩並肩翻看菜單的女人們，這讓井出千鶴想起了剛升上國一時的事，因為是從附屬小學直升，所以分班後教室裡還是有幾張熟面孔，但有超過半數是不認識的臉，千鶴抬眼環顧教室四周，可以和誰成為朋友呢？誰又會願意和自己成為朋友呢？自己該扮演什麼樣的角色呢？和小學時一樣當個大姊頭？還是該當個文靜的女孩？千鶴鮮明地回想起自己聞著桌面清漆的味道，同時腦袋紛雜地思考著的往事。

還是午間套餐最划算吧。對呀，就點那個吧。欸，妳要肉還是魚？前菜是從這裡面選三樣吧？那幾個女人沒一刻消停地張嘴講個沒完，圍裙長到要拖地的店員前來點餐時，她們七嘴八舌地說著菜名，店員離開後她們又開啟別的話題熱鬧了起來。

已經厭倦一個人獨處的千鶴，是在四個月前，也就是十月時決定要開始外出。首先，千鶴加入了位於隔壁車站的運動會館的會員，然後在網路上多次搜尋後，報名了表參道上一個月授課兩次的品酒學校。老實說，不管是插花還是三味線音樂之一的長唄，熱瑜伽或是料理教室的年節料理課程，隨便什麼都好，只要能夠打破一個人在家的狀況就可以了。

無論是運動會館或是品酒學校，「要不要一起去喝茶？」、「要不要一起去吃飯？」只要有人邀約，千鶴二話不說就會參加，和連名字都還不記得的一群人圍著桌子，笑著加入她們的話題之中。

「我還以為可以喝到更多的葡萄酒呢！」千鶴對面的人說。

「我也是，我以為會喝葡萄酒搭配好吃的料理，互相討論著橡實怎麼樣啦，可可果怎麼樣啦，然後帶著好心情回家。」

「什麼東西啊，橡實啦可可果啦的。」

「就是那個啊，不是有類似這樣的形容嗎？」

「前陣子我和老公去的店，雖然是間中華料理餐廳，但出乎意料的是葡萄酒很齊全，只要選對種類，葡萄酒也很適合中華料理喔。」

「那在哪裡？」

「名字我忘了，但在麻布十番的……」

「啊，我知道，那裡是……」

女人們探出身體，說著店名啦地點啦，接下來的一段時間，哪裡哪裡的什麼東西很好吃、哪裡哪裡的氣氛很棒等等，各種餐廳資訊你來我往。

品酒學校今天已經是第四次了，學生全部是女性，而且大家不約而同地都是看起來很閒的家庭主婦。第一次的課程之後，有人開口邀約，於是大概有六個人一起去吃飯，千鶴當然也參加了。課程中別說是料理了，連葡萄酒一滴也沒嘗到，主要都是在學黑板上寫的產地及葡萄品種，看著哀嘆這樣課程內容的其他人，千鶴只能苦笑。原來有這麼多和我一樣的人啊，她這麼想。千鶴也是，她既不想熟悉葡萄酒的品牌，也不想要侍酒師的證照，她原本只是想著會不會教授一些好喝的葡萄酒而已。

這群女人有志一同地不打探彼此的私人生活。當然也是有搞錯場合的人，根本沒人問就自己得意地說我老公在外商工作啦、女兒念哪裡哪裡的幼稚園啦、她們家是在哪裡哪裡的獨棟建築啦，不過這種人就不會再受邀第二次了。她們交流的頂多是自己家的地點、名字和年齡，已婚或未婚這類，彷彿有一塊禁止進入的區域，只要稍微觸碰到私生活，就會很有默契地帶開話題。

所以課程結束後交談的內容，只是單純的資訊，餐廳、美容保養、指甲保養、名牌商店的特價、旅館與飯店，沒有深度也沒有發展性的話題。

這對千鶴來說雖然相處起來很舒服，但也無聊得要死，而且經常有一種被逼著面對自己的感覺，在回家的路上她總是感到輕微的自我厭惡，厭惡明知問題的存在但卻不願直視的自己。

下個月見。下次見。說好的那個我拿走了喔。一群女人在餐廳前吵吵嚷嚷地道別，千鶴也朝她們開朗地揮手，往地鐵車站走去。

地鐵難得空蕩蕩地，千鶴坐在椅子上，和前方玻璃窗上倒映出的自己面對面，她凝視著暗色玻璃窗上倒映出的自己淺淡的身影。

在四十歲之前，有沒有什麼，像是充實感還是成就感之類，可以打從心底確實感受到的東西呢？

忽然，千鶴想起了好一陣子之前麻友美說的話。雖然千鶴不太喜歡不管談到什麼話題都要拿高中那段時間出來說嘴，認為那是人生巔峰的麻友美的想法，但是坐在空曠的地下鐵中，千鶴這才幾乎正確地理解了那時候麻友美話中所說的涵義。

啊～原來是這個意思，她想說的是這個呀。

千鶴依然和自己對坐，在內心輕聲說著。四月迎來生日之後，千鶴就會是三十五歲了，這麼一來，距離四十歲還有五年，一想到五年後該不會還是現在這樣吧，腦袋就一片空白。若還是明知老公的外遇戀情卻視而不見，還是在運動會館無意義地鍛鍊身體，還是和葡萄酒學校的同學們一邊用餐一邊交換資訊的話……

看起來沒有任何煩惱的麻友美大概也過著和我一樣的日常生活吧，千鶴想。有疼愛自己的老公和可愛的孩子，每天過著忙碌的日子，即使如此，她一定是和我一樣，所以才會說出想要參加老歌音樂節目這種瘋言瘋語吧。

地下鐵發出轟鳴聲劃開灰色的黑暗前進，千鶴盯著自己，思考晚餐的菜色，那些她大概不會實際去煮的料理。

窩在工作房裡，一手拿著酒杯一邊打電腦時，玄關傳來開門的聲音，千鶴的身體反射性地變得僵硬，最近只要十二點前玄關傳來門打開的聲音，千鶴就會害怕地想是不是小偷。她和平常一樣側耳傾聽，結果傳來老公拖著拖鞋走路的腳步聲。兩人竟然成為了這樣的夫妻，這件事最讓千鶴本人感到吃驚，他們成為了聽到開門聲，第一個想到的居然是小偷而不是老公，這樣的夫妻。

千鶴的視線再次回到電腦螢幕上時，房門口傳來有所顧慮的敲門聲，這種情形也很少見，所以千鶴小心翼翼地開了門。壽士站在門外。

「怎麼了？」她問。

「我想說妳吃飯了沒。」他帶著笑容這麼問。

「我是吃了……要幫你準備什麼嗎？」

「有什麼？」

「看要煮蕎麥麵，或是我可以做三明治……」

「喔喔，三明治，不錯欸，可以拜託妳嗎？」

千鶴手上拿著酒杯就走出房間到廚房去，從冰箱裡拿出火腿和生菜，鍋子點火後煮起雞蛋。她思考著到底發生了什麼事，然後為自己這麼思考而嘆息，明明兩人是夫妻呀。壽士走進廚房，從冰箱拿出啤酒，坐在餐桌前喝了起來。

「我明天開始要在外面住兩天，因為要去研修。」

他若無其事輕巧地說。

「喔，是喔。」

千鶴切著生菜回應。原來是這樣啊！事實上，千鶴很快就明白了。結婚七年來，根本沒聽過什麼研修，連出差都沒有，說到底，技術翻譯事務所的人，究竟有什麼需要在外住一晚研修的東西？是打算明天星期五請特休，和新藤穗香來個初次的旅行吧。壽士大概是基於他的罪惡感或顧慮等等不知道什麼的原因，總之他對妻子懷有某些考量，所以才會敲她工作房的門，笑臉對她，然後現在坐在桌子前吧。但令千鶴驚訝的是，她一點也不覺得生氣，也不感到失望。切掉吐司邊，塗上薄薄一層奶油，千鶴在這一瞬間感受到一種奇妙的滿足。老公坐在桌前，而自己在做消夜，這段寧靜的時刻帶來的滿足。

「箱根啊，有個知名譯者的課程，英國的技術專家也會來。」

好久沒有聽見壽士說超過一個斷句以上的句子了，千鶴這麼想，同時發現自己正在微笑。

「啊，是喔，在箱根呀。溫泉呢？」

「這個嘛，應該會去溫泉吧，畢竟外國人也會來，算是介紹日本文化吧。」

「以前開車去過呢，還去吃了溫泉蛋。」

「嗯，有去過呢，那時是紅葉的季節，其實我覺得那樣的氣溫比較適合。」

「是呀，不過畢竟是溫泉，冷一點的現在去也很好呀。」

將水煮蛋切碎，迅速加入美乃滋攪拌塗上吐司，千鶴越想越好笑。這真的是老公第一次的外遇呢，她甚至回想起先前為他感到驕傲的心情。在第一次的旅行中同時品嘗到興奮與罪惡感，因此刻意擺出溫柔態度的老公，以及對這一切了然於心，卻還是裝出一副賢妻模樣的自己，兩人在這樣的狀況下，久違地進行了一場夫妻間的對話。

「給你，做好了，快吃吧。」千鶴將放了三明治的盤子擺在廚房中島上。「哦，看起來好好吃。」他笑了起來，把盤子拿到餐桌上。

「如果需要我幫忙整理行李就告訴我一聲。」千鶴發現說出這句話的自己打從心底微笑。

「謝謝，我想想，有什麼呢？」

壽士吃著三明治抬頭仰望天花板，千鶴坐在他對面，看著這樣的老公。夜裡寂靜無聲。

「換穿的襪子，有新的嗎？」

「嗯，有啊，我等一下拿出來，有東西要燙的話今天先拿出來喔。」

壽士偷瞄著千鶴，一對到眼神就馬上低頭，又再說了一次謝謝。

「希望明天是好天氣。」

千鶴對著婚後體重從來沒有停止刷新上限的老公笑道。

隔天早上，目送喝完咖啡的壽士出門後，千鶴也不吃早餐，黏在電腦前不停搜尋，她打算將位在都心的畫廊從頭找過一遍，查詢最近的車站和地圖，查詢租借費用，查詢過去曾開過個展的人，查詢有幾坪，查詢牆壁的顏色和照明的狀況，查詢上半年度的檔期。與其為了借銀座的老牌畫廊而等好幾個月，不如在氣氛自由開放的地方，即使離都心有一點距離，然後是最好近期內可以租借的場所比較好。隨著點按滑鼠的動作，腦海中浮現出至今累積下來的作品，哪一件該怎麼擺放才有趣，概念、個展標題、邀請函的設計、分發對象，就算不主動思考，也會源源不絕自動冒出來。

之後的動作就快了。聯絡目標的幾間畫廊之後，千鶴化好妝，整理好頭髮，換好衣服，抱著裝有作品複本的資料夾離開家中，一間一間親自拜訪。

一手抓著因為拿進拿出外套口袋太多次而揉得皺巴巴的列印紙張，走在從不曾造訪的街道上，千鶴不可思議地感到神清氣爽，那是一種做回原本的自己的感覺。當然千鶴並不知道什麼是原本的自己，什麼又不是原本的自己，她只是覺得自己現在正親手取回過去一直受到不當剝奪的某種東西，而這種亢奮的感覺牢牢地跟隨著她。

不是透過老公熟人的關係，也不是癡癡等待零碎的工作委託，必須自己主動出擊，千鶴這麼下定決心，而在下定決心過後沒幾個小時就物理性地起身行動，是因為壽士去旅行的關係。雖然昨晚那段難得像夫妻一樣的時光意外地讓千鶴感到開心，對於昭然若揭的謊言也不覺得生氣，但是「被人瞧不起」的感覺卻揮之不去。那個人把我當笨蛋，不，不只是這樣，也許我自己也瞧不起自己——千鶴這麼想，因為對著無聲傳達「我明天就要和其他女人去箱根」的老公，自己不但笑著幫他做了三明治（還很注意沒有加入他不愛的黃芥末），幫他準備全新的襪子，還幫他祈禱好天氣，這完全就是把自己當笨蛋呀。雖然一切都是自己做出來的事，但千鶴還是這麼想。然後現在，千鶴為了不要被自己瞧不起，她一躍而起到處尋找畫廊，為了實現好幾個月以前和伊都子說過的虛構的計畫。

第五間是有著單調店名「N」的地方。千鶴在千駄谷下車，按著地圖走，因為她一直想著那裡是間畫廊，所以完全沒注意到目標就在眼前，只是在畫了小小的「N」的招牌前來來回回好幾遍，她湊近地圖看了看，又是抬起頭確認標誌又是確認地址，但實在是找不到，正想喝杯茶休息一下時，視線一轉前方就看到了「N」，千鶴忍不住「咦？」地發出聲音。位於從外苑西通稍微轉進來一點的這間店，與其說是畫廊，看起來更像咖啡廳，她小心翼翼地踏進店內後，裡面像雜貨店一樣擺放著物品，繪本、攝影集、古董風的玩具和北歐餐具，吧台活用了天然木頭打造，還散亂無序地擺放著相同素材的桌子，然後視線移到牆壁一看，色彩鮮豔得令人驚奇的照片，裱在同樣色彩鮮豔的相框裡，一幅幅地掛著。原來如此，看來這裡是咖啡廳也是雜貨店，同時還是畫廊，千鶴看著掛在牆上的照片恍然大悟。照片主題各異，有一把接一把密不透風的海灘遮陽傘；一大張桌子上散亂地擺放著吃到一半的料理；臉靠近點了蠟燭的蛋糕，頭上戴著派對帽的孩子們；狹窄的玄關裡，不留空隙地排放著無數華麗的高跟鞋。原本就已經夠眼花撩亂了，但印刷時又更強調其原色，所以看著看著就覺得刺眼了起來，而且相框還是黃色或紅色或綠色，這一定是年輕的攝影師吧，千鶴想，主張過於強烈沒有對比，只是看起來華麗但缺乏餘韻，然而，卻有一種迸發的力量，因為太過強烈，有時候甚至會搞錯方向，蘊含著危險的一股力量，而這股力量，與雜亂無章的店內氣氛非常相稱。

能不能將自己的畫展示在這裡呢？千鶴欣賞著照片，思考起這樣的事。也許自己那些色彩不太豐富的畫在這裡會被周遭的氣勢給壓過去——但如果是這裡，或許能夠百分之百接受包容自己畫中那笨拙與缺乏自信之處，更重要的是，這份失序又混亂的感覺，說不定能夠進一步刺激現在鼓舞著自己的神奇力量——那種「怎麼可以被自己瞧不起！」難以向他人解釋的亢奮情緒。

千鶴瞄了瞄坐在吧台後方的工作人員，他是頭戴針織帽的年輕大男孩，看起來完全沒有待客熱忱，他並不理會在店內走走看看的千鶴，只是專注地在看書。

「請問……」千鶴隔著吧台出聲喚他，男孩如字面所述地跳起來嚇了一大跳，正在翻閱的書掉到了地上，因為這個受到驚嚇的方式實在是太經典了，千鶴忍不住笑了起來。

「啊，不好意思，什麼事？」男孩撿起書，向千鶴問道。

「這裡有在出租空間吧？我想要開個展，可以申請租用嗎？」

男孩一臉呆滯的表情看著千鶴。難道我說錯什麼了嗎？千鶴開始感到不安，接著又擔心起該不會這男孩頭腦有問題吧。

「我是說，那個，我想要在這裡開個展……」

千鶴用對小孩子說話的口吻再說了一次。

「啊，啊啊，個展，妳說個人展覽吧，店主現在剛好不在……啊，手機，不對，他說不准打給他，呃所以，」男孩的話在嘴裡含糊地咕噥著，「妳先留下聯絡方式，我們會再和妳聯絡。」他將手上的單行本拆掉外覆的紙書套放在吧台上。

或許這男孩頭腦真的有問題，千鶴一邊這麼想，一邊在淡茶色的紙書套上寫下自家電話及手機號碼，然後又寫了電子郵件地址。

「這裡也可以喝茶吧？」千鶴邊寫邊問。

「對，嗯，可以。」男孩回答。

「那我可以點一杯咖啡嗎？我喝完再走。」

「啊，好。」

男孩莫名充滿精神地回答之後，轉身背向千鶴。千鶴坐在吧台前的椅子上，看著寫在紙書套上的數字和英文字母，她在最後寫下自己的名字。井，寫完，她將那個字畫線劃掉，重新寫上舊姓片山千鶴。沒錯，第一次的個展我要用這個名字舉辦，看著自己寫下的文字，千鶴下定決心。現在接案的那些少量工作，乾脆也換名字算了，改為用片山千鶴這個名字重新出發。

安靜的店裡迴盪的磨碎咖啡豆的馬達聲，咖啡的香氣飄在空中。千鶴看著沖泡咖啡的男孩背影，運動衫背後印著褪色的骸骨。

「這裡真是個好地方呢。」千鶴對著骸骨說。

「欸，啊，謝謝。」男孩依然背對著千鶴，面向牆壁有禮地低頭致意。

在迎接自稱去箱根出差回來的老公時，千鶴也完全沒有不開心的感覺，為了迎接在星期日晚上九點多回來的老公而打開玄關大門時，她甚至還笑了。

「溫泉怎麼樣？」

「嗯，好久沒去了，真不錯。」因為妻子的好心情而跟著笑了起來的壽士這麼說，遞出了紙袋。

「這個是名產，蕎麥麵和醃山葵。」

「哎呀，真的嗎？那現在來吃吧。」

「妳還沒吃晚餐嗎？」

走向寢室的壽士雖然還是掛著笑容，但卻有一點疑心地問。就像十二點前若聽到開門的聲音，自己就會聯想到小偷一樣，這個人是否也覺得妻子的笑容是暴風雨前的寧靜呢？千鶴事不關己地想，總覺得壽士很可憐，就和覺得自己很可憐一樣。

「我想說你會不會也還沒吃。」

所以她盡可能地注意措辭，不要聽起來語帶諷刺。

「抱歉，我吃完才回來的，不過如果是啤酒我就陪妳喝一杯。」

千鶴明白，壽士大概也是很小心地帶著笑容回答。

千鶴煮麵切蔥，正在看冰箱裡有沒有什麼可以快速準備好的東西時，沖完澡的壽士走進廚房，伸手去拿罐裝啤酒。

「沒有任何可以拿來當下酒菜的東西喔。」

千鶴一邊遞出玻璃杯一邊說。

「不用了啦，妳快點吃蕎麥麵吧。」

壽士接過杯子坐到餐桌前。

安靜的餐桌只有千鶴吸食蕎麥麵的聲音，壽士一下發著呆看向窗外，一下看著吃蕎麥麵的千鶴，一下又盯著玻璃杯裡的液體。這是和前幾天的夜晚一樣平靜的時刻。千鶴腦中想像壽士度過的三天，去參觀小王子博物館，將宮下的古董店拿來當笑點，搭上箱根登山鐵道前往大涌谷的壽士和新藤穗香，他們兩人的身影很容易就出現在腦海中。千鶴心想，他們對小王子或古董品或美景一定沒有多大的興趣，可是又不能什麼都不做，所以才只能這樣打發時間。

接著她回想起和壽士相遇的那段時光，規劃約會地點的人總是千鶴，而壽士別說是約會地點了，就連地理位置都搞不太清楚，不僅如此，他還優柔寡斷，去看電影吧，去中華街吧，去搭水上巴士吧，去遠一點的伊豆吧，這麼提議的人每次都是千鶴，壽士雖然會老實地跟著走，但若問他那要看什麼電影？要在中華街吃什麼？搭完水上巴士後要去哪裡？要去伊豆哪裡觀光？他就不願意決定任何事了。千鶴和壽士一次一次的約會中，都在祈禱快點進入倦怠期，祈禱兩人趕快進入可以穿著居家服，在沙發或床上滾來滾去，不用這樣去某個地方做某些事來打發時間的關係。這對千鶴來說就代表著結婚，和壽士結婚後，不再需要決定週末約會的地點那一刻，千鶴鬆了一口氣。

所以千鶴甚至覺得素未謀面的新藤穗香很可憐，即使是在新藤穗香面前，這個男人一定也無法作任何決定吧。年輕的新藤穗香翻著雜誌或旅遊書，嘴裡念出不感興趣的博物館或美術館的名字，這幅景象彷彿歷歷在目，就連吃中飯的地點，一定也是她拉著他的手到處尋找吧。

「跟你說。」千鶴出聲，聽起來很開朗的聲音傳到自己耳中。「嗯，什麼事？」

壽士看向千鶴。

我決定要開個展了，原本是打算這麼說，但是話到嘴邊的瞬間，忽然變得不想說了，這三天高漲的情緒和興奮，不想告訴老公了。誰要告訴他啊！那是一種像這樣，帶點壞心的感覺，所以千鶴說：

「蕎麥麵很好吃喔，非常好吃。」

「那就好。」

壽士笑著說，喝光玻璃杯中的啤酒，千鶴盯著玻璃杯內側緩緩下降的白色泡沫，補上一句「幸好天氣很晴朗呢！」然後笑了。

千鶴對中村泰彥的第一印象並不是很好。

在千鶴造訪雜貨店兼咖啡廳兼畫廊「N」的三天後，自稱是店主的他打電話來，他說想要看看作品，所以隔天星期二，在去過運動會館後，千鶴拒絕了午餐邀約前往千駄谷。

中村泰彥是千鶴從沒遇過的男性類型，頭戴針織帽，兩耳掛著耳環，右手中指上套了一大顆骸骨銀戒，穿著袖口已經脫線的運動衫，寬鬆的牛仔褲到處都是破洞，千鶴看不懂那些破洞究竟是為了潮而故意開的，還是穿到破爛才變成那樣的。從穿著打扮來看很年輕，但針織帽下的臉怎麼看都是四十後半歲或五十出頭歲。

店裡有兩名年輕女孩，正專注欣賞上次來時也有展示的色彩繽紛的照片，天然木頭的吧台後方，上次的大男孩坐在椅凳上又在看書，坐在吧台位的中村泰彥一根接一根吸著菸，快速翻閱著千鶴帶來的作品集。菸灰會不會掉下來把作品燒出一個洞啊，千鶴帶著抗議的意思，肆無忌憚地盯著泰彥的臉和夾著菸的指尖。

「是還不錯啦，」泰彥像在自言自語般說，「雖然有一點怯弱，有一種缺乏自信的感覺。」他捻熄手中的菸後又馬上從菸盒裡抽出另一根新的。

「請問需要經過審查嗎？」

「不用，不需要審查，只要有空檔就可以租。」泰彥依然盯著作品集回答。「只要加入一道鮮明的色彩，應該會更有力量，不，問題似乎不是這個，如果可以……怎麼說，用在限時特賣搶肉品的氣勢來畫或許會更好。」

「蛤？」千鶴發出明顯不悅的聲音。既然不需要審查，那她沒道理聽這個什麼都不懂的男人批評才是，但是泰彥頭也不抬地繼續說：

「妳是家庭主婦吧？家庭主婦不是都會擠成一團搶限時特賣的肉嗎？我在說的就是那種感覺。」

這時泰彥終於抬起頭，朝千鶴微微一笑，那是和臉上顯露出來的年齡不相符、莫名天真的笑容。

「也就是說只要用在限時特賣上搶肉的氣勢來畫就可以了，你的建議是這樣吧？」

千鶴帶著嘲諷的語氣說。「沒錯。」泰彥笑著點頭。

「那我下次會挑戰看看，不是畫畫，而是先從限時特賣開始嘗試。」

千鶴沒有笑，以盡可能冷淡的語氣說道，然而泰彥完全不為所動。

「啊，妳是和限時特賣無緣的主婦？那就更應該去試試看了，我說真的，下次去搶搶看目標商品，這樣妳就會懂了，那種莫名其妙的力量。」

泰彥一說話，香菸的煙就像乾冰一樣從嘴裡噴出。決定在這裡辦個展或許是個錯誤，千鶴很快就後悔了。不對，反正和這個似乎是店主的沒家教男人又不需要太多來往，今天完成預約後暫時也不會再和他見面，雖然送作品過來和布展時必須碰面，但我展出畫作又不是為了給這個男人看，千鶴改變想法，這裡很好，這裡可以接納自己的畫，連同缺乏自信的部分都一併接納，不要破壞了最初這麼想的心。

「不好意思～」看照片的女孩呼喚吧台內的男孩，「我要買這個。」她將木製玩具放在吧台上。

「實希，有客人。」泰彥叫喚埋頭在書本中的男孩。

「啊，好。」今天也戴著帽子的男孩站起身，敲打收銀機，將零錢遞給女孩，把物品裝入袋子中，有禮地低下頭，「謝謝惠顧。」

兩名女孩離開後，店內靜了下來，男孩回到書中，泰彥繼續翻著作品集。都已經看過好幾次了，卻依然不停地從第一頁開始快速翻閱，而食指和中指間還是夾著菸。

千鶴覺得礙眼地看著菸灰，忽然發現自己盯著看的泰彥的手指出乎意料地好看，雖然是指節粗大的手，但手指修長，因此散發出奇妙的優美氣氛，如果只看手指，甚至會覺得他是二十多歲的青年。那手指將菸灰彈進菸灰缸後又回到作品集中。

接著千鶴發現，從以前到現在，有人曾經這麼熱忱地看過自己的畫嗎？

千鶴的視線小心地從他的手指移開，看著注意力放在作品集上的泰彥的臉，他的眼睛時而瞇起時而張開，臉時而靠近時而拉遠地繼續翻著作品集。先不管講到家庭主婦就想到限時特賣的思考模式有多單純，也不管用限時特賣的譬喻來批評畫作那個語彙量有多貧乏，即使如此，千鶴還是偷偷地想著這個人應該是值得信賴的吧。這個年齡不詳，難以用優雅形容的男人，一定是像個孩子一樣地喜愛著繪畫或照片或這類的東西吧。喜愛著繪畫和照片、小說和電影、音樂和玩具這類人類創造出來的東西，絕對不是含有什麼大道理的東西。千鶴的視線從仍在翻看作品集的泰彥臉上移開，環顧雜亂地擺放著雜貨和攝影集的店內，想著這樣的事。

「所以，關於檔期。」泰彥緩緩地從作品集中抬起頭，拿起放在吧台上的行事曆。

四月中旬以及五月連假以後有空檔，千鶴預定了五月下旬的十天，她也拿出行事曆寫下來，並鬆了口氣。五月的連假會因為前置準備而變得很忙吧，不管壽士是又要「出差」，還是「假日加班」而不在家，總之可以不用東想西想了。

「那接下來，要不要去喝一杯提前慶祝？」

泰彥將作品集還給千鶴，同時露出和剛才一樣天真無邪的笑臉爽朗地說。

好啊，我很樂意。雖然第一印象並不好，但千鶴還是立即這麼回答，這是因為她已經完全信任這個作風與常人不同的男人了，正確來說，是她想要相信他。

從總武線換搭山手線，在擁擠的電車上晃了將近三十分鐘，所以千鶴以為泰彥一定是要帶她去鮮為人知的名店，雖然從泰彥的穿著打扮來看不會是什麼高級的地方，但既然不惜特地轉車過去，那大概是有隱藏版菜單的燒肉店，或有特殊情調的居酒屋，又或者是低調隱密的民俗風料理店。

結果泰彥帶著千鶴去的是高架橋下的串燒店，店裡充斥著煙霧，吧台擠滿了穿著西裝的上班族，擺在門外的桌子則被一整群的年輕人占據，千鶴和泰彥不得不和那群年輕人併桌，在他們坐的桌子一角找位子。喝啤酒可以嗎？泰彥這麼問，所以千鶴點頭，泰彥快手快腳地和來點餐的金髮店員點了啤酒和料理。每次電車從頭上的高架橋經過時，就會發出極大的轟鳴聲，桌子也會跟著微微震動。千鶴穿著外套，圍巾也沒有拿下來，她四處張望看向用餐的客人及店內。

「小千想要成為什麼樣的人啊？」

喝了大約半杯啤酒的泰彥突然這麼問。

「嗯？你說誰怎麼樣？」

因為不知道泰彥在說誰，千鶴身體向前傾，臉往泰彥靠近。

「我在說小千妳呀。」泰彥指了指千鶴，將啤酒拿近嘴邊。「成為什麼樣的人這個說法是有點怪啦，不過我的意思是，妳只是出於興趣畫畫，還是說像妳作品集裡也有的一樣，想接更多插畫之類的工作，或是想試試看廣告方面的工作，又或者想以辦個展為重心……之類的，不是有很多種選擇嗎？」

千鶴眼睛眨也不眨地看著這個突然親暱叫她小千的男人，微微地噗哧笑了一下，總覺得已經無法生他的氣了。

「我對那些，沒有特別的想法。」千鶴一邊將送來的串燒中雞肉串的竹籤拿掉一邊回答。

「我也不知道我畫畫的目的是什麼，應該說對於不知道的自己有一種自我厭惡感，所以我才在找畫廊，我想如果能靠一己之力開個展，或許就會知道答案了，就算最後發現我只是單純想畫興趣的，我覺得這樣也值得。」

千鶴對於滔滔不絕的自己感到不可思議，而另一個自己則是驚訝於「原來我是這麼想的呀」。

「啊，不要把竹籤拿掉。」泰彥忽然一臉認真地說，千鶴嚇了一跳停下手來。「竹籤拿掉之後就只是普通烤過的肉而已，看起來不好吃吧？烤肉串就是要這樣，拿著竹籤大口咬下去才可以。」泰彥這麼說完，將肉串橫在嘴邊用牙齒撕咬下來。

「是呀，你說得對，抱歉。」千鶴急急忙忙想將肉塊串回竹籤。

「啊，不用啦、不用啦。都拿下來了就不用串回去了啦！」泰彥再次出言制止，然後笑出聲，「妳真是個奇怪的人。」

因為他笑得實在太開心了，所以千鶴也跟著笑了起來，旁邊那群人也為了某個話題而捧腹大笑。頭上響起轟鳴聲，桌子喀噠喀噠地搖晃，像發生了小火災一樣，霧茫茫的白煙從店裡飄了出來。

對於千鶴所說的「我也不知道我的目的是什麼」，泰彥既沒有發表高見，也沒有說教，只是無止境地不停問了各種問題，才剛問了有沒有喜歡的畫家，就接著問喜歡的動畫是哪一部，問完串燒的種類中喜歡哪一種，馬上又跳到對於偽造耐震強度的議題有什麼看法。真的是沒完沒了啊，千鶴回答著一個個問題，同時覺得好笑了起來。

「N是什麼的簡稱？」

千鶴趁著對話告一個段落時問，結果泰彥一臉疑惑地看著千鶴，「就是你那間，不知道該說是雜貨店還是畫廊的店名。」千鶴補充道。千鶴以為會得到像是取自法文的黑色（Noir）或是聖誕節（Noel）或是單純的No等有趣的答案，結果泰彥卻一臉意興闌珊地簡短答道：

「喔，中村（Nakamura）的N。」千鶴不禁笑了出來。

這一笑，就停不下來了。竟然是名字拼音的第一個字母，也太沒情調了，這命名太蠢了吧。普通的哈哈笑漸漸變成放聲大笑，不過在充滿轟鳴聲和喧鬧聲的高架橋下，根本沒有人在意放聲大笑的千鶴。大概是啤酒和日本酒害我喝醉的關係吧，千鶴邊笑邊這麼想，但她馬上就知道不是這樣了，真正的原因是她開心到想要放聲大笑。淚水從眼角流下，擦著淚的千鶴再次笑了起來。

「欸？怎麼了？是在笑什麼？」

泰彥一臉不可思議地望著千鶴，雖然這麼問但又不等千鶴回答，他舉起手請店員過來，又點了一瓶日本酒。

在擁擠的小田急線中，笑意再次湧現，千鶴必須拚命壓抑才能止住。和泰彥在車站就分開了，千鶴原以為兩人會一起走進驗票閘門，結果泰彥只是向千鶴微微舉起手，就直接轉身離去，是還要再去其他地方喝嗎？他的身影迅速消失在人潮洶湧的車站大廳。

對於似乎還笑不夠的自己，千鶴感到很不可思議。回想這一晚，也沒有什麼特別有趣的事，雖然還留有快樂的餘韻，可是若細思為了什麼事感到快樂，其實自己也不明白，就連完全不談自己，只是不停發問的泰彥是什麼樣的人，到現在也仍是一頭霧水。

外套和圍巾都染上了散不掉的燒烤味，這只能送去洗衣店處理了吧，要是平常就會因此而生悶氣，可是現在卻連自己身上散發出來的燒烤味都覺得無來由地好笑。

走出東北澤的驗票閘門時，千鶴回頭看了看月台的時鐘，黑暗之中，白色的盤面顯示著十一點半，壽士一定還沒到家吧。千鶴先去了一趟便利商店，拿出幾瓶鮮奶和啤酒到收銀台，與其說是還沒喝夠，更貼切的是她還想品嘗那份快樂的餘韻。

在收銀台將紙鈔遞給一臉愛睏的青年時，自動門打開，穿著大外套看似上班族的男性，耳邊貼著手機走了進來。千鶴幾乎是下意識地同情起了眼角餘光瞄到的這個男人。剛才下車的擁擠電車中，有三分之二都是像他一樣的男人，穿著沉悶深色的大外套加上西裝，外表雖然整齊有致，可是內裡就像爛碎的豆腐，巴著手機不停地滑，每一天都過得像是沒有值得高興的事，也沒有足以捧腹大笑的事一樣的無數男人。

千鶴從青年手中接過零錢，拿著裝了物品的袋子往出口方向走去，然後不經意地轉頭，拿著手機不知道在講什麼，同時視線巡梭著零食點心陳列架的西裝男再次進入她的視野，然後千鶴的呼吸微微一窒，是壽士。

沒來由地就往出口逃去的千鶴，發現自己的舉動實在很可笑，在便利商店一看到老公就落荒而逃也太不正常了。畢竟我又沒有做虧心事，我們兩人也沒有交惡呀，千鶴瞄了一下出口玻璃門上自己的倒影後，慢慢地往壽士走去。啊，是喔，那還好嗎？對著電話這麼說的壽士那寵溺的聲音傳到耳邊，千鶴輕輕拍了拍他的肩膀，壽士不耐煩地轉身，一看清楚站在那裡的人是千鶴後，表情明顯變得慌張，急忙掛斷電話。

「啊，幹嘛，不對，啊～嚇了我一跳。這麼晚了怎麼在這裡？哎呀，剛才在電話裡討論明天會議的事，所以沒注意到妳。」依然是一臉顯而易見的慌張表情，說著顯而易見的藉口。

「完全是碰巧——也不能這麼說啦，畢竟我們住在同一個地方嘛，一起回去吧。」

千鶴笑著說，剛才那股想笑的感覺再也無法壓抑地冒出來，千鶴笑出聲，「怎麼啦，為什麼那麼慌張？我買了啤酒，你也要買嗎？一起喝嘛！」她一邊說，一邊止不住地哈哈大笑。

「妳喝醉了？」壽士小心地問，「哎呀，不過的確是不需要那麼驚訝的事呢，真的，畢竟我們住在同樣的地方。」他嘴裡嘀嘀咕咕地說著走向飲料區。千鶴右手輕輕抓著壽士的大外套跟在他身後，左手袖口抵在鼻間，若無其事地輕輕吸了一口沾染在上頭的燒烤味道。

明明半年前圍繞在自己身邊的狀況和現在沒有任何不同，但心情卻好得不可思議，這讓千鶴很驚訝，原來事情這麼簡單嗎？一想到這個，千鶴就想仰頭狂笑。一直以來，千鶴深信想要改變就必須付出相對的投資，像是去運動會館運動，讓身體累到沒有餘力思考其他事，或是參加葡萄酒學校，以結交可以陪同打發時間的朋友，必須做這些事，否則自己，或說自己內心的那股氣結就無法產生改變，然而運動會館和葡萄酒學校都沒能幫助她排憂解悶。

在發現那些事無法成為自己投資的回報之後，千鶴還是回頭去恨壽士了，不是恨他的戀情，而是恨將鬱悶的心情強加到自己身上的他，還有無法表達這股鬱悶，無從做些努力改善的自己。

不過自從個展日期定下來之後，每一天的方方面面都有了一百八十度轉變，不再覺得早上起床很麻煩、即使只是到附近的超市心情也很飛揚、開始覺得吃冰箱裡的剩菜配酒精飲料當晚餐很淒涼、不再為了超過十二點才悄悄回家的壽士製造出來的聲音而感到煩躁。還剩下半年課程的葡萄酒學校千鶴也不去了，雖然仍保有運動會館的會員身分，但最後一次去已經是超過一個月前的事了。

好久不見，我們已經很久沒有碰面了吧？要不要再來個久久一次的午餐聚會啊？而且我也有事想告訴妳們。

面對麻友美的邀約，若是以前，千鶴會有一瞬間猶豫要不要回信，但這次她很快就打起回信。我隨時都可以，妳和小伊決定好之後我配合妳們。她流暢地打出之前絕對寫不出來的內容，毫不遲疑地按下寄出鍵，才剛回完信，就開始期待與她們見面了。按下寄出鍵之後，她腦中浮現的是三十四、五歲的伊都子和麻友美，而不像平常一樣想到兩人十多歲的容貌。

手機急促地響起，千鶴離開電腦去拿手機，在看到螢幕上顯示中村泰彥的瞬間，千鶴感覺到身體忽然變得輕飄飄。

「今天有空嗎？」

手機一靠近耳邊，泰彥的聲音就直衝而入，聲音的背景很嘈雜，千鶴腦中浮現出泰彥站在路邊講電話的樣子。泰彥總是很突然，他會突然打電話來，劈頭就問：「今天有空嗎？」他是不是根本沒有下星期或下個月這種事先預約的概念啊？千鶴經常這麼想。好像小學生一樣，千鶴想起了下星期或下個月遙遠得有如下輩子一樣的小學時代，那是只有今天的年紀。

「我是沒有很閒啦，」千鶴笑著回答，「不過我可以為了你空出時間喔！」

「那就空出來吧，一定要為了我空出來喔。」泰彥說完，千鶴樂不可抑地笑了出來。

千鶴在三月初時和泰彥上了床。

泰彥說有個攝影展想讓千鶴看看，打電話將她找出去，所以千鶴特地到了表參道一趟。泰彥帶千鶴去看的是和泰彥的畫廊「N」很像的一間店，話雖如此，空間卻比「N」寬敞許多，有主要販售攝影集的外國書籍賣場、提供酒精飲料和輕食的咖啡廳，還有畫廊，雖然分隔成這些空間，卻仍是個寬闊舒適的地方。

展出的照片全都是色彩恬淡的人物像，被攝影者每個都很年輕，有剃成龐克頭的人，有在鼻子和嘴巴都穿洞的人，有在肩膀刺青的人，還有頭髮染成粉紅色的人，裡面全都是這種類型的年輕人。照片幾乎都是採上半身或胸部以上的大頭構圖，在四角方框裡的他們，或舔著冰淇淋，或故意翻白眼，或將巧克力棒餅乾戳進鼻子裡，或哈哈大笑，或哭得鼻頭發紅，看著看著，千鶴漸漸浮躁了起來。和自己完全無緣的年輕人。化著誇張的妝做著誇張的打扮並相信這就是個性的他們，即使千鶴和他們年紀相仿大概也不會有交集的每一個人，都莫名地觸動到她的內心，他們抱持的無聊煩惱和不安帶著某種強烈的情感，在千鶴的心中擴散開來。老早就捨棄的，不，搞不好打從一開始就不曾有過的煩惱與不安，自己的心中似乎也出現了與那極為相像的情感一樣，那些照片越看，千鶴就越感到不安。

千鶴將所有照片都看完一輪之後，泰彥還在專注地欣賞，就像他對待千鶴的畫一樣，時遠時近地仔細看過每一張，有時即使移動到下一張了，也會突然想到什麼似地回到上一張。不敵自己內心浮躁蔓延的千鶴，沒辦法像那樣一張照片反覆看好幾次，她離開畫廊走向咖啡廳，坐在戶外座喝咖啡。

在等了大約三十分鐘後，泰彥終於坐到千鶴對面，詢問她的感想：「怎麼樣？」那個問法就像棒球少年問來看自己棒球比賽的媽媽，自己的表現如何一樣。

「雖然我不喜歡那些照片，但有種奇妙的感動。」

千鶴一回答，泰彥就探出身。「妳不喜歡哪裡？怎樣不喜歡？又是什麼樣的感動？」滿臉興奮地接著問下去。

「我不是很喜歡那種太真實的感覺，怎麼說，比現實本身還要現實的感覺太強烈了……看著看著情緒變得很浮躁。我之所以覺得感動，大概是因為站在照片前的時候，感覺他們好像對著我一個人強烈地訴說著什麼一樣的關係。」努力將在看照片時難以言喻的感想化成字句後，「哪部分太真實了？妳覺得為什麼自己會變得很浮躁？妳認為他們在和妳訴說什麼？」泰彥不留任何喘息空間地進一步問道。「這我沒辦法清楚表達。」千鶴這麼回答之後，又不屈不撓地纏著她，「拜託妳努力形容給我聽。」於是千鶴只好笨拙地擠出話來。

好不可思議的感覺。為什麼我非得一一說明那些東西不可？雖然感到煩躁，但是千鶴又有一種走進自己心中，撫平所有的摺痕後進行觀察的感覺。找出隱藏在摺痕內部的心情，將其轉換成語言之後，便出現一種至今未曾體驗過的快感。「啊啊，那個，我懂我懂。」泰彥每一次附和，千鶴就高興得想要小聲尖叫一番。

一回神，天色開始暗了下來，看看手錶，才發現已經聊了三個小時的照片，千鶴不禁愣住了。自己竟然那麼熱切地談論和自己以及自己的生活毫無關聯，真要說的話根本是可有可無的事情，但比起這個，最讓自己不可置信的，是自己似乎還想要繼續聊下去。就在千鶴發呆看著早就空了的咖啡杯時——

「等一下有空嗎？」

泰彥問到。大概又要去高架橋下的串燒店了，千鶴這麼想著和泰彥一起站起身，結果泰彥帶千鶴去的地方卻是愛情旅館。

「總覺得想和妳再更親近一點。」

泰彥在愛情旅館前不好意思地說。「要不要進去一下？」他用爽朗的笑容問道。

在得知壽士的戀情時，千鶴也曾想過乾脆豁出去，自己也去找個老公以外的男人談戀愛算了，但是和老公以外的男人談戀愛這件事，對千鶴來說就像隔著非常非常厚的牆面的另一頭一樣，若沒有特別的意外，特別的強烈情感，或是特別的決心，那就是一道無可跨越的牆，千鶴一直是這麼認為，然而千鶴又不得不承認，那三樣條件之中，自己沒有任何一樣。

不過實際和老公以外的男人上床之後，千鶴被這件事有多簡單給嚇了一跳。

原來就這樣而已嗎？是這麼簡單的一件事嗎？聽著隱約傳來的淋浴聲，躺在特大雙人床上的千鶴自言自語。沒有意外沒有乾柴烈火的戀情也沒有決心，更別提牆壁的存在了，感覺只是輕輕跨出一步就來到了另一頭，千鶴覺得身體比幾個小時前還要輕鬆許多。

「想和妳再更親近一點」，想起泰彥幼稚但直接的邀約用語，千鶴嘴角揚了起來，的確，或許就是這麼簡單的事，把我關起來的人不是壽士，而是我自己，千鶴想。

千鶴目光移到丟在床邊一角，泰彥脫下的衣服上，手機和錢包掉出了褲子口袋，她瞄了一眼不斷傳來淋浴聲的浴室後，輕輕拿起手機翻開手機蓋，長方形的畫面上是抱著狗的女孩的照片，看起來大概是國中生年紀。千鶴連忙蓋起手機，輕手輕腳放回原本的地方。

千鶴知道那應該是他女兒的照片，對她來說那不是一件太令人驚訝的事。哎呀，我就知道，千鶴心想，雖然像個孩子一樣，但也是和一般人一樣有家庭，和一般人一樣有女兒呢。千鶴發現自己已不再是只是睡了一次就陷入瘋狂戀情的年紀，並對此感到放心。

「那個，要不要去喝一杯再回去？」泰彥從浴室門後露出臉來問，平躺在床上看著天花板的千鶴坐起身。「好，走吧。」她回答。

麻友美指定的是位於四谷的義式餐廳，從車站要走十二分鐘，又是個不太方便的地點，郵件裡夾帶了地圖，千鶴邊看著印出來的地圖邊走在寂靜的住宅區。雖然天氣還有點涼，但鋪天蓋地襲來的冷意已然退去，似花又像土的柔和味道飄散在巷弄中，走著走著，便不明所以地笑了出來，能夠以這樣的心情走在街上，千鶴覺得有些自豪。

打開住宅區內唯一的餐廳的門，店裡幾乎已經客滿了，和自己差不多年紀的女性一群一群填滿了座位，告訴服務生麻友美的名字後，就被帶到了僅剩的一桌空位，坐在還沒有其他人來的桌位，千鶴環顧了店裡一圈。

正在分切主菜的女性們、喝了酒而臉紅熱切地聊天的女性們、高聲念出菜單對甜點品頭論足的女性們，每個人都化了無懈可擊的妝容，身著外出打扮，飾品反射著光芒。女人還真貪心呢，千鶴偷偷地想，想要吃美食，想要度過愉快的時光，想要穿戴美麗的物品，每一分每一秒都想要感受到幸福，不允許自己的身邊出現空洞，因為空洞是幸福的相反，即使只是發現了一個空洞，都會積極地東張西望，找到可以填補空洞的東西之後就立即出手，在她們眼中的我，看起來一定也是這樣吧——

視線正好移到門口時，門被打開，麻友美來了。

「妳聽我說，小伊那個人，竟然放我們鴿子。」麻友美一面脫下大紅色的春季外套一面走來，一坐下就這麼說。「小伊說她是工作太忙了，其實才不是，她是被奇怪的男人給騙了，雖然她沒有這麼說，但一定是這樣。」

「麻友美，我們先點些東西吧。」

千鶴緩了緩麻友美想要馬上大聊特聊伊都子的衝動，將菜單遞給她。

「啊，對喔，說得也是，對不起對不起，好久不見了，小千。」

麻友美聽起來很刻意地說，然後翻開菜單。翻開菜單之後，她似乎就忘了伊都子的事，開始認真煩惱起餐點，燉飯好像很好吃，不過蟹肉義大利麵也很棒，沖繩豬和嘉鱲魚二選一的話就沖繩豬吧。千鶴想起了超過半年沒見到面的伊都子，滔滔不絕地說著媽媽的事，突然就哭了起來的伊都子。

「真是的，我有好多話想說，不知道該從哪裡說起才好。」

點完餐之後，麻友美傾身向前，像在告狀似地說。

「關於小伊的嗎？」

「那也是其中之一。前陣子我第一次去小伊她家玩，結果實在太了不起了，她那間房子就算有電視台來拍『無法整理家中的女人』都不奇怪。」

飲料送來之後，前菜送來之後，麻友美還是語氣高昂地說個不停。簡單來說，就是住在雜物堆中的伊都子不小心和麻友美透露出「她和男朋友處得不好」。

「難得見面，我們來乾杯吧。」等麻友美說到一個段落之後，千鶴提議。裝了啤酒的玻璃杯輕輕敲在麻友美舉起的裝了沛綠雅的杯子上，「總之，我們邊吃邊聊吧。」千鶴笑著說。手握刀叉，麻友美終於忍不住再次說起了伊都子有多「怪」。

的確，在我家的時候伊都子也滿怪的，千鶴回想，幾乎不怎麼談論自己的伊都子，竟然沒一刻消停地說著自己和母親之間的爭執，說到千鶴都鬱悶了起來。

「話說回來，妳後來怎麼樣了？之前不是說上電視什麼的，最後露娜有參加嗎？」

千鶴改變話題。雖然也很擔心伊都子，但本人不在場，她不想出於好奇臆測一些有的沒的。

「啊～我真的是受夠了。」麻友美吃著醋漬竹筴魚，一臉受不了地瞪著千鶴，「妳完全沒在聽我說話啊，電視台是邀請我們參加節目，不是邀露娜，妳想都不想地就拒絕了，我雖然積極推薦由我和露娜去參加，但對方拒絕了，超級丟臉的，所以那件事沒了。都沒有人要認真聽我講話，打擊太大了！」麻友美用叉子不停插著前菜的盤內，一邊忿忿不平地說。

「這不是很好嗎？這樣就不用出醜了。」千鶴笑著說。

「什麼出醜啊，說到底……」一臉認真反駁的麻友美說到這裡停了下來，「這件事就算了，畢竟每個人擁有的記憶都不一樣，價值觀也不一樣。」她帶著嘆息說完放下了叉子。

如果被問到近況，該說到什麼程度好呢？千鶴思考著這件事，個展的事、畫廊的事、中村泰彥的事，一方面想要全部說出來，一方面又覺得說出來太可惜了，這和去年午餐會時感覺到的，不知道該說什麼又該怎麼說的心境有著微妙的差異，這是更令人興奮又甜蜜的某種情感。

「我啊，決定不再去想了。」

不過麻友美沒有問千鶴的近況，她將已經空了的前菜盤子推到旁邊，再次探出身體說起了自己的事。「我放棄讓露娜當藝人了，小伊也念了我幾句，說我和露娜是不同的兩個個體，因為這樣我難得認真思考過了，沒錯，露娜和我不一樣，她不喜歡誇張或引人注目的事，所以我決定以她喜歡的事為優先。」

義大利麵送了上來，麻友美熟練地繼續不停說著話，同時手中拿著叉子，不看盤內就將麵捲了起來。

「她喜歡做什麼事？」千鶴這麼一問。

「讀書呀，所以我改變計畫了，我想送她去讀知名小學。」麻友美便得意地鼻翼微微擴張說道，千鶴必須拚命壓抑才能阻止差點笑出來的自己。

「所以這次換考試了？」

「小千，我超討厭那個詞，所以談到露娜的事時不要用那個說法喔！」

「那個像是才藝學校的地方不去了嗎？」

「沒有啊，課程會減少，但我還是想保留學籍，這樣有個萬一的時候兩邊都有得選。」

麻友美回答，一臉正經地吃著義大利麵。伊都子不在場真是太好了，千鶴想，伊都子一定會說不管是讓露娜當藝人或送她去念知名小學都是一樣的意思，搞不好又會開始說她媽媽的事說到哭出來。因為麻友美一言不發地吃著義大利麵，所以千鶴也學她安靜地用餐。環顧店內，位子依然坐滿了人，化了妝精心打扮，笑著一口接一口享用料理的女人們，和剛才還是同一群人嗎？還是說已經換了一批人？千鶴無從判斷。白色的桌巾、女人們迴盪在空中的聲音、彷彿填補了人聲空隙的刀叉聲，千鶴的視線回到自己的盤子上，忽然有所感觸，幸福這件事，持續身在幸福中這件事有多麼辛苦。但就在下一秒，千鶴默默地被自己內心這樣的想法給嚇了一跳。

「跟妳說喔，小千。」

義大利麵的盤子撤走之後，麻友美一邊拉平桌巾的皺褶，一邊小聲地喚著千鶴的名字，千鶴抬起頭看麻友美，她低著頭仍執拗地扯著桌巾說道：

「我一直以為不會再有令人興奮，或是讓人感到有趣的事了，未來大概什麼都沒有，就是平淡地生活，為了一點小事或喜或悲，然後就這樣年復一年過去。可是，或許不是這樣的，雖然和十幾歲那時的類型不同，但未來一定還會再出現好玩或是令人興奮的事吧。」

千鶴看著和其他桌的女人一樣臉上化著完整妝容的麻友美，一下說要讓孩子當藝人，一下說要讓她參加入學考試，對千鶴來說麻友美依然是那個自己無法理解的人，只是她說的那些話就如同自己的話語一樣，千鶴很能夠理解。育兒和沒有人要委託的插畫，每天都要準備的三餐和暗地裡發展的老公的戀情，兩人的日常煩惱、被追著跑的生活雖然沒有任何交集，但卻是幾乎想著同樣的事情在過日子呢，千鶴想。

「我也這麼認為，真心這麼認為。」千鶴看著麻友美撫過桌巾的手喃喃說道。

麻友美說還要去幼稚園接孩子，又是慌慌張張地離開了，她走了之後，千鶴悠閒地走在通往車站的路上。腦海中浮現出身為媽媽的麻友美和身為某個人女朋友的伊都子，但其實真正浮現的是在伊豆高原的度假公寓裡，或唱著歌打發時間，或畫著服裝設計圖的三人的身影。那時候，我們究竟想成為什麼樣的人呢？千鶴思考著這件事。在地上自由伸展著曬黑的手腳，片刻不停地聊著天，那時候是如何描繪未來的自己呢？

喝了三杯的啤酒很舒服地留在體內，從民宅圍牆裡開展出來的紅梅顏色鮮豔得令人驚奇，三名曬黑的少女漸漸淡去，取而代之浮現出來的是泰彥的臉。千鶴停在梅花前，大口深呼吸，拿出手機，從聯絡人名單裡找出泰彥的名字。千鶴至今從未主動聯絡過他，「今天有空嗎？」這麼問的人總是泰彥。自己打電話給交往對象總覺得是在認輸，二十歲左右的千鶴這麼認為，即使現在已經不這麼想了，但只要自己不主動打電話過去，就會覺得自己還未被牽扯進去，雖然也不知道究竟是還未被牽扯進什麼事情裡。

千鶴輕笑了一聲按下撥號鍵，聽著來電答鈴抬頭仰望天空，淡藍色的晴空上排列著幾道像是用毛刷畫就的雲朵。

「吶，你今天有空嗎？」

千鶴對著接起電話的聲音問道。

第一次去愛情旅館時覺得不存在的牆壁，如今千鶴感受到了。她覺得好像因為自己主動打電話的這個舉動，而「嘿唷」地翻過了那堵牆，不過實際翻牆之後才發現，那堵牆真的既不厚也不高。

大概就像前陣子那樣，先去愛情旅館然後到某個地方喝幾杯，或是先去某個地方喝一杯，然後再去愛情旅館吧，千鶴是這麼想的，然而泰彥並沒有要站起身的意思，他喝光杯底剩下的燒酒後，對著吧台內說「再來一杯」。一直在等待起身的時機而將手提包放在腿上的千鶴輕輕地嘆了口氣，將手提包塞進吧台下的架子上。

「妳呢？要什麼？」

被這麼一問，雖然已經不想再喝了，但千鶴還是小聲說我也來一杯，拿起杯子湊到嘴邊。

「這種事情呢，我覺得啊，沒有先想過就會做不好，不但做不好，而且還沒有意義。」

泰彥在應該已經冷透了的關東煮上塗抹黃芥末，回到剛才的話題。

回答有空的泰彥指定在四谷的車站碰面，他說有間店從傍晚就開始營業，帶著千鶴在窄巷中繞來繞去。走進店門口掛著紅燈籠的居酒屋時是四點多，已經過了三個小時以上，泰彥卻沒有離開位子的打算。

「所以我說了會好好思考啊，如果你說個展結束後再想就太晚了，那我會在個展開始前的這段時間思考，不是已經說過好幾次了嗎？」

千鶴不耐煩地回答，接下穿著割烹圍裙的老闆娘遞來的杯子，輕輕啜了一口，番薯燒酒的內斂香氣衝入鼻中。

「我就是說這樣不好，要想就現在想，現在作決定，邊想邊畫出來的東西一定不行，先決定好再畫，兩者成果可是天差地遠。」

雖然不是死纏爛打，但泰彥用不容反駁的強烈語氣再三強調，坐在吧台前的千鶴轉頭面向泰彥，打量著他的側臉，已經搞不清楚這個男人究竟是個性認真還是不認真了。

只是出於喜歡而畫畫，但畫畫的目的是什麼自己也不知道，這是第一次和泰彥去喝酒時千鶴說的話，對於這件事泰彥並沒有表示意見，他也說過出租畫廊時沒有類似審查的機制，也就是說，他是這樣的人吧，千鶴這麼理解，喜歡人類創造出來的東西，然後提供相關場地，但並不打算稱之為藝術，不過也不打算發展成商業，只是盡情地看著喜歡的東西，擁有喜歡的東西，單純沉浸在這種樂趣之中的人。千鶴原本對於出租場地的人是這樣的個性感到很安心。

可是今天，坐在居酒屋吧台前的泰彥，先是點了啤酒和關東煮，在啤酒入喉前就對著千鶴說：「如果不決定好妳的目的是什麼，妳的畫就會一直充滿混沌。」

「所以就像我之前說的……」泰彥打斷千鶴的話，罕見地長篇大論起來。

「我覺得個展結束之後才搞清楚就太晚了，妳現在就要開始畫了吧？總不能全都展出現有的作品，所以啊，決定好方向再畫絕對比較好。之前我看的作品集裡很多都經過數位處理，之後的妳也要用數位作畫嗎？理由是什麼？不是比較簡單或比較省時之類的原因，而是妳一定要找出非得使用數位作畫不可的理由。原子筆、紙捲油蠟筆、粉彩筆，妳全都試過了？有些地方妳會使用壓克力顏料，原因是什麼？妳有想過這些嗎？我舉幾個例子，像是想要被放在廣告中啦，或是想試試傳播媒體啦，還是想要以繪本為目標，只是個大概也沒關係，妳要不要先試著定下來？不先決定好這個部分，就沒有辦法決定用什麼素材，於是最後，怎麼說，感覺就像畫在傳單背面的塗鴉一樣，只會變成零散的東西。」

他的語氣不像是在強壓價值觀，也沒有說教的感覺或是責怪的意思，硬要說的話，泰彥是站在千鶴的角度說這番話，但是每一句話都小小地刺傷了千鶴。好想快點離開這裡，不管是什麼樣的房間或什麼樣的寢具都無所謂，好想要現在馬上赤裸擁抱，千鶴想，我不是為了沒完沒了地聽這些話，才翻越牆壁的。

千鶴試過和以前一樣轉移話題，或是打哈哈帶過，但今天的泰彥雖然態度平和卻很固執，不停地要她決定好方向，已經三個小時了。

搞不好這個人看起來一副吊兒郎當的樣子，其實是很難纏的人？千鶴內心開始這麼想了起來。看看時間，已經過了七點半，千鶴不理會坐在隔壁繼續叨念著什麼的泰彥。

「請給我燒賣和烤飯糰。」她對著吧台裡的老闆娘說。

「啊，燒賣，不錯呢，我也想吃。」

表情放鬆下來的泰彥感覺終於回到平常的他。

「之後要做什麼？」千鶴鬆了一口氣問，然而答案並不如千鶴的期待。

「總之在妳決定好方向之前，今天不會離開這裡。」泰彥說。

「為什麼啊？你不是說不用審查嗎？就算看起來像是畫在傳單背面的塗鴉，你只要收下租金事情不就結束了嗎？」

因為太失望了，千鶴語氣尖銳地說。

「話是，這麼說沒錯啦。」泰彥一副在唱歌的口吻說，拿起裝了燒酒的杯子湊到嘴邊，發出啜飲的窸窣聲，「話是這麼說，但個展或許就這麼一次，既然要做，就做出自己可以接受的成果不是比較好嗎？」他一派輕鬆地說出這些話，然後再接著補充道，「如果沒有我這樣督促妳，妳啊，就什麼都不會去思考。」

千鶴覺得耳朵一下子刷紅，自己內心的每一個角落似乎都被摸得一清二楚。泰彥剛才說的那番話感覺好像不是在說自己的畫，而是生活中的大小事、和老公各種複雜的關係、自己這個人的方方面面都被提及了一般。放棄了思考，放棄了作決定，放棄了解決，只是蹲在原地，要說她想過哪些事，就只有和坐在隔壁的中年男子相擁這件事，千鶴感覺自己好像被人如此指責。

「你又不是很瞭解我。」千鶴手肘架在吧台上，像是要築起一道牆，看著燒酒的杯子內，口不擇言地說，「我的事你又懂什麼了！」

「就是不懂所以才能說呀，就因為不懂才會想要進一步瞭解啊！」

泰彥以輕快的語氣說，舉起酒杯向送燒賣過來的老闆娘表示「再來一杯」。

居酒屋內又擠又吵，充滿了香菸的煙霧，白木吧台骯髒又泛著黃漬，到處都印有啤酒瓶的圓形痕跡和醬油汙漬，右手邊的男人發出大到足以讓千鶴聽見的咀嚼聲，盤據在後方桌位的年輕人像是腦袋的螺絲鬆了一樣不停發出笑聲，眼前是裝在髒杯子裡約有半杯的番薯燒酒，和剩下一半的關東煮黑輪，和泡在黃芥末及醬油裡的燒賣，和表面發亮的烤飯糰，和堆滿泰彥抽完的菸蒂的菸灰缸。

在這樣的環境下，千鶴閉上眼睛，想要明智地思考。自己想要做什麼？先不管新藤穗香和壽士的事，也不管自己和壽士的未來，其他的事也都先不用決定，不用去想，現在只要專心思考自己畫畫的目的是什麼，只要想著這件事，只要想著應該如何回覆泰彥的問題，因為如果不是現在，我就像泰彥所說的，什麼也不去思考，什麼也不下決定。

一閉上眼睛，思緒就神奇地靜了下來，在這平靜的思緒中，一個問題冒了出來。

我是從什麼時候開始像這樣再也不去思考的？

每一件事，應該都是我經過思考後作出的決定才是，不管是決定參加比賽，或是和演藝經紀公司簽約，或是下定決心退出樂團，或是升大學，或是做了幾份工作或是結婚，這一切應該都是我在好幾個選項中思考，然後從中挑出一個最好的才是，一切都是依照我自己的意志。然而現在被泰彥逼著思考作決定，才發現自己似乎不曾自己思考並決定任何事。

感覺好像坐在救生圈上漂在海中，千鶴想起了不知什麼時候麻友美說過的話，不管發生什麼事，再怎麼想積極克服或是想改變方向，都還是只能隨著救生圈漂流，類似這種感覺的生活。

壽士謊稱出差外宿的那一天，到處走訪畫廊的千鶴體會到了獲得解放的感覺，有著自己思考，伸手拿取自己所選的興奮與快意，但是現在，在這又擠又吵的居酒屋裡，不知為何，那樣的感覺卻煙消雲散了，舉辦個展這個對自己來說是一大挑戰的決心，也只像是坐在救生圈上越過一個波浪罷了。

「會是什麼呢？」

千鶴的手依然拄在吧台上，喃喃說道。

「究竟要做什麼，才有靠自己的雙臂奮力游泳的感覺呢？」

這麼說完，千鶴輕輕地瞥了一眼隔壁的泰彥，泰彥像個快哭出來的孩子般眼睛眨也不眨地盯著千鶴。為什麼要露出這樣的表情呢？千鶴喝醉的頭腦昏沉地想，對著泰彥一笑，泰彥也擠出笑容，但那笑容越看越像即將哭出來的表情。

走到廚房，從冰箱裡拿出白酒的千鶴猶豫了一下，最後還是放回冰箱，走回房間，站在關上的房門前，千鶴環顧整個房間，然後走近窗邊的桌子，默默地收拾起雜亂的桌面。

想做什麼？自己想要做什麼？

什麼都不想做，只是想畫畫。

千鶴在內心自問自答，但她馬上就發現那個答案是騙人的，如果什麼都不想做，那根本也不會想畫畫，如果只是想要畫畫，那也就不會去租畫廊了吧。

那麼自己想做什麼？自己畫畫的目的是什麼？

千鶴將文具放回筆筒中，區分需要的筆記和不需要的紙張，並將不需要的紙張丟掉，送洗衣物的收據和繳稅通知單疊在一起用夾子夾好，累積了一落的雜誌移到地上，一心一意地整理桌子，同時繼續問自己。

不想要連自己都瞧不起自己，千鶴走在陌生的街道上時是這麼想的，但一定不只是這樣，想要做什麼的答案，就在那極深之處，在那極深之處的真實想法會是什麼？究竟我真正想做的是什麼事呢？

當本來被雜物蓋住的桌面空出了好大一個空間時，內心的真實想法就像雨珠滑落般滴下。

想要報復老公，想要做只有自己辦得到的事，然後不管是因此出名，或是賺到足以一個人生活的錢都可以，什麼都好，想要讓老公稱讚我很厲害，想要讓他覺得自己比不上我，想要獲得他的尊敬，因為只要身為受到老公尊敬的女人，我就不會瞧不起自己了。

這就是真實想法。看著空空如也的桌面，千鶴輕笑出聲，想做什麼，答案竟然就是這個嗎？從那個一無是處的老公身上獲得讚賞和尊敬。雖然因為不想承認所以一直都在逃避，但原來自己真正想要的就只是這樣的東西呀，所以才會無法決定自己想做什麼。無論是貼在車站的海報上大篇幅地用了自己的插畫，或是出版印有自己名字的繪本，又或是為知名作家的書籍繪製封面，隨便什麼都可以，只要能讓老公說出：「妳好厲害呀。」難怪無法回答泰彥那個「妳畫畫的目的是什麼？」的問題，我呀，我這個人呢，真是個心胸狹窄又卑劣的人呢。

「但是，這樣就這樣吧。」笑聲止住後，千鶴掌心輕撫空無一物的桌子，一個人自言自語道，「若我想要的只是這樣，那我畫這樣的畫就夠了。」心胸狹窄又卑劣的自己，渴望獲得自己最親密的人，那個一無是處又平凡的男人肯定，想要讓他好看，只需要畫這樣小家子氣的畫就夠了。

千鶴拉開椅子坐下，大口深呼吸，指尖像在筆筒上跳舞般滑走，抽出色鉛筆又放回去，碰一下粗麥克筆然後就離開，抽起只露出一點點前端的炭筆。千鶴翻開才剛收好的大開本素描簿，整個人趴在上面開始畫線，不帶任何想畫什麼東西明確意圖就只是畫線，畫著畫著，千鶴感受到有幾雙眼睛從某個地方正直直地盯著自己，那是以前和泰彥參觀的攝影展中，從相框裡看著自己的年輕人們的眼睛，整張臉穿滿了環和針，肩上刺了刺青的年輕人們。生動又逼真的他們正盯著為了報復老公而作畫的大齡女子，千鶴是這麼認為的。他們懷抱的雞毛蒜皮煩惱與不安，那些東西一模一樣地存在於自己心中，那不是錯覺，而是真的有，千鶴知道，現在存在，大概再過個五年十年也依然存在。

千鶴畫滿了整本素描簿的人臉，不停畫著像那些照片一樣，筆直地盯著自己看的某個人的臉，他們在照片裡訴說的微不足道的不安、憤怒、悲傷及喜悅，一個一個出現在素描簿中，千鶴像被不認識的某個人附身一樣不斷地畫著。

耳鳴嗡嗡作響，雖然覺得很煩人但仍動著炭筆的千鶴忽然抬起頭，一直以為的耳鳴聲原來是電話鈴聲，千鶴抬著頭不動，恍惚地聽著響個不停的鈴聲。窗外，太陽拋射出橘橙色，隱身進了大樓的背面，停在電線上的麻雀簡直像熟人一樣看著千鶴。電話鈴聲中斷，千鶴的臉再次回到素描簿上，腳屈膝立在椅子上，將攤在桌上的素描簿靠在膝頭，再度畫了起來，這時又響起了鈴聲。

千鶴站起身，拿起放在櫃子上的子機貼在耳朵旁，「這裡是井出家」，在她這麼報上名號前，「小千？」

傳來的是伊都子快要哭出來的聲音。

「啊，是小伊呀。」

這麼回答的同時，千鶴發現自己感到很不耐煩。以麻友美的話來說是「和男朋友處得不好」、「有點怪」的伊都子，是為了商量戀愛的煩惱或是為了抱怨才打電話來的吧，千鶴瞬間這麼想，她對伊都子懷抱的戀愛情事不感興趣，比起這些，她更想早點完成畫到一半的畫。然後，她對這麼想的自己感到驚訝，我是個這麼冷漠的人嗎？是個會對語帶哭腔的朋友感到不耐煩的人嗎？

「發生什麼事了嗎？」

千鶴急忙問道，就像想要主張自己才不是那樣的人一樣。

「啊哈哈。」電話那頭的聲音這樣笑了之後，話筒傳來大口吸氣聲。

「小千，妳媽媽身體好嗎？」

伊都子說。聲音聽起來很開朗，所以千鶴想，剛才那像是快哭出來的聲音難道是錯覺？

「那是什麼問題啊？」不知道伊都子想要問什麼。

「我在問妳媽媽身體好嗎？就是那個啊，很會做蛋糕的媽媽，三明治也很好吃呢！」

「幹嘛？妳找我媽有事嗎？最近我完全沒有和她聯絡……」

千鶴訝異地再次詢問，話筒另一端的伊都子陷入沉默，房內一片寂靜，不久，傳來想要忍住眼淚時一定會出現的類似打嗝的聲音，「小千，我媽咪好像快要死了。」顫抖的聲音這麼說，看來她真的在強忍淚水。

「蛤？什麼？發生什麼事了？怎麼了？」

「媽咪快要死了，我也不敢相信，可是是真的。」

這麼說完，伊都子再也忍不住，在電話的那端哭了起來，無論千鶴怎麼問她發生了什麼事，回答的都只有哭泣的抽噎聲。千鶴愣愣地聽著那如同在遊樂園迷路的孩子般，明明於事無補，卻格外強勁的嚎啕聲。

攝影集的出版期程，是在國曆新年剛過完沒多久時決定好的。事實上，不是出攝影集，而是在二十歲女藝人要出版的詩集中，放入伊都子拍攝的照片而已，不過伊都子並沒有像恭市那麼失望。女藝人的詩寫得爛透了，詩集標題「愛！打得火熱！！」也令人不以為然，這和原先預定要用自己拍的照片和文字出書的計畫有了極大幅度的轉變，但伊都子只要能和恭市一起工作就夠了，不僅如此，恭市似乎對於自己沒能談妥原本規劃的工作而感到愧疚的這件事，也讓伊都子無來由地覺得開心，「伊都子真正的才華才不是這種東西」、「不懂得欣賞的傢伙太多了」等等，恭市總是將稱讚伊都子的話掛在嘴邊，這讓伊都子心情很好，甚至認為只要恭市懂得欣賞就夠了。

一月差不多每天都和恭市一起到出版社開會，配合女藝人的詩挑選既有的照片，和編輯三個人簡直是頭碰著頭地閱讀詩句，討論哪一張照片適合，你一言我一語地交換意見，從出版社離開時，恭市幾乎每天都到伊都子家中，然後背出幾個小時前還一臉認真閱讀的詩，接著放聲大笑，伊都子也會跟著笑。

伊都子將家中的其中一室，只有靠走廊那側有窗戶的房間改造成暗房，一決定好要刊登的照片之後就馬不停蹄地沖洗底片。只要希望恭市過來恭市就會過來，出版期程決定好之後，比起編輯，恭市更像是經紀人或其他什麼身分一樣陪在伊都子身邊。好幸福。恭市已經結婚，甚至連小孩都有了，這些事真的無所謂，因為和他共享時間的人，和他一起進行作業的人，不是他的妻子也不是他的孩子，而是自己，即使恭市在十二點前就離開了，伊都子也不會感受到如同退化為幼兒般的無助。

即使到了二月伊都子的幸福仍在持續。和恭市一起去印刷廠，確認色調，討論是否重印，她發現恭市的心情越來越差，不僅是因為挑選照片的優先權在對方手上，所以絲毫沒有攝影集應有的統一調性，就連到了印刷階段，己方的意見也幾乎不被採納。紅色太強烈了、整體色調不夠鮮明、細節不夠突出，看著印刷出來的頁面恭市總會熱心地提出看法，但幾乎全都遭到編輯忽視，「畢竟詩有詩的做法。」編輯客氣，但又老套地說。伊都子又不是什麼知名攝影師，不會有人認真看她拍的照片，這本書中的照片連漢堡排旁搭配的蜜蘿蔔都比不上，不可能為了調整色調而額外多花錢，在編輯有禮的態度背後，他想表達的這些意思赤裸露骨。

所以在開完會之後恭市一定會邀伊都子去喝酒，或者就在伊都子家裡喝。那不是快樂的酒會，喝了酒恭市就開始不停抱怨同一件事，伊都子可以理解他已逐漸對這份工作失去熱忱，即使如此還是很幸福，恭市坐在自己身邊是件幸福的事。

伊都子感覺到不久之前還沉滯不通的屋內空氣，開始有規律地流動了起來，這讓她安心。麻友美看了傻眼的屋子現在整理得乾乾淨淨，磨泥器放在廚房的架子上，絲襪在更衣室的抽屜裡，床單每兩天換一次，做好恭市隨時來訪的準備。

換句話說，恭市對我而言就是秩序，伊都子認為。伊都子回想認識恭市以前的事，那時候自己是以什麼為秩序呢？啊——伊都子極為不快地回想起來了——啊，是媽媽，多年來媽媽都是我的秩序。不，是我被灌輸了「媽媽是我的秩序」這個想法，遇見恭市之後，我終於逃離媽媽的世界，建立起只屬於自己的秩序、擁有了自己的世界，伊都子得出如此結論後放下一顆心來。

然後，越是感到幸福，伊都子就越是不安，就像陽光越強烈映照出的影子就越濃重一樣。

這份工作結束之後，我們的關係會變成什麼樣子呢？恭市原本的工作——為草部伊都子規劃攝影集，他還願意繼續嗎？他願意一起去尋找出版社嗎？他願意像現在這樣每天見面嗎？

根據期程，到了三月中時所有的作業都不再需要伊都子參與，剩下的就是等待四月出版而已。

恭市正在洗臉台吹頭髮，遠遠就能聽見吹風機「嗡」的聲音，伊都子收拾著喝剩的紅酒和玻璃杯，所有的問題都在舌尖上打轉。這份工作結束之後，會變成什麼樣子呢？我該怎麼做才好呢？等恭市吹完頭髮回來之後就問他吧，雖然這麼想，但伊都子察覺自己真正想問的才不是這些事。

「啊，抱歉，我來洗吧。」

走回來的恭市隔著中島看進廚房。

「沒關係、沒關係，只是玻璃杯而已。」

最後不論是在舌尖上反覆打轉的表面問題或是核心問題，伊都子都像服用藥丸一樣吞了下去。

「快要十二點了，你還是早點回去比較好吧？最後一班車要沒了喔？」

伊都子擠出笑容，小心不帶嘲諷地說。

「嗯，說得也是，明天是一點吧？」

「這樣的話要一起吃午餐嗎？十一點半約在赤坂，吃完飯後到出版社去時間剛剛好。」

「好，那就這樣吧。」恭市拿著手提包，快速看了一眼手錶，「總覺得每天每餐都是和妳一起吃的呢。」他笑著往玄關走去，還在洗杯子的伊都子擦著手追了上去。

「真希望可以一直這樣下去呢。」

伊都子輕聲向走在廊上的恭市這麼說，但不知道他是真的沒有聽見，還是裝作沒有聽見，恭市沒有回答。

「我送你到樓下。」

「不用了啦，到這裡就好，反正明天還會再見面。」恭市站在玄關這麼說，抱了抱伊都子。

「也是，明天還會再見面嘛！」伊都子的頭靠著恭市的肩喃喃說道。

門打開，恭市揮著手，他的笑臉隨著再次關上的門消失。伊都子望著剛關上的門，佇立原地，每晚過了十二點才回家的丈夫，妻子會以什麼樣的表情迎接他呢？這個問題想到一半，伊都子急忙回到寢室，推開捲成一團的被子，拆下床單拿到洗衣機去。已經決定不要胡思亂想了，已經決定只相信眼前看得見的事物了。不要看，那個東西就不存在，恭市的妻子和孩子和家庭都不存在，不存在屬於我的秩序的世界之中，伊都子已經這樣決定了。

不再需要參與作業之後，和恭市之間的關係雖讓伊都子感到不安，但比這件事更早來臨的，是伊都子生活中不容拒絕的變化。

與母親芙巳子長年往來的編輯守谷珠美，是在伊都子一如往常從出版社離開，路上和恭市在赤坂的居酒屋裡喝酒時，打電話到伊都子的手機。

「喔，珠美姊。」伊都子一邊說一邊走出了擠滿上班族的店內，在店外的人行道上弓著背按住一側耳朵，努力想聽清手機中傳來的模糊人聲。

「什麼？我聽不太清楚。」伊都子很自然地放大音量問。

「我跟妳說，小伊，芙巳她啊，可能要住院一段時間。」珠美大聲回答。

「住院？什麼時候？她哪裡不舒服……」伊都子的話被打斷。

「情況可能不太樂觀。」珠美再次大聲說道。

之後珠美便不再說話，於是在那短暫的沉默中，伊都子開始思考。珠美有誇大事情的壞習慣，而且去年見面時，她說了類似有點在責怪我沒有經常和芙巳子聯絡的話，她一定是想教訓我要我多照顧媽媽。伊都子這麼推測，然後說：

「那個，我等一下再回電給妳好嗎？我現在剛好在開會……三十分鐘或一小時後打給妳。」

「芙巳是癌症。」

珠美用焦急的聲音說道，「妳媽媽，得了癌症。」也許是覺得伊都子沒聽見，珠美特意拉高了音量又說。

「欸？」

伊都子發出聲音呆立原地，完全不知道該思考什麼又該怎麼思考，人行道上，盛裝打扮的年輕女子們擦身而過，甜膩的香味掠過鼻尖後馬上消失。

「她一直說自己吃東西吞嚥有困難，我也勸了她好幾次去醫院檢查，可是妳也知道，她還有連載，也預計在夏天時出版翻譯作品，所以老是拖著，然後最近開始嘔吐，我才硬是拉著她去做檢查。」

珠美一口氣將話說完。伊都子抬頭看著裝飾在電線杆上的塑膠花，耳中聽著珠美的聲音，然而那些話的一字一句彷彿都不具意義，像是乾燥的沙土一樣輕輕地拂過耳邊而去。

「結果啊，小伊，」珠美在這裡停了下來，屏息等待後續的伊都子，耳中聽見了「嘶嘶」的斷斷續續呼吸聲，過了好一陣子，她才發現那似乎是珠美在哭。「結果啊，小伊，醫生說可能是胃癌……」珠美像是努力擠出聲音般說道，然後又「嘶嘶」地哭了起來，嗚咽聲越來越大，從手中的電話傳來打嗝般的抽噎聲。

雖然想著要說些什麼才可以，但卻發不出聲音，一個字也說不出來。

「不過小伊，」在哭了一陣子之後，珠美用安慰的口吻繼續說道，彷彿剛才哭的人是伊都子一樣，「還沒經過詳細檢查之前什麼都很難說，也許動個手術就好了，或者也有可能是良性腫瘤，所以不需要喪氣。對不起，我太慌亂了，因為她就像擁有不死之身呀，芙巳那個人。」

「那個，我該怎麼……」終於擠出話來，伊都子也很吃驚自己會因為這樣就感到安心。

「現在正在等待病床，雖然已經盡可能排在最優先順位了，但或許至少要等一週，然後啊，妳也知道，我還有工作，沒辦法老是趕過去，而且比起我，妳去芙巳應該會比較放心，不過她啊，為了不讓妳擔心搞不好不想和妳聯絡，所以由妳主動聯絡她吧，確定住院之後希望妳可以陪著她，有時間的話去看看她的狀況，這類的……」

珠美是真的很慌亂吧。才想說她的語氣比想像中沉穩，結果呼吸中就又開始「嘶嘶」地帶有溼氣。

「那個，我媽，知道嗎？就是她……」

「得癌症的事嗎？知道，現在的醫生什麼話都不遮掩，直接就在本人面前說出雖然還不知道是第幾期，但大概是癌症的話。」

「我知道了，那個，不好意思，麻煩了妳很多事。」

「不用不好意思啦，總之妳去見見她吧，在我面前雖然和平常一樣，也裝作完全不害怕的樣子，但我想她其實是很不安的。」

「謝謝妳，也許我明天就和她聯絡看看。」

珠美似乎還想說點什麼，不過伊都子這麼說完就掛斷了電話。

闔上手機蓋抬起臉的伊都子睜大了眼睛，屏住呼吸看向四周，夜晚的赤坂，成列酒肆排開、燈火通明的道路，歪歪扭扭看起來就像另一個世界，對面店家的紅燈籠、寫著菜單的招牌、擺在花店裡五顏六色的花、不冷不熱的空氣、來來往往的女人男人，一切都不可思議地遙遠、扭曲、碎成一片一片，彷彿下一秒就會消失無蹤。

伊都子眨了好幾次眼然後深呼吸，站在原地四處觀望，「什麼啊，和平常一樣呀，不就是平常的夜晚平常的赤坂嗎?」她在內心像要說服自己般喃喃自語,然後回到店內。

「怎麼了嗎?」

坐在桌子對面的恭市問。

「沒有啦,沒什麼。」

伊都子笑著回答,喝下還剩大概一半的啤酒。什麼味道也沒有。

店裡人很多很熱鬧,笑聲此起彼落,流行歌像是從談笑的空隙間鑽出來一樣流洩而出,穿著深藍色圍裙的老闆娘雙手拿著盤子在狹窄走道間來來回回,伊都子視線落在桌上,看著擺在上面吃到一半的料理,生馬肉紅得彷彿有毒,滷筍子的茶褐色則看起來分外深濃。

「要再多點一些別的東西嗎?」

恭市遞出菜單的同時問,伊都子接過菜單,眼睛一行行看過手寫文字,但進到腦中的語詞並不帶意義,水雲是什麼?半熟雞是什麼?伊都子拚命想要找回字彙的意義。

「然後啊,關於用交換條件出版的攝影集,妳怎麼想?結果就是要辦藝人握手會之類的東西嘛,他在說的那個。不過我是覺得這有意義嗎?妳呢?不想辦的話就明確表示不想辦沒關係,畢竟妳是創作者,我覺得不需要有奇怪的妥協。」

恭市繼續剛才的話題，伊都子從菜單中抬起頭，視線轉移到坐在對面的男人臉上，眼神卻沒有聚焦，身為世界秩序的那個男人的臉，看起來有些模糊。所以妳覺得怎麼樣？被這麼問的伊都子，從正面定定地望著恭市。

「小恭，」自己的聲音聽起來好像從遠方傳來的感覺，「得了癌症會死掉嗎？」伊都子問。

「蛤？」恭市好像搞不清楚話題怎麼接到這裡的，眉間皺了起來。

「就是，得了癌症的人都會死掉嗎？」

「妳想問什麼？」恭市發現自己的話題被打斷，一臉不悅。

「我想知道得了癌症之後人會不會死掉。」若是平常，伊都子會察覺恭市不高興，然後回到原本的話題，但今天她沒有退讓。誰還管攝影展或攝影集，這些事隨便怎麼樣都沒關係，或者說，誰還理會恭市的心情好不好。

「不一定會死吧？」恭市一點興趣也沒有，但還是回答了，「我朋友五年前手術之後現在還活著。」

「你朋友是誰？哪一種癌症？什麼樣的手術？接受手術之後活下來是很常見的嗎？還是特例？」

伊都子連珠炮地問，恭市驚訝地看著伊都子，像是不敵她的氣勢般臉色凝重了起來，謹慎地選擇遣詞用字。

「我想應該不是特例，不是有那種罹癌但最後克服，或被宣告只剩一年壽命可是又多活了五年的經驗談嗎？還是要看嚴重程度吧，看程度。」

聽著恭市的話，總覺得好像小學生的對話呀，伊都子想，就像對今天之前的自己來說，疾病呀死亡呀都是非常遙遠的存在一樣，對恭市來說也是如此吧。

「你說得沒錯，也不是每個人都會死。」

伊都子說，一口氣喝光了要冰不冰，沒有味道的啤酒。

「怎麼了？發生什麼事了？有人得癌症了嗎？」

恭市問道，但伊都子沒有回答，對著經過身邊的老闆娘說：

「燒酒，要兌熱水。」

她笑著說，恭市接在她之後又點了幾道料理。

並不是每個人都會死，那個像是擁有不死之身的人怎麼可能出什麼大事，伊都子將恭市的話和珠美的話摻在一起，在心中反覆念道，但卻覺得內心亂烘烘地無法冷靜。媽媽似乎得了癌症，伊都子不知道該怎麼看待這件事，自己的確一直很討厭她，也曾不只一次兩次希望她從自己面前消失，但是，只是，也不能因為這樣就——

「我想想，剛才說到哪裡了？啊，對了，攝影展。話說這次的合作也太過分了，說是上當了也不為過，如果是詩人的詩集也就算了，什麼『側耳貼近貝殼，回想起人魚時的我』啊！」

恭市背出女藝人寫的詩，伊都子笑了，不是因為覺得好笑而笑，只是因為這已經變成他們兩人之間的習慣所以笑了。這一個月，恭市和伊都子重複著念出女藝人的詩然後捧腹大笑的行為，即使兩人走在路上，伊都子也會忽然背出幾句，然後恭市會笑著接下去，他們像在玩遊戲一樣做著這樣的事。女藝人的文字幼稚笨拙、充滿了陳腔濫調、空洞、沒有個性、小題大作，有時候還支離破碎，但現在，伊都子打從心底羨慕起這些，自己也曾是這樣的年紀，幼稚笨拙、充滿了陳腔濫調、空洞、沒有個性、小題大作，對這一切沒有自知之明，認為自己是天下無敵的年紀，相信只要和千鶴及麻友美在一起就無所畏懼的年紀。

「『反覆訴說　我愛妳　那是你溫柔的嗓音』。」

伊都子按著習慣念出了詩的後續。

「整首背下來了嘛，我們。」

恭市這麼說著又放聲大笑。看吧，沒問題的，伊都子想，一切都沒有改變，我們沒有改變，媽媽一定也沒有改變，看不見的東西就不存在，會擾亂我的世界秩序的東西不存在於我的世界裡。伊都子也和平常一樣笑了，然而坐在對面的恭市的笑聲，混雜在其他客人的笑聲中，哪一些是恭市的聲音哪一些又是陌生男子的聲音，伊都子越來越不明白。

接到編輯珠美的電話之後，伊都子依然沒有和媽媽聯絡，既沒有打電話給她，也沒有到家中找她，因為伊都子很害怕，希望珠美的電話只是夢中發生的事，伊都子想著這樣孩子氣的事。

在伊都子和芙巳子聯絡之前，芙巳子就先打電話給伊都子了，那是三月的第二週，被電話聲吵醒的伊都子坐在床沿，慎重地將閃著橘光響個不停的子機貼近耳邊。

「妳今天有空嗎？」

早上七點多打電話來的芙巳子，在伊都子接起電話的瞬間馬上盛氣凌人地說。

「中午之後有事……」

「那上午有空囉？我想要妳來一下。」

「怎麼了？」伊都子裝出若無其事的態度，屋子裡還很暗，也很冷。

「想要妳幫我搬行李。」

「行李？妳要去哪裡？」病床空出來了，今天要住院了呀，伊都子想，不過她還是裝作什麼都不知道的樣子，故意用不耐煩的語氣說。

「等一下告訴妳，總之妳過來一趟，越快越好。」

用和往常完全沒有兩樣的命令口吻說完，芙巳子就掛斷了電話。

離開床邊，刷牙洗臉，換穿外出服後化上淡妝，只是機械性地做著與平常一樣的事，伊都子卻弄掉了牙刷，打翻了粉盒。出門之前，伊都子再次看向鏡中，雙手輕輕地拍了拍自己的臉頰，兩隻手分外冰冷。

抵達芙巳子住的大樓時，是八點前幾分鐘，打開玄關門的芙巳子，看起來比數個月前見面時還要瘦了許多，不，這一定只是錯覺，伊都子這麼說服自己。

「幹嘛啊，這麼早叫我過來。」伊都子抱怨著走進屋內。

平常東西總是丟得亂七八糟的客廳和餐廳，都驚人地收拾得整整齊齊，不僅如此，從上到下還都擦得光亮，像是樣品屋一樣整潔。芙巳子不可能打掃，那麼不是請清潔公司就是拜託珠美她們掃的吧，無論是哪一種，比起好像瘦了的芙巳子，經過整理的房子更令伊都子受到打擊。

客廳一角放著旅行用的行李箱和兩個波士頓包。

「妳幫我搬這個。」

仔細一看這麼說的芙巳子，簡直就像要出門旅行一般，穿著花朵圖案的上衣和裙子，戴著淺帽簷的帽子。

「所以妳要去哪裡？」

「醫院，我要住院了。」芙巳子終於說出來。

「住院需要這麼多行李嗎？」

「我想在九點前到，妳幫我叫計程車。」芙巳子說，像在做檢查般繞著屋子。

「我覺得比起用叫的，不如到樓下攔計程車還比較快。」

「那妳幫我搬。」芙巳子丟下這句話，穿上外套拿著一個小手提包。「門窗鎖好了，瓦斯也關了，暖爐也關了，電話答錄機也設定好了。」她一一念出聲來確認後，步向走廊往玄關去。

搬著行李箱和波士頓包，忽然湧上的記憶讓伊都子不知所措。在女高中生樂團「Dizzy」上軌道之前，也就是在大約高中一年級之前，伊都子經常跟著芙巳子一起去旅行，住在倫敦時去過愛爾蘭和義大利，住在東京時去過伊豆和箱根，甚至曾遠至沖繩和四國旅行，有時候還會為了旅行而讓伊都子請假不上學，若是在學校放假時去旅行，天數就會格外地長，最短也有一個星期，長的話也曾有過一個月。只要決定去旅行，芙巳子第一件事就是找人來打掃房子，有交給像珠美那樣為芙巳子任勞任怨不喊苦的幾名編輯，也曾讓志在成為藝術家的年輕男子們來打工清掃，如果所有人的時間都不能配合就會找清潔公司。然後出發的早上，芙巳子會罕見地化妝打扮，也會讓伊都子穿上特別的服裝，因為這樣有些誇張的外出準備的關係，伊都子總是感到很興奮，接下來充滿好事的旅程要開始了，她會這樣懷抱著美好的期待。

然後在臨出門之際，頭也不回地離開擦得光亮的屋內踏在走廊上時，芙巳子一定會這麼說：「或許不會再回來了呢。」

這聽起來像是為了盛大出行找藉口，也像是在宣告如果很喜歡旅行目的地，有可能就直接搬過去住了。說這句話時的芙巳子雖然是帶著點得意，但在伊都子聽來卻很不祥，高漲的情緒立即就盪到谷底，總覺得真的會因為捲入意外事故、災難、案件中再也回不來了。

和媽媽一起旅行的那段日子、和媽媽相處的每一天還不覺得痛苦的那段日子，瞬間鮮明地復甦，伊都子雙手提著沉重的行李，一股彷彿喘不過氣的感覺襲來，就在伊都子偷偷地嘆口氣時，昏暗的走廊前方，芙巳子的說話聲傳進了伊都子的耳裡。

「或許不會再回來了呢。」

和二十年前沒有什麼差別，像在歌唱般說著同一句話，頭也不回，芙巳子的背影往玄關走去。伊都子假裝沒有聽見。已經聽過好幾次，已經好幾次感到有些失望的媽媽的那句話，比以往還要更加不吉利，伊都子聽來幾乎要喘不過氣。

「為什麼要住院？妳哪裡不舒服？」

伊都子坐在路邊攔到的計程車後座問。繼續裝作不知道實在太蠢了，但事到如今也不可能再說出「妳得了癌症對吧」。

「嗯，胃有點脹，只是住院檢查不用擔心。因為妳會念這念那的，所以其實我今天也拜託了小珠，不過她說今天有晨間會議要開，我總不能叫她請假吧。醫院說四人房的話可以早一點住進去，可是我才不想和不認識的人住同一間房間呢。」

芙巳子看著窗外說。

醫生已經告訴芙巳子本人可能是癌症了，雖然珠美這麼說，但會不會芙巳子真的相信是住院檢查？伊都子瞬間這麼想，她的語氣聽起來的確像是這樣。

「太依賴珠美姊不好吧，打電話給我不就可以了？」

「所以我才找妳來啊。」

芙巳子一臉無趣地回應。如果今天珠美不用開會的話，媽媽打算什麼時候才要和我聯絡？伊都子想。

「怎麼樣？妳和妳男人。」

芙巳子看著窗外突然說道。

「妳不要這樣講話啦！」伊都子小聲地告誡她，但芙巳子沒有降低音量，反而好像覺得伊都子反應很有趣地繼續。

「交往還順利嗎？已經同居了？叫妳介紹我們認識妳給我當耳邊風，還是說真的有妻有子？所以才不能讓我們見面？」

伊都子從照後鏡偷看，確認司機有沒有在聽，不過也不知道他是有聽見還是沒聽見，司機一臉正經地看著前方。還不是因為讓妳們見面之後妳一定會挑對方毛病所以我才不安排的，伊都子在心中沒好氣地說。

「妳這種個性真的很沒品。」

伊都子厭惡地小聲說，芙巳子高聲笑了起來。

本來以為可以馬上住進病房，但在那之前要先接受內診啦抽血啦等一連串的檢查，必須和門診病患一起在醫院內移動。抽血在沿著綠色的線前進的地方，X光在沿著紅色的線前進的地方，芙巳子按照指示走來走去，伊都子提著波士頓包，推著附輪子的行李箱走在她身後，芙巳子進入診療室時，伊都子就坐在診療室前方的椅子發呆等芙巳子出來。

時間很快就過了，抵達醫院時還不到九點十五分，但光是不停檢查，就已經過了兩小時，在芙巳子做心電圖檢查的那段時間，伊都子移動到手機使用區打電話給恭市，為了去印刷廠，他們約好下午一點碰面。恭市的手機轉到語音信箱，伊都子留下今天不能過去了的留言，回到心電圖室前時，芙巳子剛好出來，她沒有看到伊都子，在門前快速地整理頭髮拉拉衣服的皺褶，站在醫院走道上，精心打扮的芙巳子情緒不合宜地亢奮，然後她那一身華麗裝扮，反而讓她的倦容和病態看起來格外明顯。啊——這個人真的被不知名的東西纏住了呢，伊都子佇立在原地，第一次有了切身感受。

終於可以進入病房時，已經是過了十二點的時候了，芙巳子的病房是八樓的單人房，有很大的窗戶，從窗戶可以俯瞰微陰的街道。換好睡衣的芙巳子躺在床上，一下子說行李箱裡有花瓶拿出來，一下子說把換穿的睡衣和睡袍放進置物櫃裡，一下子說衣服放進去之前要先擦過置物櫃，不停地使喚伊都子。打開行李箱後，在毛巾睡衣和內衣褲之間，滿滿地夾雜著好幾本平裝書和相框和鑲金邊的桌鏡和精油。打開兩個波士頓包，則是小熊玩偶和包在餐墊裡的筷盒，以及不只是馬克杯還有一整套英式下午茶茶具，甚至是以前在香港買的茶壺和茶杯組，都小心地以毛巾包好塞在裡面。到底是帶了多少東西來啊，伊都子正感到不耐煩時，護理師剛好來找她。

「要麻煩您過來辦一些手續，等一下會有其他護理師來測量脈搏和血壓，請伯母先休息一下。」

護理師以溫和的語氣向芙巳子說完，就催著伊都子離開病房。

護理師帶伊都子去的地方是八樓一角看起來像會議室的地方，在沒有窗戶的狹窄房間內，角落架著白板。護理師請伊都子在鐵椅上坐下，等伊都子一在對面坐定，就在她面前放了問卷。

「就妳所知的部分填寫即可，請填一下這張表。」

除了地址和生日，其他還有疾病史及有無手術經驗、有無過敏、飲食的喜好等，問題很廣泛。挑了自己所知的內容填寫之後，出現這樣的問題——「病患的個性」，下方有填入優缺點的空格，伊都子握著鉛筆凝視空中。

任性、自我中心、一切都以自己的標準來衡量、無法包容他人、愛慕虛榮、一肚子壞水、遇到討厭的事就馬上懷恨在心、滿不在乎地指使他人並視為理所當然。

缺點想到了好幾個，但直接這樣寫上去好嗎？伊都子很猶豫，猶豫到最後，她只寫下「任性、自我中心、易怒、不尊重他人的價值觀」。這畢竟是為了順利度過住院生活而填的必要項目，還是把「滿不在乎地指使他人」也寫上去比較好吧？正在思考時，小聲的敲門聲之後門開了，穿著白袍的醫師走進來。

「喔，妳好。」

醫師語調輕鬆地說著，坐到了對面的位子上，他是個戴著眼鏡的削瘦男子，搞不好年紀還比自己小呢，伊都子想。

「病患有和妳說過她的情況嗎？」醫師問。

「沒有，她什麼也沒說。」伊都子簡短回答。

「這個嘛，胃裡有腫瘤是確定的，腫瘤是惡性的大概也跑不掉了，至於長到什麼程度、是否需要摘除、要摘除到什麼程度，或者是否比預估的發展進程還要快，這些都要經過更詳細的檢查之後才能知道。」

醫師不太看著伊都子的眼睛，淡淡地說。

「比預估的發展進程還要快是什麼意思？」

伊都子插話問道。

「就是可能已經轉移到其他器官的意思。」

醫師的神情紋絲不動地說。

「她會死嗎？」

伊都子問，問完之後才想到這真是個幼稚的問題，但同時也希望這個問題能讓醫師變一變臉色就好了。

「這個嘛，所以說，在經過詳細檢查之前，現階段什麼都無法判斷。」

「最糟的狀況，可能會死嗎？」

「並不是完全沒有這個可能性。」

不過事與願違，醫師的表情依然沒有變化，接著又補充說道：「只是要經過檢查之後才能知道。」

「什麼時候會知道？」

「我想一個星期，最長大概十天就可以知道了，之後就要討論是動手術摘除，或是使用放療和化療就可以。請問有其他家屬嗎？」

「只有我一個。」

伊都子說。

「喔，是這樣啊。您是病患的女兒吧？我想之後會有許多需要商量的事項，還請您多協助，抱歉還沒自我介紹，我是主治醫師八木原。」

醫師點了點頭後就離開了小房間。

醫師那臉色絲毫未變的態度讓伊都子看了就討厭，但也燃起了些微的希望，一定是因為沒什麼大礙的關係，畢竟如果癌細胞已經蔓延，只剩幾個月壽命的話，怎麼可能還有辦法那麼冷靜，伊都子這麼想，視線再次看向問卷。

優點。缺點想要幾個就有幾個，但卻沒辦法用言語形容優點。伊都子努力回想無條件尊敬媽媽的那段時期，雖然不是想不起來，但那種心情並不是「因為有這樣的優點所以我尊敬她」這樣可以簡單用言語表達的東西。

只有我一個，伊都子在內心反覆咀嚼剛剛自己回答的內容。

伊都子不知道自己的父親是誰，她曾問過幾次，那是在她國中之前的年紀。死了，媽媽每次都這樣回答，但死亡原因每次都不一樣，搭船旅行的時候發生意外；在巴黎上吊自殺；因為原因不明的疾病像睡著般死去，而該原因現在美國的大學醫院還在研究中。上了國中以後，伊都子不再問媽媽有關爸爸的事了，因為她開始覺得這樣很蠢。

而芙巳子也沒有其他親戚。伊都子的外婆在伊都子剛滿四歲時就過世了，關於葬禮她只有隱約的記憶，好像有很多人出現在葬禮上，但不記得曾和阿姨啦舅舅啦表兄弟姊妹啦，這類身分親近的人見過面。芙巳子是獨生女，父親死於戰爭之中，芙巳子是在舊滿洲出生的，這些事伊都子曾從珠美那裡聽過。

總是只有她們兩人，不管是旅行、新年，還是搬家，總是只有她們兩人。總是只有她們兩人，即使是現在，這種時候也一樣，依然只有她們兩人，伊都子在毫無生命力的小房間中發現了這件事。

伊都子曲著背，在優點下方的欄位——

「很堅強」。

寫上這一點。

將文件遞給回來的護理師，接下載明了住院規定和守則的簡介，伊都子回到病房，行李箱和波士頓包都和剛才伊都子整理到一半一樣，拉鍊大開著，芙巳子已在床上睡著了。看了一眼睡著的芙巳子，伊都子忽然嚇了一跳，微張著嘴睡著的芙巳子，看起來就像在等死的病人。她剛才還很平常地站著走路，自己還想著她看起來好像瘦了但或許只是錯覺，可是躺在那裡睡著的芙巳子卻一臉蒼白，而且皮膚沒有彈性，又老又倦，看起來全身籠罩著疾病的陰影。伊都子的視線急忙從芙巳子身上移開，按照剛才芙巳子交代的，將置物櫃擦乾淨，毛巾和睡衣收進置物櫃裡，筷盒及茶具組放進床邊的移動式小矮櫃中，小熊玩偶擺到窗邊去。拿起相框時，想著不知道為什麼要帶這種東西來？裡面放了某個地方的海邊照片，伊都子將照片裝飾在小矮櫃上，看著整間病房確認還需要做什麼。

我有辦法討厭她嗎？伊都子忽然想到這件事。不論將來發生什麼事，我都決定要恨的這個人，從我身上奪走幸福的這個人，動不動就傷害我的這個人，我有辦法永遠恨她嗎？

像是要從腦海中揮去這個疑問似地，伊都子從包包中拿出手機，按下聯絡人選單打算撥給恭市，然後盯著出現在畫面上的恭市的名字。伊都子想要約恭市晚上見面，問他和印刷廠的會開得怎麼樣了，然而她卻提不起勁和恭市喝酒。伊都子闔上手機，像迷路的孩子般呆立在病房中，視線看向窗外，遠方看見的是迷濛的東京鐵塔。

怎麼從醫院回到自己住的大樓，伊都子已經記不太清楚了，當她回神時自己正坐在電視前面，只拉上內層蕾絲窗簾的窗戶，外面已是一片黑暗，連現在幾點了都搞不清楚。伊都子發現遠方有音樂聲，她想那大概是電視的聲音，於是死命地盯著畫面，可是在湯品的廣告切換成車子廣告後音樂仍未中斷，這時候伊都子終於察覺響個不停的音樂是手機鈴聲。

從沙發站起身尋找包包，不過在她找到之前音樂就停了，結果伊都子瞬間糊塗了，為什麼自己會呆站在餐桌前？她是為了做什麼所以從沙發起身？就在她打算回沙發去時，鈴聲又響了起來，伊都子循著樂聲，在整間屋子裡打轉。

包包就丟在剛才自己坐著的沙發腳邊，正伸手要拿包包時鈴聲又停了，伊都子撿起包包，像在碰爆炸物一樣拿著手機，打開手機蓋確認來電紀錄，竟有五通未接來電，全都是恭市打來的。

伊都子重新坐上沙發，降低電視的音量，深吸一口氣，然後打給恭市，都還來不及數答鈴「嘟嘟」的次數，恭市的聲音就竄進耳中。

「發生什麼事了？我已經聯絡妳好幾次了。」

恭市的聲音聽起來很煩躁。

「啊，有一點走不開身。」

「應該說，最近我一直在和妳聯絡，搞什麼？會議妳全都取消了。」

「嗯，那個，對不起。」

「妳可不要現在才告訴我妳討厭那個成品喔，都已經開放預購了。」

那個，是什麼呢？預購，又是什麼呢？伊都子暈頭轉向地思考。啊，攝影集，不對，是詩集，我做了一本詩集，和恭市一起，詩的旁邊搭配了我拍的照片……四月要上市……伊都子想起了直到一個月之前自己都還瞭如指掌的現實，但想起來歸想起來，內容卻是拼拼湊湊的，四處可見破綻，腦中浮現出的恭市的臉，輪廓模糊難辨，這讓伊都子感到慌亂。

「然後關於攝影展，我想詢問妳的意見打了好幾次電話給妳，結果完全打不通，可是對方又急著要答覆，總之就先暫時定下來了，在池袋和橫濱的書店，似乎可以請他們弄個隔間，雖然有點像是握手會附贈的就是了，不過有總比沒有好吧？」

攝影展是什麼？握手會到底是什麼？伊都子想要回應，但卻發不出像樣的聲音，在好不容易擠出一個有如嘆息的「嗯」的回應之後，恭市暫時沉默了下來，他似乎是終於發現伊都子的狀況和平常不同了。

「怎麼了？發生什麼事了？妳身體不舒服嗎？」

他用不安的語調詢問。

聽我說，小恭，那個，媽咪她呀，已經不行了，我今天聽醫生說了，你知道癌症還有分階段嗎？就像成績一樣分成五個層級，然後媽咪啊，是最糟糕的情況，她的胃裡和骨頭裡都有癌細胞。吶，媽咪舉辦派對也不過是不久前的事，她一如以往開口就讓人恨得牙癢癢的，還有那天早上，就和要去旅行一樣，帶著大行李箱，像笨蛋似地打扮得漂漂亮亮，可是，她卻已經不行了，這是怎麼回事？告訴我啊，恭市，怎麼辦？我該怎麼辦？我沒有可以商量的人，我只有一個人。

想說的話同時湧上心頭。按照順序，整理好之後說出來吧，冷靜下來，不要亂了分寸，只要說希望他過來，恭市一定願意過來，他也一定願意聽我商量往後的事，他會慢慢地拍撫我的背說別擔心，他一定會成為我的支柱。

「那個……」

然而發出聲的伊都子卻無法繼續說下去，因為在不到一秒的瞬間，伊都子察覺到，恭市無法成為自己支柱的這件事，以及自己心中連一點點想要依賴恭市的念頭都沒有。明明這是自己察覺到的事，伊都子卻大感驚詫。他不是這個世界上自己最喜歡的人嗎？他不是自己無論何時都最想見的人嗎？伊都子像在責怪自己似地思考這些事，然而她的耳中，卻傳來了自己分外淡然的聲音。

「好像有點感冒，我以為已經好了結果又反反覆覆，可能是換季的關係吧。攝影展的事可以交給你處理嗎？等我身體好了，我會擔起該做的部分，對不起，麻煩了你很多事。」

「嗯，畢竟之前很忙嘛。妳還好嗎？要不要我買點什麼去妳那裡？」

伊都子的耳朵緊貼著手機，反覆咀嚼恭市的話，「要不要去妳那裡？」然後她回答：

「不用了，沒關係，等我好了再和你聯絡。」

「好吧。總之，接下來只剩等待樣品做好而已，妳就好好休息吧，如果有需要妳確認的地方到時再聯絡。」

「那，下次見。」

伊都子說完，按下結束通話鍵，將手機放回包包，轉大電視的音量，眼睛眨也不眨地看著完全不知道在演什麼的戲劇。真是不可思議，斷定恭市不會成為支柱的自己真是不可思議；很想要放聲大哭，但眼淚一點也沒有要流出來的意思真是不可思議，只有彷彿喝醉了酒，世界慌亂地逐漸裂解的感覺一直持續著。伊都子雙手抹了抹臉站起身，打開放在餐桌上的筆電，癌症、癌症末期、第四期、從胃轉移到淋巴、透過淋巴轉移到骨頭，伊都子反覆咀嚼著今天從醫師那裡聽來的內容，開始拚命搜尋，在畫面上顯示好幾篇經驗談、醫學書籍、疾病說明文章，但文字卻幾乎無法帶著意義進入腦中。

回過神時，伊都子已經再次從包包裡拿出了手機，她為了尋找千鶴和麻友美的名字而持續顯示聯絡人清單，在C行欄位找到千鶴的名字，按下通話鍵。接電話，拜託妳接電話，伊都子像抱著浮木般祈求。

「啊，是小伊呀。」從小小的電話機中傳來千鶴的聲音，安心的感覺讓伊都子幾乎要笑了出來。

「小千，妳媽媽身體好嗎？」伊都子問了這樣的問題，於此同時，她思索著自己打電話是為了說什麼事。

「那是什麼問題啊？」千鶴的聲音傳了過來。

「我在問妳媽媽身體好嗎？」從自己嘴裡說出來的話喚醒了往日時光。轉學之後第一次交到的朋友就是千鶴和麻友美，她經常和麻友美到千鶴家玩。和總是有不認識的人進進出出、亂成一團的自己家不同，千鶴家就像家庭劇裡會出現的家一樣，那是和伊都子對家庭這個詞的想像一模一樣的家，玄關裡有看起來屬於爸爸的大鞋子，旁邊是看起來屬於媽媽的涼鞋，角落立著高爾夫球具，客廳很安靜，整個家中飄散著些微又甜又辣的味道，千鶴的媽媽笑著準備了點心敲敲女兒的房門。

「就是那個啊，很會做蛋糕的媽媽，三明治也很好吃呢。」

彷彿是昨日剛發生的事般很輕鬆地回想起來。奶油味的雞蛋三明治，火腿起司三明治上塗了薄薄一層黃芥末，穿著制服的千鶴和麻友美，一邊模仿一邊告訴轉學過來的伊都子哪一個老師很溫柔，哪一個老師很討人厭，穿透蕾絲窗簾照進來的陽光灑在身上，三人一起捧腹大笑。伊都子凝視著那道光景，這是多麼、多麼遙遠的時光呀。

「小千，」伊都子發出彷彿從喉頭深處用力擠出來的聲音，「我媽咪好像快要死了。」為了不讓對方擔心所以想要笑著說，但卻力不從心，伊都子拚命忍著幾乎哽咽的聲音說，「媽咪快要死了，」然後忽然覺得好不可思議，為什麼不是恭市而是千鶴？為什麼沒有和恭市說的話，會這樣向千鶴敞開心胸？「我也不敢相信，可是是真的。」

芙巳子的單人病房布置得就像單人套房一樣，病床邊的移動式小矮櫃整個鋪上了桌巾，擺在上方的是相框、英式茶杯和茶壺，以及幾本平裝書，沉重的置物櫃上貼著西洋畫海報，客用小沙發也鋪上了椅套，桌几上裝飾般擺著裝了水果的籃子。每當有人來探病，他們似乎都會受到芙巳子的指使，將原本很有醫院風格的部分一點一點進行改造，就連窗簾芙巳子都讓人換掉了，原本暗沉的檸檬黃窗簾被收進置物櫃深處，現在掛在窗戶上的是 marimekko 色彩繽紛的窗簾。

每一次伊都子去那個一點也不像病房的鮮豔單人房，都會有人在裡面，珠美或其他編輯們、從以前到現在的酒友們、經常出現在派對上卻身分不明的藝術家們、還是雛鳥的藝術新秀們。

現在病房裡也有好幾名伊都子不認識的人，她拿到的是出版社的名片，所以應該是和芙巳子有過工作往來的編輯。伊都子在洗手台修剪他們送來的花，病房裡雖然也有一個小型洗手台，但伊都子覺得留他們獨處似乎比較好，所以就在該樓層的共用洗手台刻意花時間將花插進花瓶裡。

伊都子原本認為芙巳子大概不想讓友人或熟人知道自己住院的事。心性高傲、絕不向人示弱，這就是伊都子所認為的媽媽，然而與伊都子的推測相反的是，芙巳子已經像是在宣傳派對一樣到處提及她住院的事，伊都子還曾經在旁邊聽到她用手機講電話。「別管那麼多了，你來啦。」、「我已經無聊到要發瘋了。」、「你要是不來，我就四處宣揚你很無情，一直到我死為止。」她說著這些，然後高亢地笑了，但那股笑聲，比伊都子記憶中的力道還要微弱了許多。

總之因為這樣，連日都有人來拜訪，鮮花、水果、蛋糕、雜誌絡繹不絕，他們按照芙巳子的吩咐，換裝窗簾、換貼海報、用電熱水壺泡紅茶。他們一離開，芙巳子就會無力地沉睡。從三天前開始，芙巳子已經連粥都吃不下了，從鼻子裡插入抽取胃液的塑膠管，右手則打了點滴，伊都子問要不要謝絕訪客，然而芙巳子只是要求伊都子打電話去叫誰誰誰來。

拿著插好鮮花的花瓶回到房間時，探病的訪客正準備離開，伊都子跟著他們走到電梯廳送客。

「她看起來很有精神真是太好了。」穿著大紅色春季外套的女人笑著說。

「她說可以在梅雨季之前出院呢！」比那個女人年長、戴著眼鏡的女性說。

「明明是來探病的，怎麼反而好像是我們來這裡接受鼓舞的一樣，好久沒聽到草部式的加油了。」長著落腮鬍的男人說。

「她說想去賞花，可以偷溜出去嗎？如果她是說真的，我就去找個好地點邀她一起。」

「看她那個樣子，搞不好可以喔。」

「如果是在附近，不知道能不能獲得外出許可。」他們你一言我一語地談論著。

電梯門打開，螢光燈照射下的四方形空間出現在眼前。

「謝謝你們百忙之中前來探病。」

伊都子向走進電梯裡的他們深深低下頭。哪裡很有精神了？你們難道不瞭解草部芙巳子嗎？為什麼會相信媽媽愛面子說的可以出院？什麼草部式的加油，什麼賞花？鼻子裡插著鼻胃管，吊著流出胃酸的塑膠袋，插著好幾根點滴，這樣是要怎麼賞花？在心中臭罵過一頓之後，伊都子慢慢抬起頭，電梯門早就已經關上了，顯示樓層的燈號正從八樓移往七樓。

回到病房時，芙巳子正在睡覺，雖然因為關門聲而些微睜開了眼睛，但又直接閉上了。伊都子輕手輕腳地疊起客人留下的杯子和蛋糕盤，收拾好攤開的雜誌。伊都子停下手，環顧整間病房，這裡沒有病房特有的昏暗，沒有其他病房那種無生命力、陰溼的氣氛，而是充滿了明亮的色彩、飄蕩著蛋糕的香甜氣味，灰色或米黃色的用品全都蓋在暖色系的布料之下，身在其中幾乎都要忘了這裡是醫院的其中一間病房，然而這繽紛的房間，不知為何卻讓伊都子毛骨悚然，伊都子急忙端著餐具離開。

拿著在共用洗手台洗好的餐具，正要回到病房時，伊都子被資深的護理師給叫住。

「伯母的狀況醫生有些話要交代，妳能騰出時間嗎？」

「現在嗎？沒問題。」

「不是現在，是希望妳去預約外科門診，抱歉讓妳多跑一趟，不過現在掛號的話，應該可以約到這個星期的診。」

「我知道了，等一下我會去一趟外科櫃台。」

「那就麻煩妳了。」護理師露出笑容，看起來還想說些什麼，不過最後什麼也沒說，點個頭後就回護理站了。

伊都子佇立在走廊，嘆了口氣，大醫院或許就是這樣，想和主治醫師談話也要掛號。前幾天也是，為了聽檢查結果而到外科門診掛號，夾在門診病患之間在診療室聽醫生說明檢查結果。

裝著餐點的餐車被推了過來，伊都子意識到自己擋住路了連忙讓開，食物的柔和氣味飄進鼻內，四處都有病房的大門敞開，從裡面傳出探病者的交談聲及笑聲，跟著一起來探病卻早就感到無聊的孩子們在走廊上跑來跑去，伊都子再次嘆了口氣，拿著餐具在廊下走著。

離開醫院時已經是晚上九點了，伊都子坐在計程車後座，視線追著流過窗外的霓虹燈，感覺就像在欣賞海底景色一樣。剛下班嗎？司機突然問道，伊都子轉向前方，嗯，她敷衍回應。

「真是辛苦呢，忙到這麼晚。最近這個時段有很多女性客人呢，大家都是剛下班要回家。」白髮司機以悠哉的語氣說，露出了苦笑。

「是呀。」伊都子應和著自己也不是很明白的內容，沒有特別意義地翻著夾在副駕駛座椅背口袋的廣告折頁。不想瘦的人千萬不要看！你已經放棄自己的視力了嗎？折頁插在口袋中，正好露出可以看見大標題的高度，伊都子翻動折頁掃過那些標題，然後視線停留，抽出其中一份折頁。癌症治好了！驚訝聲不絕於耳！伊都子在昏暗的車內翻開。

那是健康食品的廣告折頁，上面滿滿地寫著熬煮南美植物製成的粉末喝下去以後，對身體有多好又多好，還引用了好幾人的經驗談。內臟脂肪漸漸減少、痛風好了、沒有接受化療癌症卻自己好了、小孩的異位性皮膚炎消失了……伊都子反覆看了又看那個分享癌症自己好了的陌生人的文章。

計程車到達自家大樓時，伊都子已經因為看了太多文字而嚴重暈車。收下找零，搖搖晃晃地打開自動鎖，回到自己散亂的家，從冰箱裡拿出罐裝啤酒，一手拿著在餐桌前坐下，按下筆電電源，輸入印刷在從計程車帶回來的廣告折頁上的網站網址，打開「顧客回饋」的頁面，伊都子的臉靠近畫面，想要尋找是否還有其他治好癌症的人。在暈車和流入空腹中的啤酒引起的酒醉相乘下，伊都子以昏沉的腦袋買下了驚奇的粉末飲料包，然後片刻不停，開始反覆查詢有沒有其他有效治療癌症的民俗療法。

對芙巳子的感情從聽到檢查結果開始就呈現停止狀態，伊都子已經不知道自己該思考什麼又該怎麼思考了。最討厭她了，要是她消失的話不知該有多好，一直以來都是這麼想，但是這和希望她死掉是不一樣的，雖然都是自己的心情，但伊都子卻不十分瞭解其中的差異。只要沒有出現奇蹟，明年芙巳子大概已經不在了吧，一想到這裡，外側內側全身，彷彿被爬滿了無數的蟲子一樣冒出雞皮疙瘩。與其說是不安，更像是極為不快且害怕的感受。這樣很困擾，真的很困擾，不知道該怎麼辦才好，但若要說自己是否就是如此地需要媽媽芙巳子，如此地愛著她，卻又實在是不這麼覺得。自從知道她即將離去之後，我才發覺她對我來說真的是個很重要的人，這種話伊都子絕對不願說出口。

對了——伊都子從筆電的畫面中抬起頭，對了，她的離去對我來說不是悲傷，也不是寂寞，只是單純地，覺得很困擾，伊都子意識到，沒錯，就是很困擾。

火木層孔菌、巴西蘑菇、褐藻醣膠、蜂膠、甲殼素、漢方……有些網頁說對癌症有效，但又有些網頁說對癌症無效，伊都子沒有仔細讀過，也沒有確認價格，顯示在網頁上的所有健康食品和營養補充劑她都一個一個買下，伊都子感覺得到爬滿了全身數不清的蟲子慢慢地被消滅，每購買一樣，不安就消失一個。在這麼做的同時，伊都子也明確瞭解到了「要是她消失的話該有多好」，和「希望她死掉」之間的差異。芙巳子必須活著，如果她死了，自己就無法再想著「要是她消失的話該有多好」了，自己想要一直恨著，想要一直討厭她，為了繼續恨她、討厭她，媽媽就必須活著才可以。

我要讓她活下去，伊都子這麼決定。怎麼可以讓她死去，她非得活著不可，直到我說夠了為止。已經夠了，我原諒妳，在我這麼說之前，她必須活著才可以。

買到甘願之後，伊都子抬頭看著天花板，一閉上眼睛，眼底就細微地刺痛。我怎麼可能讓妳死。張開眼，盯著一片花白的天花板，伊都子在心中喃喃道。她感覺從數週前就停止的情感及思考，開始全速運轉了起來，力量漸漸流入無力的指尖，直到剛才都還包覆全身、像蟲子在爬竄的不安感逐漸消退。「我們來做攝影集吧！」和第一次與恭市談話時一樣的，不，比那更強烈的興奮感取代了不安漲滿全身，伊都子感受著這股情緒，以意志堅定的眼神凝視著平滑的天花板。

因為太緊張了而胃痛。偷偷瞄一眼坐在隔壁的女性，她也正用力地交握擺在腿上的雙手，從她泛白的指關節，可以知道她握得相當用力。察覺到麻友美的視線，女性抬起頭，一和麻友美四目相交，她就像吁了一口氣一樣地笑了，麻友美也笑了，心情總算輕鬆了些許。

女兒露娜現在正和幾名孩子一起做卡片。直到剛才，她都還時不時回頭，充滿依賴地尋找麻友美，屁股在椅子上不安分地動來動去，但或許是終於開始集中注意力了，現在的她不再從卡片中抬起頭。

幼兒教室的體驗入學這已經是第四間了，從進入四月以後就不曾中斷。第一間時，露娜大哭大鬧，而且是像退化成幼兒那樣在地上打滾，揮舞著手腳大哭，體驗後的面談中，承辦的老師說應該是家裡出了什麼問題，麻友美對那斬釘截鐵的說法感到怒火中燒。

第二間學校時，露娜雖然不哭不鬧地坐在椅子上，但視線沒有一刻從坐在教室一隅的麻友美身上離開，不論老師問什麼，還是其他的孩子找她說話，她都只是看著麻友美，或是點頭或是搖頭，這間教室的老師很嚴格，好幾次糾正那樣的露娜。就是要這麼嚴格的地方才能放心吧，麻友美雖然這麼想，但老師在說明積木的玩法時，有個孩子因為插嘴被罵了，那孩子在那之後也一直沉默不語，這讓麻友美有些在意。那個班級裡的孩子，腳要是騰空晃呀晃地就會被罵，要是說錯答案就會馬上被糾正「答錯了」，仔細看看整間教室，孩子們乖得很詭異，等到體驗結束時，「這裡不行。」麻友美自己畫了個叉。

到了第三間時，可能是露娜已經習慣了，儘管有時會看向麻友美，不過大部分時間都朝著老師，看起來也很開心地和其他孩子玩在一起。可是在體驗後的面談中，老師和數名工作人員群起以問題圍攻麻友美，問到老公的職業還算可以接受，但問賢太郎和麻友美雙方父母的職業、大概的年收入、目標是哪所小學、可以為了考試花多少錢、在目前的才藝課上花了多少錢，問的全是和金錢有關的問題，總覺得好像是新興宗教在誘導一樣，麻友美在那間也畫了個叉。

今天的第四間學校，是麻友美認為至今為止最像樣的一次了，露娜很專心也樂在其中，老師也不會很嚴厲，在老師介紹兩名來上體驗課的孩子時，孩子們圍繞著兩人七嘴八舌，天真地和她們說話的樣子也讓麻友美很有好感。

最後是孩子們一一發表「今天最開心的事」的時間，課堂似乎到這裡就結束了。露娜雖然小聲但清晰地說：「做卡片很開心。」對於老師詢問：「妳覺得什麼地方很開心？」也回答了：「剪下很多色紙貼上去，白色的紙變漂亮了很開心。」麻友美忘記了胃痛，在心中小聲地歡呼。

麻友美母女與今天來體驗入學的另一對母女輪流和老師面談，面對面看著頭髮紮起來的濱野老師，麻友美想像著她大概是四十五歲上下吧。

「您已經決定好參加哪幾間學校的考試了嗎？」濱野老師以沉穩的聲調詢問麻友美。

「不，其實，我還沒想到那麼遠……」

「為什麼您想參加小學入學考試？」

濱野老師雖然微笑著問，但麻友美卻彷彿被看透了內心般一陣顫慄。因為和幼稚園的媽媽們處得不好，所以想讓女兒就讀和她們不一樣的小學，這種事在這裡實在是說不出口。

「事實上我是想藉此培養她的情操，雖然她也有去學唱歌跳舞的學院，可是去了很長一段時間都不見效果，人家叫她走開她就馬上走開，遇到不懂的事就立刻放棄，完全不像其他孩子一樣有自己的主見，在幼稚園也不會積極地和其他孩子玩在一起，如果去讀公立小學，之後到了國中高中要考試時，我很擔心她會不會跟不上。我自己也是從國中開始讀私立學校，所以我想，如果身處在那種悠閒的環境裡，她是不是就能夠至少有一些成長……」隨口編排的內容自己從嘴裡冒了出來，而且越說，麻友美越覺得那就像是自己從很久以前便一直在思考的事一樣。

「她是個情感豐富、很溫和的孩子呢。」

濱野老師這麼說完，對露娜露出了笑容，這讓麻友美感到驚訝，因為第一次有人將畏縮怕生翻譯成情感豐富又溫和。

「我想這就是露娜的個性，比起壓抑孩子的個性並努力將他們標準化，我們教室優先考量的是讓孩子發展他們天生的性格。」

之後她簡短說明教室的宗旨及小學入學考試的現況，給了麻友美一份簡介。

離開教室所在的大樓時，剛才一起參加體驗的母女也在，正讓孩子喝著果汁的媽媽，發現麻友美後向她露出笑容。

「這是妳們體驗的第幾間教室了？」

「第四間，不過這間感覺最好。」麻友美回答。

「我女兒也說在這裡很開心，或許我們會選這間。」她女兒雙手抓著罐裝果汁，快速躲到母親身後，也許和露娜一樣，是個「情感豐富又溫和的孩子」吧，麻友美想。

「這樣的話搞不好會在同一班呢！我是岡野麻友美，露娜，快點跟人家打招呼啊！」

「我是岡野露娜。」露娜小聲說。

「我是山口繪里香，她是優奈，真的是，她太怕生了，我很頭痛。」

「那我們下次見，優奈，要跟露娜當朋友喔！」麻友美帶著笑容點點頭，露娜向優奈輕輕揮了揮手，優奈則躲在媽媽背後一直盯著露娜。

「露娜，今天覺得怎麼樣？開心嗎？」

麻友美一邊開車一邊問。「嗯。」露娜小小聲回應。

「要去那裡讀看看嗎？跟今天一樣，和朋友一起畫畫，一起玩積木，怎麼樣啊？露娜？想要去嗎？」

麻友美說，同時意識到不知何時伊都子告誡自己的話還迴盪在腦中，雖然覺得伊都子什麼都不懂，但心中某處卻又掛記著那些話也是事實。孩子和父母可是不同的個體，以後搞不好會被露娜怨恨或厭惡到妳難以想像的地步……

「嗯。」

露娜小聲答道。不是想去或不想去，而是含糊不清的回答方式，一如既往地讓麻友美感到很煩躁。

「不要用『嗯』回答，媽咪是在問妳妳想去嗎？還是不想去？如果妳不想去的話，媽咪不想勉強妳。」

「嗯，我想去。」

露娜答道。明明是期望中的回答，感覺卻像是自己強迫她說出來的一樣，這讓麻友美更加煩躁了，而露娜則是玩著指甲，一直在看窗外。

那一天賢太郎回到家，麻友美就滔滔不絕地說著今天去體驗的幼兒教室有多好有多好，濱野老師說的話、教室的宗旨、今天班上的氣氛、在教室裡的露娜、露娜精采的發表，不僅從廚房拉高了音量說，在吃飯時也說，甚至還追在要去洗澡的賢太郎身後說。

「去教室我是沒意見，但妳要讓露娜參加小學入學考嗎？」洗完澡的賢太郎輕手輕腳地在門邊看過剛睡著的露娜後，坐在沙發上問麻友美。

「因為她說比起唱歌跳舞，她更喜歡看書啊，也不知道是像誰，這麼喜歡看書。我是想既然如此，就從小學開始讓她讀私立學校，待在可以悠悠哉哉看書學習的環境裡比較好吧。」

「那學院那邊就要停了吧。」

麻友美頓時說不出話來。其實她真正的盤算是讓露娜一週去兩次幼兒教室，學院那邊的話一週就算一次也沒關係還是要繼續上，雖然最近電視或雜誌連試鏡的邀約都沒有，但只要繼續保留學籍，應該總是會有機會的。妳想做的事妳自己去做不就好了嗎？麻友美揮去耳內傳來的伊都子的聲音。

「我是想不用停掉沒關係吧？因為那邊應該也還是有機會。我以前也是不情不願地練琴，可是之後卻很感謝我媽，自己怎麼可能知道自己想做什麼、適合做什麼，所以我覺得同時繼續比較好。」

然而她卻無法完全揮去，用著簡直像在反駁伊都子的口吻和賢太郎說。麻友美瞄了一眼看似在思考什麼的賢太郎繼續說道：

「今天在簡介上查過，幼兒教室入學費用是五萬日圓，一週上兩次課的話一個月是三萬五千日圓，兩邊都上還是太勉強了吧？」

「錢的方面是無所謂，只是我在想，她還那麼小，負擔會不會太重了？」

「可是幼稚園的其他小孩要嘛同時學英文和游泳，要嘛踢足球和參加體操教室，完全沒在叫苦喔，現在這樣已經是稀鬆平常了，不能和我們小時候比。」

「是這樣嗎？」賢太郎盯著天花板嘀咕，「不過如果露娜自己說要去的話就讓她去吧。」他對麻友美笑著說。

這時候，麻友美自己也覺得很不可思議，她對露娜感到些微銳利的嫉妒。想做什麼就能做什麼的露娜；想要什麼就能買什麼的露娜；嶄新的未來等在前方的露娜；有富裕的家庭為靠山，可以抓住未來任何機會的露娜；可是卻不願有效利用手中任何一張牌的露娜。

不過那只是一瞬間，下一秒，那就被自己竟然嫉妒年幼女兒的自我厭惡感給取代了。她正想開口說我去泡個茶時，放在廚房中島上的手機響了，拿起來一看，千鶴的名字出現在螢幕上。超過十點打電話來還真是稀奇。

「現在可以講電話嗎？」從手機裡傳出的聲音，有一種壓低音量說話的不自然。

「怎麼了？發生什麼事了？」

「我想要和妳們見一面，和小伊和妳三個人，選妳有空的時候就可以了。」

「啊，要約吃飯？我隨時都可以空出時間……」

「希望可以越早越好，小伊感覺好像怪怪的。」

「所以我不是說過了嗎？之前吃飯的時候就說小伊怪怪的了。」麻友美邊說邊回想起先前見到的伊都子，那時候伊都子喝醉了又哭又笑，難道她還是那樣不穩定的狀態嗎？雖然千鶴也會一起去，但一想到要和那樣的伊都子吃飯心情就沉重了起來。

「不是啦，那件事妳聽說了嗎？小伊她媽媽的事……」

「我不知道欸。」

賢太郎拍拍麻友美的肩膀，以手勢表示他要先睡了，然後走出客廳，麻友美耳邊夾著手機，從冰箱中拿出罐裝啤酒到沙發上坐下。

「小伊她媽媽生病了，而且是滿糟糕的病，小伊一直陪在她身邊，可是她最近不太對勁，不久前她打電話給我，說希望我陪她去有什麼靈力的靈媒那裡，說那個靈媒只要手掌貼在病患的患處就可以治好，我還以為她在開玩笑，可是她好像是認真的。小伊說她打電話到靈媒的辦公室去，結果對方說不為個人鑑定和祈禱，冷淡地拒絕她，但是小伊不死心，拜託出版社的熟人調查出靈媒的行程，打算在對方行程之間的空檔，跳過預約直接衝去見一面，然後跪下來拜託對方治療她媽媽，所以希望我陪她一起去。」

千鶴一口氣說完，麻友美連罐裝啤酒的拉環都忘了拉開，愣愣地聽著那些話。

「是什麼樣的病？」

「癌症，聽說已經很後期了。」

好一段時間千鶴沒有開口，麻友美也什麼話都沒說，窗簾沒拉好，露出一條幾公分的縫，從中可以看見夜空，整個客廳寂靜無聲。

「什麼時候……」

「我之前也問過了。雖然她一開始打電話來時哭個不停，但後來我很擔心再打給她的時候，她就已經差不多振作起來在照顧她媽媽，所以我也因此放心了，結果就接到這種電話，而且不只靈媒，好像還有看過髮旋就能治百病的宗教，她也在猶豫要不要去那裡聽聽對方怎麼說也好，或是中國有禁止進口的秘藥，聽說有人吃了以後末期癌症就治好了之類的，總之她說的話很奇怪。」

「髮旋？」

麻友美差點笑了出來，但是又想到現在這場面不適合笑，所以努力忍住了笑意。

「所以我們去見見她，聽聽看她的想法吧，或者是去探病。」

「嗯，好是好……」麻友美無意識地將視線移到貼在牆上的日曆。

「怎麼了？妳沒空嗎？」千鶴擔心地問，麻友美稍微想了一下之後開口。

「不是，我是在想，大家一起吃飯完全沒問題，我也很擔心小伊，可是，就是，先說好，妳不要亂想喔，我只是因為沒有這方面的經驗，有點擔心會不會說出不該說的話，我很想幫忙，但不知道該怎麼做才好，我怕我講話不經大腦，要是傷害到小伊怎麼辦。」

在短暫的沉默過後，「我也一樣啊。」千鶴的聲音帶著疲憊說道。

「老實說，我覺得說出什麼靈媒的小伊很可怕，我沒有勇氣單獨和她見面，可是放著不管，感覺她一定會沉迷奇怪的宗教或是被騙，這樣我也覺得很可怕，所以我才打電話給妳。」

「嗯。」麻友美點頭，像是忽然想起來一樣打開了罐裝啤酒的拉環，但是她沒有興致喝下，低頭看著小小的開口。千鶴聲音的背後也是一片寂靜，她也是在老公睡下的客廳裡，將手機貼在耳邊說話嗎？麻友美想像著。千鶴幽微地嘆了口氣，說了起來。

「欸，仔細一想，小伊只有一個人呢，她現在正一個人孤單和媽媽的病奮戰。她沒有兄弟姊妹，好像也沒有親戚吧？因為不是上班族大概也沒有同事，雖然不清楚有沒有男朋友，可是從她的話裡聽起來，好像都是她一個人在處理事情。」

聽了這番話，麻友美試著思考一個人究竟是怎麼回事，她試著設身處地想像現在孤身一人背著重擔的伊都子的情況。然而麻友美卻不知為何，想到又不是只有伊都子一個人這樣，我們不也都是孤身一人嗎？我，還有千鶴，不也都是一個人在與什麼東西奮戰著嗎？雖然無法清楚用言語表達究竟是在和什麼東西奮戰。而與此同時，麻友美卻又覺得這樣的想法實在太幼稚了。

「吶，小千，我們啊，年紀雖然一年一年增加，可是總覺得還是跟小孩子沒什麼兩樣呢！」

麻友美喃喃說道。

「是呀，真的呢，我也這麼覺得。」

手機的另一頭傳來千鶴正經八百的聲音。

「我隨時都可以配合，妳決定好日期之後再告訴我，我相信小伊一定沒事的，畢竟我們三個人裡，小伊是最可靠的呀，不是嗎？」

「是啊，謝謝妳。抱歉喔，這麼晚了還打電話給妳，那我再和妳聯絡。」

千鶴說完掛斷電話。麻友美按下結束通話鍵，喝了一口從剛才就拿在手上的啤酒，但啤酒莫名地苦澀，於是她整罐拿到流理台去倒掉。抬頭看牆壁上的掛鐘，分針動了一下，剛好指到十一點。

麻友美關掉客廳的照明，到洗臉台去刷牙。她輕輕打開露娜的房門，從走廊流洩進去的燈光照在露娜的睡臉上，露娜皺著眉，一副大人般的表情熟睡。要不要睡露娜旁邊呢？麻友美稍微猶豫了一下之後關上門，打開走廊對側的寢室門，賢太郎蜷縮在雙人床的角落睡著了。麻友美輕手輕腳關上門躺到床上，雖然閉上了眼睛，但完全沒有睡意，她凝視黑暗，想像伊都子照顧母親的樣子，也試著想像說出靈媒啦、髮旋新興宗教啦的伊都子，然後她想像用聽起來很刻意的話語安慰伊都子的自己和千鶴，結果腦袋越來越清醒，麻友美翻了個身，黑暗中可以看見蜷縮著的賢太郎白色的模糊背影。

忽然間，麻友美被自己的人生早在二十歲之前就已結束了的感覺籠罩，因而一陣畏怯。在此之前也曾有過好幾次這樣的想法，人生中更加光輝燦爛的時光會不會早就已經結束了？麻友美三不五時會這麼想。但是這次和先前的情況不同，麻友美突然感受到的是更加清晰且明確的東西，就算露娜通過試鏡，考上知名的小學，過去那樣的光輝歲月必定不會再出現在自己的人生之中了吧，麻友美帶著絕望的心想著這些事。

因為是夜晚才會這麼脆弱，因為是夜晚才會這樣莫名地不安，只要到了早上，這種感覺一定會煙消雲散，一定可以用開朗的心準備早餐，送賢太郎出門，載露娜到幼稚園上課，麻友美像在說服自己般地想，閉上眼睛一動也不動地等待睡意來臨。

站在大樓信箱前良久，麻友美仔細地閱讀投到信箱裡的明信片。

「哼嗯，」她一個人自言自語，「這也沒什麼了不起嘛！」說完，她才被自己的話給嚇了一跳，瞬間一陣厭惡感襲上心頭。刻意說出這也沒什麼了不起，感覺就像妒意纏身的老女人一樣，麻友美想。

所以她刻意再一次說出聲來。

「很厲害呢，小千。」

然後這次則是覺得意興闌珊。

放在信箱裡的是千鶴寄來的展覽會邀請函，背面印著以淡藍色為基調的畫，那是站在電線上彼此依偎的鳥的畫，畫的下方寫著「片山千鶴繪畫展」，附上日期時間以及如何抵達會場的簡單地圖，翻過來，是印刷的收件人姓名，下方則是手寫文字，寫著「終於走到這一步了，妳應該很忙，但是一定要來喔」。

正要走出大門時，麻友美又停下腳步盯著畫在明信片上的畫，明明是以藍色為基調，卻只有鳥是鮮豔的紅色，那道紅太過強烈，一直盯著看會讓人感到不安。這樣算是好畫嗎？麻友美想，但她再次慌張地抹消這個念頭，我又不懂那些什麼藝術的。

管理員從身邊經過，很有精神地向麻友美打招呼，麻友美急忙將明信片收進包包中，也很有精神地打了個招呼後走出大門。

之前就聽千鶴說她要開個展了，那時候只覺得「是喔」，可是一旦邀請函真的寄來了，卻又浮躁地感到不安。麻友美無意識地梭巡著明信片上可以讓人安心的地方，她找到了幾個，例如個展的場地不是知名畫廊或美術館，而是在千駄谷聽都沒聽過的店裡，以及完全搞不懂印在明信片上的畫的魅力。麻友美察覺到自己正鬆了口氣，於是感到強烈的羞恥。她喜歡千鶴，也認為千鶴是自己為數不多的朋友之一，結果她竟然想藉由輕視自己的朋友來尋求安心，這樣自己不就像是無聊的女人一樣了嗎？像是那種無聊、無能，只會把力氣花費在嫉妒他人上的愚蠢家庭主婦一樣。

「這是非常了不起的事喔。」

所以發動車子的麻友美又再說了一次。

駛離停車場，穿過小巷來到大馬路上，麻友美想起了「片山千鶴」這幾個印刷字體，然後思考自己有些類似不愉快的不安感覺，會不會是被那個名字所誘發，而不是肇因於千鶴實現了個展的行動力？

為什麼千鶴要用舊姓？是像作家的筆名那樣，決定要用舊姓來作為她畫家身分的名字嗎？

片山千鶴。麻友美一邊開車一邊小聲地念著這個名字，比起井出千鶴，麻友美更熟悉這一個名字。在用名字拼音順序決定班上號碼的國高中時代，千鶴和伊都子和麻友美的號碼總是在附近，她們之所以會成為好朋友，一開始就是因為按照號碼安排的座位都相距不遠的關係。

然而現在，片山千鶴這個熟悉的名字卻帶給麻友美微妙的壓力。井坂麻友美到哪去了？妳除了岡野麻友美以外不再是其他人了嗎？這樣妳可以接受嗎？她像在自我詰問般地想著。

當然那是自己相當扭曲的思考模式，這一點麻友美還有自覺，所以紅燈時她停下車，再度說了一次。

「這是非常了不起的事喔。」

她覺得光是這樣似乎還不夠，於是又大聲喊道：「小千，妳好厲害！我刮目相看！不愧是前樂團少女！」麻友美感覺自己好蠢，於是笑了出來，停在旁邊的卡車，駕駛座上叼著菸的男人，一臉驚奇地低頭看著一個人咯咯笑個不停的麻友美。

教室裡到處貼滿了孩子們的畫，麻友美坐在排成一圈的鐵椅上，安靜地聽著其他媽媽們七嘴八舌提出意見，從窗戶可以看見孩子們在庭院裡嬉戲的身影，看到露娜和別的女孩在玩的樣子，麻友美放下了一顆心。比露娜小了一圈的女孩不是同班的同學，看起來應該是年紀更小的孩子，不過也別太苛求了，麻友美想著。看向時鐘，就快要一點半了，三點之前不能結束的話，會來不及去幼兒教室。

「我覺得大家一起做鯉魚旗的主意不錯。」

「那女孩子呢？女兒節那天大家又沒有一起做雛人偶，這樣太不公平了吧？只讓男孩子做鯉魚旗的話。」

「我覺得真下太太說得沒錯，一定要男女平等。」

「那派對主食要怎麼辦？」

對象是五歲幼兒，說什麼男女平等啊，雖然麻友美這麼想，不過她當然沒有將這些話說出口。

「包粽子呢？我記得鯉魚旗的歌裡是不是有出現粽子的歌詞啊？」

「可是說到食物就必須考量衛生方面……」

「那就帶來這裡蒸呢？大家先在家裡包好帶來，然後一起蒸，這樣就沒問題了吧？」

「什麼？在家裡自己包？粽子是可以自己包的嗎？」

喂喂，拜託妳們喔，別想些麻煩的事好嗎？大家可都是很忙的。這句話也是只在心裡想想，沒有說出口，畢竟麻友美非常清楚自己沒有發言權。

自從黑色毛衣事件之後，大家就有意無意地避開麻友美，雖然打招呼對方會回應，但也僅此而已，像今天這種討論會，要嘛是從露娜拿回來的通知單中得知，不然就只能自己去幼稚園內的公布欄確認。討論會並不是強制參加，只有白天這段時間剛好有空的幾張面孔出席，所以自己其實也不需要出現，即使如此，麻友美還是參加了，這是本於謙卑的心願，她還是希望展現出自己的反省與謙和，安穩度過畢業之前的日子。

媽媽們暫時熱烈地討論起了粽子的做法，然後延伸到「孩子們也可以一起動手做的東西」，於是話題轉移到了「三明治怎麼樣？」接著開始討論三明治的內餡，麻友美看了看手錶，距離三點只剩十分鐘了。就在三點前五分鐘，終於決定兒童節那天的派對要做三明治，原以為這下可以結束了，沒想到又為了要分配誰帶什麼而吵嚷了起來。

「啊，那我準備吐司，三明治用的吐司。」

麻友美今天第一次出聲，她的盤算是接下最麻煩的工作以爭取分數，然而——

「岡野太太妳那麼忙，不用勉強了啦。」

香苗的媽媽委婉地說，她雖然是笑著說，但麻友美也聽得懂那是在拒絕，於是她心中冒出一把火，我都已經這麼努力了，而且那件事都是多久以前發生的了，到底是還要用那種責難的態度針對我到什麼時候啊！

「喔，是喔。」麻友美站起身，明知衝動行事是自己的壞習慣，但嘴巴已經自己動了起來。

「那不好意思喔，我先失陪了，露娜之後還要去上幼兒教室。」為什麼每次都會搞成這樣呢？麻友美往門口走去立刻就陷入了懊悔之中，走出教室一步之後，她忍不住內心的懊悔轉身，臉上堆出笑容，「如果有任何我幫得上忙的地方請告訴我，只要通知我，我什麼都願意做。」然後深深一鞠躬，對麻友美來說這已經是她盡最大的能力讓步了，但看到大剌剌地互相對視的媽媽們，就知道這份努力似乎沒有傳達給她們。

「算了，只要再忍一年。」

麻友美像在說服自己般嘟囔之後穿上鞋子，走到庭院去叫露娜。

四月接近尾聲的時候，在書店裡發現了伊都子的書。去超市買東西時賢太郎說要順便去找和電腦有關的書，於是就直接開車前往大型書店，在賢太郎看書的那段時間，原本麻友美是牽著露娜的手在挑選故事書，但因為露娜拿了一本書坐著看了起來，無事可做的麻友美就到女性雜誌區閒逛。女性雜誌區旁邊擺著藝人的書，明明只是隨意看看，草部伊都子的名字卻氣勢磅礴地跳進了眼中。

伊都子之前說過要出版攝影集，不過那是和攝影集的旨趣有些不同的書，是本藝人的詩集，封面大大地印著該藝人的名字，書腰上也醒目地寫著「第一本詩集！新鮮又清冽的隻言片語療癒你我！」而伊都子的名字則在藝人的名字下方，以極小的字印著「攝影　草部伊都子」。

隨意翻閱詩集，讀著感覺相當孩子氣的詩，正想著「沒什麼了不起的嘛！」時，麻友美忽然側著頭思索，就在不久前，好像才剛發生過這樣的事……想到這裡時回憶起來了，是千鶴的個展邀請函。麻友美的情緒瞬間低落，為什麼最近的我老是馬上想些討人厭的事呢？這哪是沒什麼了不起，是非常了不起吧，光是名字能和知名藝人並列就已經夠厲害了，更何況照片還全部都是她自己拍的，井坂麻友美做得到這種事嗎？

「喂，麻友美。」

被人出聲叫喚而嚇了一跳的麻友美轉身，賢太郎和露娜站在後方。

「現在社會這麼危險，注意力不可以離開孩子啊，她這麼可愛，會被別人拐走喔！」賢太郎這麼說笑了起來，「那本要一起買嗎？」他看了麻友美手上的書後抬起下巴指了指。

麻友美的視線緩緩落在書上，該買嗎？還是不該買？她像是在思考生死攸關的問題一樣認真煩惱。

「不用了啦，我只是站著翻翻而已。」

麻友美擠出笑容，將書放回原位。

握住露娜的手，看著在櫃台結帳的賢太郎，麻友美再次自我厭惡了起來。這樣還算是朋友嗎？還有，總覺得如果是以前的自己，就會指著伊都子的名字告訴賢太郎，「你看，你應該認識，她也是以前『Dizzy』的成員，很厲害吧？這是她拍的照片。」為什麼現在卻說不出口呢？

「小伊她……」回到車上後麻友美突然冒出一句。

「小伊？我想想，是妳的朋友吧？樂團那時候的。」賢太郎邊開著車邊回應。

「對，伊都子，」摸著坐在身旁的露娜的頭髮，麻友美聽著自己迴盪在車內的聲音，「小伊的媽媽是很有名的翻譯家，她得了癌症，狀況不是很好。」

「真的嗎？很糟糕嗎？」明明是只在婚禮上見過一次面的伊都子媽媽，賢太郎卻發出了彷彿打從心底擔心的聲音。我就是喜歡賢太郎的這個地方，麻友美想。我就是需要賢太郎的這個地方，她在內心作了更正。

「嗯，好像滿糟糕的，所以之後我要和小千去探病。」

「嗯，還是早點去比較好，那個小伊也很辛苦吧，要是有幫得上忙的地方就好了，這種事心裡都很不好過呀。」

「媽咪，今天的飯可以煮成粉紅色的嗎？」露娜抬起頭問。

「對耶，媽咪買了櫻花魚鬆，那就把妳的那份做成粉紅色的吧！」

「把拔，把拔你的也做成粉紅色的嘛！」

「把拔的就不用了，把拔再怎麼說也是個男子漢嘛！」

賢太郎開著車，以輕鬆自在的聲音說道。

麻友美從後座的窗戶抬頭看向天空，淡紫色和藍色暈染出漸層，白雲像腰帶一樣飄過。好漂亮呀！腦中冒出這個想法，一這麼想，忽然就好想哭，麻友美沒有哭，她改而抱著露娜，將鼻子壓在露娜的髮間，有一股混合著牛奶與灰塵的味道。

「露娜，剛才那本書，睡前媽咪念給妳聽。」

「寫完功課以後嗎？」露娜沒有反抗麻友美的動作，問道。

「是呀，今天也要讀書喔。」

「星期天讓她休息一天吧？功課是指那個吧，像是評量的東西。」

賢太郎說。休息一天就會落後很多啦！麻友美想要反駁，但還是把話吞了下去，她抱著露娜，視線追著流過窗外的景色，麻友美感受到強烈的孤獨。

千鶴決定的探病日期，是五月的第一個星期六，忙於準備個展的千鶴說那一天她有空，那天賢太郎也放假，所以麻友美將露娜交給他照顧便出門了。該帶什麼禮物去好呢？在經過一陣煩惱之後，還是決定帶花最保險。告訴花店想要有春天氣息的花後，對方就紮了一把色彩明亮的花束。

在醫院入口和千鶴會合之後，往會客櫃台走去。

「妳也帶花來嗎？我們撞禮物了欸。」

「不過花不嫌多吧，花團錦簇很華麗呢！我記得小伊的媽媽喜歡賞畫，所以本來想送畫冊，可是畫冊太重了。」

「很傷腦筋呢，不知道該帶什麼好，又不知道她能吃什麼不能吃什麼。」

兩人小聲交談著走進電梯，在伊都子說的樓層出了電梯後往病房走去。醫院裡充滿似甜又似苦的味道，麻友美反射性地感到抑鬱，因為打預防針或做健康檢查時，露娜都一定會哭。

找到草部芙巳子的名字後敲了敲門，伊都子從門縫探出頭來。

「謝謝妳們來。」她臭著一張臉說，將門打開。

看到房門後方，麻友美感受到一股衝擊，就在猶豫著該不該踏進門內時，發現千鶴似乎也受到了驚嚇。病房裡到處擺滿裝飾，多得令人覺得其嗜好缺乏品味；讓人聯想到醫院的白色牆壁和冰冷家具都被布和畫遮蓋得密不透風。芙巳子躺在鋪著鮮豔床單的病床上，只轉動眼珠子看向千鶴及麻友美，右手吊著一袋點滴，鼻子裡則插著塑膠管，遠比麻友美記憶中的芙巳子還要老邁及瘦弱非常多，她原本準備好的慰問消失得無影無蹤。不過芙巳子倒是很多話。

「妳是小千，然後妳是麻友美，妳們完全沒變呢！來得正好，我已經無聊到要發瘋了。怎麼樣？過得還好嗎？我記得麻友美已經當媽媽了吧？小千印象中在畫畫？喂，伊都子，不是有費南雪嗎？拿出來啊！手術日期已經安排好了，動完手術之後就沒事了，所以妳們不用擔心，伊都子就是愛擔心又膽小，才會囉哩叭嗦一大堆。」

「啊，您不用太費心。」

千鶴像是再次被嚇到了一樣小聲地說。

當伊都子準備好紅茶和點心時，芙巳子已經疲憊無力地動彈不得，開始打起瞌睡。

「她說太多話，累了。每次都這樣，她就是愛面子老是逞強想讓別人看到她很有精神的樣子，然後再睡到像失去意識一樣。」

伊都子煩躁地說。從打開房門的瞬間開始，不，從和伊都子聯絡說要去探病時開始，伊都子的心情就一直很差，但她卻連一點遮掩的意思都沒有，以伊都子的個性來說實在很稀奇，這讓麻友美很在意，不過她什麼也沒說，吃著端上來的蛋糕，喝著紅茶。三人面對面喝紅茶時，彷彿都要忘了那裡是病房。

「失敗了，我雖然有見到靈媒，但對方說不可能去幫每一個人祈福，我甚至還在電視公司大門口下跪，那傢伙一定是神棍，根本沒有治病的能力。」伊都子低著頭，嘟嘟囔囔地說著，她的右手腕上還纏繞著紫色的念珠。

雖然想知道髮旋宗教後來怎麼樣了，但麻友美當然知道現在的氣氛不適合問這種事，她也低著頭喝茶，瞄了一眼隔壁的千鶴，她面無表情地撥弄著個別包裝的蛋糕。

「啊，對了，我在書店看到小伊的書了喔，已經出版了呢，很厲害呀！」

麻友美為了打破沉重的氣氛，而以開朗的聲音說出忽然想到的話題，千鶴也終於抬起頭。

「咦？真的嗎？小伊妳真是的，恭喜妳！我都不知道呢，告訴我們不就好了，我回家的時候要去買，哪一家出版社出的？」

「真的很厲害呢，封面上完完整整地印著草部伊都子的名字，照片很漂亮喔！」

即使越說越覺得如坐針氈，麻友美還是說了，然而伊都子卻一臉完全聽不懂現在在說什麼的樣子呆滯地看著麻友美，那雙眼睛明明是朝著自己的方向，卻又彷彿穿過自己看到了後方的牆壁一樣，麻友美感到淡淡的恐懼。寂靜之中，不斷有「噗噗」的微弱聲響傳出，那是由塑膠管連接套在芙巳子臉上氧氣罩的機器發出來的聲音，芙巳子半張著口沉睡。麻友美連自己都感到意外地開口說：

「我一直很崇拜小伊的媽媽，她很帥氣，什麼話都可以說，相處時總是會跟著我們一起笑，我在生露娜的時候，就想著要成為這樣的媽媽，不是像我自己的媽媽，而是像小伊的媽媽那樣。」

傳入耳中的自己的聲音，聽著聽著越來越像哭聲，麻友美連忙閉上嘴，千鶴什麼也沒說，伊都子也只是用失焦的雙眼對著麻友美。

最後待不到三十分鐘就離開了病房。伊都子從頭到尾擺著一張臭臉，送兩人到醫院大門外，揮手道別後，麻友美和千鶴一起朝車站走去。

低頭看向自己腳邊搖曳的影子，結果從剛才忍到現在的眼淚，彷彿得到了許可般直直滑落右臉頰。

「討厭啦，對不起。」麻友美急忙說道，用一隻手擦擦右臉，接著左眼也有水珠滴下，「搞什麼啊，小伊都那麼努力了，我跟個笨蛋一樣。」

「小伊啊，從以前就很堅強了呢，從國中的時候開始就一直是這樣了呢。」

走在旁邊的千鶴低聲說著。伊都子之所以臭著一張臉，不是因為遷怒於她們，也不是因為感到絕望，她是藉由這麼做來維持平常的自己吧，事到如今麻友美才想通。千鶴個展的明信片，上面有伊都子名字的詩集，麻友美覺得拚命想要蔑視這些的自己真的是悲慘至極。

「小千，我很期待妳的個展喔！」

到這時候淚腺已經像發了瘋似地湧出眼淚，麻友美用手背不停抹去同時說。沒錯，在生下露娜時，在知道她是女孩子時，我真的想起了伊都子的媽媽，麻友美鮮明地回憶起。堅強、帥氣、充滿了自信、一個人輕快地走著的女人，沒錯，我曾想過希望成為那樣的人。

CHAPTER
7

泰彥無事可做地坐在客廳沙發上。隔著廚房中島看他那個樣子，有一種時間和空間都扭曲了的感覺，彷彿不安一擁而上，但同時那樣的扭曲感覺也很舒暢。

「我還是不喝茶了。」

千鶴還在茶壺裡倒熱水時，泰彥就這麼說著站了起身。

「欸，我已經在泡了耶！」

「因為總覺得靜不下來啊！」

泰彥站著，一臉傷腦筋地說，千鶴不禁笑了出來。

「我們又不是在做什麼奇怪的事，只是請你來看看畫。告訴我你的感想吧。」

被這麼一說，泰彥又坐回沙發上，但他又馬上站起來，從口袋裡拿出菸叼在嘴中，沒有點火，而是東張西望地到處看。

「沒有菸灰缸嗎？」

「沒有，你就用這個代替吧。」千鶴從餐具櫃中拿出很少使用的小碟子，隔著中島遞過去，但泰彥卻沒有接下，他將叼著的菸收回菸盒。

「沒有的話就算了，反正我也不是非抽不可。」他像將話含在嘴裡一樣地說。

千鶴在托盤上放了茶杯和茶壺端到客廳，然後擺在小茶几上，但是泰彥依然不坐下。

「我還是靜不下來，隨便去個地方吧。」他像聽不懂人話的孩子一樣再次說到。

「我老公要過十二點才會回來，就算他回來了你也是光明磊落的客人，有什麼關係？」千鶴說，在杯子裡倒入紅茶。

「我不是這個意思，」泰彥站在屋內正中央，彷彿喃喃自語地說，「不是妳想的那樣，而是這間屋子總覺得讓人無法放鬆。」

千鶴手中還拿著茶壺便直接抬頭看向泰彥。現在的自己是什麼樣的表情呢？她的腦海一隅思考著，想要一笑置之，但卻做不到。這間屋子讓人無法放鬆，泰彥的這句話使她備感打擊。千鶴很勉強才將視線從泰彥身上移開，無意義地看向窗外，看向掛在牆上的石版畫，隔著中島看向廚房，然後再一次看向泰彥的眼睛。

「那我們到外面去吧。」千鶴將一直拿在手上的茶壺放到桌上，接著站起身。

「不是，我的意思是，實在是太乾淨了。我啊，只要想著絕對不能弄髒、絕對不能弄髒，就反而會變得粗手粗腳，像是打破杯子啦、翻倒紅茶啦、菸灰掉下去燒出一個洞啦等等，我的讓人無法放鬆是這個意思。」泰彥慌張地這麼說。

「我去拿包包，你先去玄關。」

千鶴笑著這麼說，泰彥才像是鬆了一口氣輕快地離開客廳。千鶴回到自己的房間，拿著裝了錢包和手機的小包包，穿過客廳，側眼瞄到只有一個杯子裝了紅茶，正緩緩地冒出熱氣。「久等了。」她向站在玄關的泰彥說。

外面天清氣爽，綠葉繁茂的樹木抬頭挺胸地沐浴在陽光之中，無論是天空或樹木，都比從大樓屋內見到的色澤更飽和。要去哪裡？還是隨便走走晃晃？泰彥什麼也沒問，就只是埋頭向前走，千鶴也不發一語地配合他的步伐走在他身邊，住宅區裡不見人影，感覺就像整個街區的人都被帶到了某個地方去一樣。

「這附近沒有大型公園喔，剛搬來的時候，我都沒有想過要是這裡有個公園就好了。」

千鶴邊走邊說，聲音一離開嘴裡，就像在乾燥的陽光照射下，滋滋地蒸發掉了一樣。原來如此，在這裡確實是比在那間屋子裡更能輕鬆談話，千鶴想。在這沒有屋頂也沒有牆壁的路邊呼吸起來更自在，那間屋子對自己來說的確也是個無法放鬆的地方，如今千鶴才發覺這一點。所以自己才會關在房間裡畫畫，想辦法創造出自己的容身之處啊。

「我啊，以前組過三人樂團喔。」千鶴抬頭看著天空，忽然冒出一句，她默默地被傳到耳中自己所說的話給嚇了一跳。對千鶴而言，那是她一直以來想要隱藏的事，因此不管談到什麼都要提到那段時光的麻友美，千鶴總是感到很不可思議。「那已經是二十年前的事了，說是樂團其實也只是跟三流偶像沒什麼差別的程度，我也不會什麼樂器，作曲者也是不認識的大人。」

「哦～」走在身旁的泰彥拉高了語尾的音調。

「雖然不是單獨公演，不過也曾經登上武道館喔！」千鶴自然地笑了出來，「高中也遭到退學處分，但還是很樂在其中，即使只是套用大人們設定好的樣板，可是對於發生在自己身上的事總覺得缺乏現實感，整個人輕飄飄的，那樣就叫做充實嗎？我對於那段時期的事既不懷念也沒有加以美化，但是，那種感覺的確是在那之後便不曾感受過了。」

「二十年前嗎？我那時候在做什麼呢？」

泰彥以恍惚的聲音說道。一低頭，兩道影子像糾纏著兩人般緊跟在腳邊，千鶴盯著影子繼續說下去。

「樂團已經結束了，那段過去也變得像是從來沒有發生過一樣，我發現自己根本沒有什麼能力，但這個樣子又非常符合我所認為的自己，然後我結了婚，心裡一邊想著還真有我的風格呢。現在的老公不知道我以前做過什麼事，我覺得現在終於回到合乎我的條件的正軌了，有自己的生活，可以畫著喜歡的畫，偶爾接接案子，但有時候我還是會對這個合乎自身條件的生活感到不滿，不過我一直認為一切都是那段特殊經歷害的，如果我過的是更平凡的高中生活，那麼我就會全然地滿足於現在的生活。」

一開始完全搞不清楚自己想要說什麼的千鶴，像這樣未經深思地一句接著一句說下去之後，開始慢慢地理解到自己是為了表達什麼而說出這些事。

「所以我不停在想，要是沒有那樣的過去就好了。」

千鶴看向走在身旁的泰彥，泰彥瞇起眼，正注視著住宅區的前方。忽然剛才在客廳看見的兩個杯子浮現在眼前，一個空杯子和一個裝了琥珀色液體飄著熱氣的杯子。

不是這樣的，我責怪的不是自己的過去，而是現在，千鶴深深瞭解到原來自己想說的是這件事。夜不歸家的老公、寂靜的客廳、言不及義的對話、冰在冰箱裡的紅酒，不用選擇，也不曾抓住任何東西的日子，自己一直試圖告訴過著這種日子的自己這一切都是理所應當，這是合乎自身條件的生活，這已經稱得上是奢侈了，然而不是這樣的，每一天我都用盡了全身力量在抗拒。不該是這樣子的、不該是這樣子的、不該是這樣子的，既不是頭腦也不是內心，一定是身體的一部分在抗拒。和泰彥並排走著，轉過再平凡不過的住宅區街角時，千鶴想著。

「中村先生。」千鶴駐足，出聲叫住泰彥，已往前走了幾步的泰彥停下腳步回過身。

「我好像喜歡你。」

因為泰彥在幾步之遙露出一臉呆愣的表情，千鶴以為他沒有聽見，於是她再一次提高音量說道：「我……」泰彥急忙跑到她身邊，摀住「喜歡你」才說到一半的千鶴的嘴。

「不要在這種地方這麼大聲。」泰彥慌張說道，「聽到了啦，我聽到了。」他紅著臉說，再度快步走了起來，淡薄的影子輕飄飄地跟著他，千鶴輕聲笑了，像是溺水的人被從水裡撈上岸一樣，感覺呼吸突然變得輕鬆，她小跑步追在泰彥身後。

「我覺得妳的畫比以前進步了，變得更有力量了。」

泰彥沒有看向千鶴，低沉說道，幾名騎著腳踏車的孩子從巷子裡冒出，大聲地不知道說著什麼錯身而去，他們越來越遠的笑聲，如同陽光照射下的葉子忽明忽暗般斷斷續續地蕩漾在空中。

要見到新藤穗香非常簡單，壽士一如既往地毫無防備，只要千鶴想查，不管是她的手機號碼或電子郵件信箱，甚至是住家地址都可以知道，就連兩人約好吃飯的日期時間，或是約好見面的地點也一樣。

雖然壽士的行事曆在那一天的空格上只寫了「明　八點」，但千鶴馬上就明白這代表什麼意思了。他們不是要去某個地方吃飯，而是壽士會前往她位於明大前的住家吧，因為不能一起離開事務所，所以要嘛是新藤穗香先回家，或者是兩人走不同的路回家，然後在驗票閘門前會合。千鶴在七點多時抵達明大前，走進車站建築內的咖啡店，看著玻璃窗的另一側一邊喝著咖啡。

千鶴很清楚自己在做什麼，自從知道壽士外遇之後，她就一直告誡自己千萬不要做出難看的舉動，像是去見外遇的對象，或是打騷擾電話這類的事。事實上，不論是對女方，或是對他們兩人的戀情，說實話，千鶴都沒有多大的興趣，但是依然有好幾次，她單純地對對方究竟是什麼樣的女人抱持著疑問。雖然覺得要見她一面是易如反掌，但先前之所以沒有這麼做，是因為在千鶴的心中，特地去見新藤穗香這件事，被分類在「難看的舉動」裡的關係。

所以千鶴明白自己現在正在做難看的舉動。

八點前十分鐘，千鶴離開咖啡店，站在年輕人熙來攘往的驗票閘門角落，看著已經見慣的老公，向不是自己的陌生女人展露笑容走出閘門。在此之前，千鶴好幾次四處張望，仔細看過在等人的女性們，但卻不知道新藤穗香是從何時開始站在那裡的，她就是個存在感如此薄弱的女人。應該是先回家一趟換過衣服了吧，牛仔褲配上和五月不搭調的灰色運動衫，她穿著這樣不起眼的外出服，頭髮紮成一束，臉也長得很普通，淺黑的皮膚、單眼皮、令人印象淺薄的嘴唇。壽士和她穿過人群走了出去，千鶴的腳很自然地追在他們身後。

千鶴是在三天前接到伊都子打來的電話，伊都子說前幾天芙巳子已經動了手術。那不是摘除腫瘤的手術，而是安慰性質的手術，伊都子說。看是要維持現狀，什麼都不能吃繼續吊點滴，還是切除一部分的胃，用繞道手術連接腸子，這樣還可以吃一點點東西，不管是哪一個選項，癌細胞都還留在體內，對於剩餘壽命幾乎不會有影響，也就是要我們選擇不吃不喝而死，或是吃了再死。這麼說著的伊都子，聲音就和從前打電話來時一樣，沒有一絲驚慌，也沒有去醫院探病那時的尖銳，雖然這不是個恰當的形容，但千鶴卻覺得那是很安詳的聲音。不知道她是看透紅塵了還是頓悟了，總之光從聲音聽起來，伊都子既冷靜又安詳。

手術結果怎麼樣了？就連那樣的選擇也都是妳一個人決定的嗎？千鶴忐忑不安地問伊都子。順利結束了，雖然開腹手術的風險是極度消耗體力，不過一直插在鼻子裡的塑膠管，就是抽胃液的那個東西，那個拔掉了之後我想本人也輕鬆了不少，不過她麻醉退了以後意識還是模模糊糊的，還沒辦法說話。伊都子的語調沒有任何改變，淡淡地說。

對不起，我沒有替妳做些什麼。在壽士不回來的寂靜屋子中，千鶴冒出這樣一句話。沒有幫上任何忙，真的很對不起。這不是客套話，而是打從心底說出來的真心話，千鶴無法想像伊都子是怎麼一個人過這些日子，怎麼作出無可奈何的抉擇，又怎麼看顧睡著的母親。

妳們才不是沒有幫上任何忙呢！妳們不是就在那裡嗎？妳和麻友美，妳們就在那裡。

明明是自己該為伊都子打氣，給她安慰，結果卻反過來，伊都子像是在鼓舞千鶴般，以輕柔撫慰的聲音說道。

掛斷電話後千鶴哭了，她也不知道自己為什麼哭，就只是坐在沙發上，臉埋進雙膝間大哭。用力擤過鼻涕，洗洗臉，就在這時候千鶴下定了決心，她要去見新藤穗香，雖然不知道原因，但她堅定地下了決心。

然後現在，新藤穗香和壽士，背對著車站緊緊互相依偎著走在霓虹燈閃爍的街上，越走霓虹燈越少，夜也越來越深。兩人走進了便利商店，千鶴眼角餘光看著兩人進入店內，從便利商店門前走過，她步入隔壁的教會柵門內，反覆閱讀貼在布告欄上的經文。

新藤穗香和壽士提著便利商店的塑膠袋走出店裡，然後繼續往前走。罐裝啤酒緊貼著塑膠袋。肩靠著肩，不時相視而笑的兩人，這樣走在一起多麼自然，彷彿跟在數十公尺後方的自己才是壽士的外遇對象，千鶴這麼覺得。

在幾條小巷內轉了幾個彎，兩人頭也不回地走進了三層樓的老公寓。在他們兩人的身影消失後，千鶴悄悄地走進公寓大門，站在住戶的信箱前，二〇一的指示牌下方有一塊寫著「新藤」的門牌，千鶴走出公寓，從門外抬頭看著建築，抬頭看著二樓的角落亮著暖黃色的燈，裡面的人像是察覺到外面的動靜，「唰」地用力拉上了窗簾，勉強只剩下玻璃窗的輪廓留下了暖黃色。公寓的樓梯冒出了人影，千鶴急忙轉身面壁，從公寓裡走出來的年輕女性，不加掩飾地打量了緊貼壁面低著頭的千鶴一番後離去。

千鶴感覺自己現在無與倫比地悲慘。她意識到無論是開個展，或是畫出多好的一幅畫，或是如願做了老公會大吃一驚的工作，都無法抹消現在的這份悲慘，而這份悲慘，正是自己一直以來想要感受的心情，千鶴慢慢地思考。

千駄谷的咖啡廳兼畫廊「N」裡，現在只有千鶴和泰彥在，泰彥將裱好框的千鶴作品一下子掛上牆壁一下子拿下來，又或是不停調整位置，而千鶴則坐在吧台位上看著他。個展後天就要開幕了，反正只邀請了少數幾個工作上有來往的人，因此千鶴本來沒有打算舉辦開幕派對，但是泰彥不停強力說服她辦一下比較好，於是最後還是聯絡了幾個人。泰彥說這樣的場合可以拓展事業，所以也邀請了他認識的人，不過搞不好他是小家子氣地盤算著，光是客人來這裡吃吃喝喝，就可以賺進「N」的營業額。

自從向本人說出「我喜歡你」這種簡直是高中生才會說的話之後，千鶴發現泰彥有意無意地在避開自己，即使為了個展的事開會，他也不再邀自己去喝一杯了，雖然千鶴開口邀約的話他會去，但他不再像那時候一樣約她去開房間了。我們去旅館吧，千鶴曾經藉著酒意這麼說過，但泰彥總會說一些幼稚的藉口，像是「我好像喝醉了」或是「我有一點感冒」，慌張地離開位子。

就連剛才，泰彥也不顧形象地拚命挽留來幫忙搬畫的打工男孩。他好像很害怕和我單獨相處呢，千鶴偷偷地想。男孩說他已經有約，六點多離開之後，泰彥忽然就沉默了下來。

不過泰彥那樣的態度完全沒有造成千鶴幻滅，何止沒有幻滅，她反而更加覺得泰彥充滿了魅力，這件事千鶴自己也大感驚訝。

不僅如此，任性的地方、小家子氣的地方、膽小的地方、有點奸詐的地方，隨著相處時間越長，從他的優點背後一點一點顯露出來的性格，也完全不妨礙千鶴喜歡這個人的想法。

她認為這樣更像個人。從不掩飾自己愛算計、自私、沒有肩膀的泰彥，比起壽士，不，比起壽士和自己之間如同只有表面光鮮亮麗的房間似的關係，還要來得更像是健全的人類。而她就是避開了這樣的人性，才得以造就自己今日的生活，結果她現在卻覺得這樣的人性很有魅力，千鶴感到非常不可思議。

「我說，」千鶴一出聲，一直抬頭盯著掛在牆上的畫看的泰彥，很明顯地整個人嚇了一大跳，千鶴忍不住笑了，「我說中村先生，我可以來一杯什麼飲料嗎？」

「請喝請喝，喝什麼都可以，抱歉喔，我沒注意到，我來泡點什麼吧。」

泰彥慌慌張張地說。

「那我要威士忌加冰。」

「啊，好、好，威士忌加冰。」泰彥僵硬地走進吧台內側，在小杯子裡放進冰塊倒入威士忌，然後放到千鶴面前，接著迅速幫自己也調了一杯，像在喝果汁一樣一口飲盡。

「我說啊，你不用擔心啦。」千鶴的手撐在吧台上，露出笑容說。

「呃，擔心什麼？」

「我的意思是我不會做出讓你害怕的事，你可以放心。我雖然喜歡你，但完全沒有任何一丁點想做什麼的意思，也沒有想要強求什麼的意思。」

泰彥如同被罵的孩子一樣視線慢慢地看向千鶴，千鶴覺得自己好像變成了媽媽，有那種必須保護這個人的心情，那是在壽士身上沒有感受過的心情，因為在與壽士同住的那個家中，不論何時自己都是希望受到保護的那方，即使她很清楚壽士根本無法勝任媽媽的角色。

「這個，沒有啦，我也沒有這麼想。」

「我呢，只是像小學時的那種喜歡而已啦，沒想到長大成人之後還可以有這樣的心情，有一種獲得救贖的感覺呢！」

千鶴輕輕晃了晃杯子，然後喝下一口威士忌，從喉嚨深處到胃部瞬間「轟」地熱了起來。個展結束後，就算沒有機會再見到泰彥，我也一定沒問題的，千鶴這麼想，我一定沒問題的，她在內心反覆說著。

這間店和街上很相像，就和晴朗的那一天，離開令人無法喘息的家中之後，呼吸就突然變輕鬆，忍不住說出其實大可不必說的話，那天的街上很相像。千鶴這麼想著，抬頭仰望店內的牆壁，一張畫得大大的、沒有人認識的臉，正用帶著堅強意志的雙眼直視著千鶴。

湯匙舀起紅色碗中濃稠的粥，送到芙巳子嘴邊，芙巳子微微張開口，慢慢地喝著伊都子送過來的粥，然後緩慢地動著嘴巴，喉頭略微上下滑動之後，說了一句「好難吃」。

「有梅子乾，要加進去嗎？或許會好吃一點。」伊都子問。

「不要，我不吃了。」不過芙巳子以虛弱的聲音說著撇過頭。

「再多吃一點吧，好不容易可以吃東西了。」

伊都子像在哄勸幼兒一樣地說，再次將湯匙送到芙巳子嘴邊，說了不要的芙巳子頭依然轉向窗外，卻機械性地張開了嘴巴，好好地喝下那口粥。真像個小孩子。

「小洋送的那條絲巾，配色好低俗喔。」

芙巳子忽然以微弱的聲音說道，粥從她的嘴角流下，伊都子拿溼紙巾擦去。

「我記得收在那邊的抽屜裡，妳可以送給斜對面那間的太太，那個女人啊，會在我睡著的時候偷偷進來房裡，打開抽屜一臉渴望地看著，反正我不要，妳給她沒關係。」

芙巳子的頭髮在手術前一天洗完後就再也沒洗過，現在已經因為出油而黏在一起，沒有帶妝的臉神色蠟黃，眼睛下方有黑眼圈。

「聽說夏天的家已經賣掉了，這是騙人的吧？就在剛才，妳來之前，有個繫領結的男人特地來說這件事，那是他騙我的吧？我根本沒見過那個人。」

芙巳子不再繼續吃粥，她以沙啞的聲音說完就閉上了眼睛，伊都子壓抑著想大叫出聲的衝動，急忙放下塑膠碗，將調節式的病床往後倒。

「我覺得那是騙人的，放心吧，妳不用在意。」伊都子邊幫芙巳子蓋上薄毯邊說，「我去拿點冰的飲料過來。」然後匆匆離開了病房。

手術後第二天，芙巳子開始變得不對勁。開完刀的隔天，麻醉退了以後芙巳子還算神清氣爽，她笑著說：「鼻子裡那條管子沒了以後整個好輕鬆。」第二天中午過後，伊都子一到病房，芙巳子就一臉認真地說：「抱歉，今天的拍攝媽咪不能陪妳去了。」甚至還指著伊都子背後說：「可以請那邊的人今天先回去嗎？媽咪身體不太舒服。」可是伊都子回頭，背後當然沒有任何人，她完全搞不懂發生了什麼事到底怎麼了，但就在那天午後，伊都子發現媽媽似乎去到了一個奇怪的地方。

隔天一大早醫院就打電話來，說芙巳子在大吵大鬧，當伊都子趕到醫院時，芙巳子已經打了鎮定劑安穩地睡著了。「伯母嚷嚷著今天電視要播出女兒的採訪節目，所以她必須去百貨公司買新衣服，然後拔掉點滴想要離開，我們去阻止她結果被她用力推開。」年輕的護理師帶著幾分困擾的表情說。

「她，嗯，鬧得很厲害嗎？」伊都子這麼一問，較資深的護理師就走過來。

「有一點。雖然她說的話有些顛三倒四，不過我想這也就是這幾天的事，所以您不用擔心。她之前一直不能吃東西，個性又很能忍耐，我猜應該累積了很多壓力，所以請您暫時盡量多陪在她身邊。」說完，她露出了類似同情的笑容。

那一天芙巳子說的話伊都子也完全聽不懂，她一下子說：「小鳥在院子裡的松樹上築巢了，要小心不要讓那個調皮的臭男生摘走。」一下子又說：「對面房間的人來幫妳介紹對象，可是男方條件實在太糟糕了，她是在瞧不起我們。」伊都子雖然對那些內容的莫名其妙程度感到背後一陣惡寒，但仍是盡可能地左耳進右耳出。

那天回家後，伊都子翻查了幾本醫學書籍，看來媽媽似乎是手術後譫妄。有一些幼兒及高齡者，在手術過後會暫時陷入譫妄狀態，像是喊著根本不在現場的人的名字，或是看見幻覺，或是被害妄想越來越嚴重，這時盡量不要否定病患說的內容，而是順著他的話比較好，好幾本書上都這麼寫。伊都子反覆盯著「暫時」這兩個字，看到這個詞的辭義都要崩壞了，想藉此讓自己冷靜下來。

手術之後已經過了十天，但芙巳子依然沒有恢復正常，剛才說的小洋或是斜對面的太太伊都子都不認識，當然抽屜裡也沒有放什麼絲巾。芙巳子會像這樣說一些不存在的東西，或是把二十年前發生的事說得好像是現在的事一樣，然後又會話鋒一轉，突然以思緒清晰的口吻，說出諸如「到底什麼時候才能讓我出院？」之類符合現實的內容，芙巳子的意識似乎是自由自在地穿梭在時間與空間之中。雖然是自由自在地穿梭著，卻唯獨避開了一件事，芙巳子的意識完全不願接受自己得了癌症。

伊都子開始害怕到醫院去。媽媽是很勉強才能攀附在「現實」上，和這樣的她交談可怕得足以讓人雙腿發軟。外面的氣溫一天比一天高，但媽媽動完手術後，伊都子卻總是寒徹心扉，即使如此，伊都子還是在中午前就出門到醫院去。原本每天絡繹不絕的訪客突然就沒了，手術後曾來過一次的珠美，被胡言亂語的芙巳子嚇到說不出話來，停留約十分鐘就走了，在那之後，珠美也不再出現了。

伊都子在該樓大廳的自動販賣機買了紙杯裝的冰茶，然後倒到附吸管的杯子中，大廳迴盪著電視的聲音，幾名住院病患像在發呆一樣坐在電視機前，角落的沙發則有幾名探病的來客，圍著病患發出歡樂的笑聲。伊都子拖著有如穿上鐵鞋的沉重腳步走回病房，她雙手抱著附吸管的杯子，緩慢地走著。

回到病房時芙巳子已經闔上了眼睛，伊都子一坐上鐵椅，她就微微睜開眼，嘴裡說著什麼。妳說什麼？伊都子的耳朵靠向媽媽嘴邊。

「今年不能去看海嗎？」

媽媽以沙啞的聲音，像個小小孩般嘟囔道。

「妳想去海邊嗎？」伊都子問。

「嗯，我想去。我想去，可是沒辦法吧。」

喃喃細語完，芙巳子閉上眼睛，「買好捲成一圈一圈的麵包和咖啡牛奶，那裡有個阿伯在釣魚，海面閃閃發光，紅色屋頂的……」她閉著眼睛以微弱的聲音說道。

「妳要喝茶嗎？」

伊都子問，但芙巳子沒有任何回應，她微微地張著嘴，似乎已經睡著了。芙巳子呼出來的氣一天比一天臭，伊都子覺得那是因為內臟已經腐敗了。伊都子低頭看著睡著的芙巳子，媽媽衰弱的臉看起來像是死了一樣，這讓伊都子極度不安，她從椅子上站起身，透過色彩鮮豔的窗簾縫看向外頭。綠葉茂盛到令人厭煩的路樹在陽光照耀下反射出光亮，本應存在於這間病房中的勃勃生氣，彷彿全都被那股綠意給吸走了。伊都子猛烈地憎恨起了只是生長在那裡的樹，她使勁拉上窗簾，然後驚訝於房內瞬間變得昏暗，所以急忙又拉開窗簾。伊都子對於不知道到底想要怎麼樣的自己感到啞口無言，於是蹲下身。不可以哭，她蹲著堅強地這麼想。

恭市看起來不像以前的恭市，這讓伊都子大感驚詫，眼前的恭市幾乎就是個不認識的男人。

「妳瘦了？」恭市問。電話裡他明明責怪伊都子詩集都出版在即了卻依然提不起勁的態度，埋怨她沒有到攝影展上露個面，竟置之不理連女藝人經紀公司的相關人員都會參加的慶功宴，因此數落了她一番，現在他卻像在看她的臉色一樣小心翼翼。伊都子的視線從恭市身上收回，翻開菜單，過去帶有意義的文字現在看起來像是符號，短角牛生牛肉薄片、義式海鮮肉醬、肥肝小牛佐瑪薩拉酒醬、烤龍蝦。所以這到底都是些什麼？一回神，發現自己差點對著菜單脫口而出，伊都子閃過了自己有毛病的想法。

「戈貢佐拉起司筆管麵就好了。」伊都子說完露出笑容。

「欸，今天算是慶功宴喔，電話裡不是說過要好好大吃大喝一頓嗎？這裡可是很難預約的。」

伊都子看著這樣的恭市，再次牽動臉頰肌肉露出笑容，她不知道還能怎麼做。恭市向走近的店員點餐，香檳送上來之後，伊都子繼續扯開笑容，學恭市舉起細長的玻璃杯。一切都感覺好遙遠，伊都子對於自己身在其中這件事是何等地缺乏現實感而覺得困惑。店員送上前菜，正對面的恭市微笑著在說些什麼，他的聲音也逐漸遠去。完全不知道他在說什麼，雖然不知道，但還是可以配合他的話跟著笑呢，伊都子在奇妙的地方感到佩服。她想要吃恭市分好的前菜，但只是把淋了綠色醬汁的章魚放入口中就一陣噁心。

前菜撤下，換義大利麵端上來。其他的就算了，只有這道絕對要吃下去，伊都子下定了與該地點不相稱的重大決心，然後拿起叉子。香檳不知道什麼時候被換成了白酒，白酒暢行無阻地滑過了喉嚨，這讓伊都子感到安心。恭市在看我，他正在問問題，我必須回答他，「是呀。」伊都子輕輕笑著點了點頭。恭市再度開口說話，看來就算是那麼敷衍的回答，似乎也有對應到話題上，這件事再一次讓伊都子感到安心，深深的。

我還沒有跟這個人說「媽媽就快死了、我們幾乎無法好好交談、我只能一個人照顧這樣的媽媽」呢，伊都子忽然想到。就算他問發生了什麼事，我也只會回他我不過是太累了，我這個人還真過分。我不為書的出版感到高興不是因為那不是我想做的攝影集；我不出席攝影展不是因為那只是握手會的附加產物所以鬧脾氣；我蹺掉慶功宴不是因為覺得那種場合很蠢，一切都是因為我現在沒有那樣的心力，只要我這麼說，這個人該有多麼輕鬆啊！只要說了，他就不需要這樣討我歡心，也不用再一個人不停自說自話了。只要我坦白說出媽媽生病了，恭市一定會一臉憂慮地為我擔心吧，他會因為解開我令人難以理解的舉動之謎而鬆一口氣，然後說一些安慰我的話吧，像是「雖然辛苦但妳要加油喔」，或是「有我幫得上忙的地方儘管說」等等。

誰要聽他說出這種話啊！

心中猛烈湧上的反應讓伊都子自己也嚇了一跳。原來我是這麼想的嗎？事到如今她才察覺自己的想法。不想失去這個人，沒了這個人自己什麼都做不到也什麼都不想做，她一方面這麼想，但另一方面卻又是那麼想的嗎？誰要讓他幫忙啊！誰要讓他擔心啊！誰要讓他因此鬆一口氣啊！原來，一直是這麼想的嗎？

剩下約三分之一的義大利麵被撤走，恭市點的主菜端上來了。恭市的聲音還是一樣遙遠。又換了一個玻璃杯，裡面裝了紅酒，這是恭市點的吧？眼前放著攤開的甜點菜單，這也是恭市點的吧？還是說自己本來想要點什麼甜點嗎？雖然人就坐在那裡，但消逝而去的頃刻記憶馬上就混亂了起來。

伊都子看著恭市手邊分切好的肉，忽然抬起頭。在三三兩兩交錯、剝落的猶新記憶一隅，有個隱約發出光芒的東西，伊都子凝神看著那個東西，光芒一閃一閃地漸漸擴大。餐廳的牆壁消失了，其他的客人消失了，恭市消失了，看起來一閃一閃的光不疾不徐地在伊都子面前出現。

那是大海，在陽光照耀下如一片透明板般散發出光芒。剛才媽媽說想要去看海時，伊都子馬上就認定那是她不知道的海，和想要摘下鳥巢的調皮臭男生，以及來告知夏天的家已經賣掉了的領結男人一樣，是只存在於媽媽腦海中的東西。不知道那究竟是實際的記憶，或是虛構的想像，總之是不曾和身為女兒的她分享的東西，於是伊都子聽過就算了。她很害怕，很害怕媽媽漸漸沉沒在自己的回憶和妄想中，所以才敷衍地應和她。但是她錯了。夏天的家、松樹，或其他的東西她不知道，可是唯獨大海不同。我知道那片海，伊都子起勁地想著，因為想得太起勁了，還差點大叫出聲。

伊都子站起身，恭市抬頭，他在問她問題，伊都子想像他大概在問是不是要去廁所吧，「我要回去了。」說完，她向恭市笑了笑，恭市的臉上浮現驚訝的神色，在伊都子眼中看起來就像慢動作。恭市開口，還是一樣聽不清楚他那遙遠的聲音在說什麼，伊都子逕自筆直走向門口，好像有人在叫她的名字，但她沒有回頭，她想要盡早一個人擁抱剛才就快想起來的景色，她想要不受任何人干擾，一個人凝望那幅景色直到看膩了為止。

開門走到外面，路上奔馳的車輛閃著鮮明的燈光，大到像是要遮住天空的招牌上，女模特兒張嘴大笑，伊都子快步走在霓虹燈閃爍的熱鬧街道上。

忘了是九歲還是十歲的時候，住在英國的伊都子和芙巳子到西班牙旅行，從馬德里入境，經過巴塞隆納，到鄰近法國邊境的小鎮住了下來。那是個什麼東西都沒有的地方，伊都子除了無聊還是無聊，但芙巳子似乎很喜歡那裡，印象中待得比原定時間還要更久。那裡好像是某個知名畫家出生的小鎮，有間外觀奇特的美術館展示該畫家的作品，伊都子覺得那棟建築很噁心，下定決心絕不靠近。小鎮上有許多像嬉皮一樣的男男女女。那裡有個漁港，只要爬上小山丘就能眺望大海，芙巳子每天都會到山丘上，畫著蹩腳的素描。伊都子經常被丟下不管，看不見芙巳子時，她就會沿著海邊的路，一間一間探進店裡尋找芙巳子，不管哪一間店，裡面要不是擠滿了嬉皮裝扮的男男女女，再不然就是大白天早早就喝醉了的老人。記得伊都子長相的店家或客人，有時候會給尋找媽媽的伊都子果汁或糖果或橄欖，雖然他們對伊都子很親切，但她卻無差別地討厭他們每一個人，因為他們都毫無例外地酒氣沖天，而酒臭味會讓她想起心情不好時的媽媽。

那稱不上是一次美好的旅行，芙巳子比平常還要更隨心所欲地到處亂晃，伊都子絕大部分的時間都用在尋找媽媽的蹤影上。伊都子還沒有成熟到可以像媽媽一樣靜靜地直看著大海，而不是書店、玩具店或蛋糕店。但如果問伊都子，和媽媽的哪一次旅行是美好的回憶？伊都子一樣會歪著頭陷入沉思。

在餐廳不疾不徐現身的大海，現在依然沒有消失在夜晚的街道中，而是繼續在伊都子眼前發著光，過去那段時間的細節，像是受到陽光照射，開始一個接一個地浮現出輪廓。她們投宿的地方是有著紅色三角斜屋頂的小飯店，只要打開窗戶就能看見大海。將椅子搬到陽台上，穿著無袖背心加短褲的媽媽正在曬太陽，她和站在身旁的年幼女兒說著另外一片海的故事，伊都子因為那天的媽媽陪在身邊而感到開心，所以並沒有仔細聽她說了什麼。

我記得媽媽——心無旁騖往前走的伊都子拚命搜尋著回憶——記得媽媽當時說

的是她孩提時代見過的海。「我被母親抱著，從遙遠的國外返國，船上又臭又擠滿了人，仍是個孩子的我心想不如死了還比較好。但是某個晴朗的日子，我從母親手臂縫隙中看見大海時，瞬間冒出了『怎麼可以就這樣死了』的想法。大海閃閃發光，強悍得令人不敢置信，『我要活下去』，那時我這麼想，明明是個才剛懂事的孩子，卻已經堅定地這麼想了。下船之後，無論發生什麼事我都要活下去，即使和現在抱著我的母親失散了，我也一定會活下去，讓我擁有這種想法的大海就是如此強悍。當我懷了妳的時候，我就已經知道我必須一個人扶養妳，所以搬到了有海的城鎮住下，我決定要由我和大海一起扶養這即將出生的孩子長大。妳應該不記得了吧，在妳兩歲之前住的那間公寓也是，只要打開窗戶就可以看見大海唷。很不可思議呢，伊都子，明明是和著血淚眺望的大海，怎麼一旦回想，卻只想得起和這裡一樣平靜的大海呢？媽媽只想得起在陽光照耀下，波光粼粼的悠閒大海呀！」

年幼的伊都子站在沐浴陽光之下的媽媽身邊，等待媽媽接下來的話，雖然她根本沒有在聽那些話的內容，但她相信，只要媽媽回想起往事繼續說下去，就不會又跑到某個什麼地方去。

那次之後，伊都子又和媽媽一起看了好幾次海，看過了英國的、義大利的，或者回到日本後，橫濱的、伊豆的、新潟的、瀨戶內的大海，但是伊都子內心明白，媽媽說想看的海，是西班牙畫家成長的小鎮的那片大海。

已經不知道自己走到哪裡了，但伊都子還是繼續走下去，老早就已經走過地鐵站了。車燈依然來來去去，霓虹燈也毫無間斷地一盞接一盞，抬起頭，五顏六色的霓虹燈像浮在水面般搖曳，那些燈光漸漸扭曲，繽紛的色彩糊在了一起。我好像在哭，伊都子察覺到。眼淚擦也不擦，伊都子仍舊是一步一步向前邁進。

海，要去看海，要讓那個人再去看看海。她一定是這麼想的，「我要活下去」、「怎麼可以就這樣死了」，她一定是和孩提時代一樣，堅定地這麼想著，因為她可是草部芙巳子呀，「我一定會活下去」，這就是我的媽媽。

眼淚像洩洪般流個不停，但伊都子卻有想笑的感覺，什麼靈媒或宗教的教主也許能讓媽媽活下去，我怎麼會有這樣的念頭呢？這種事根本不可能，他們根本不可能對草部芙巳子的人生起任何作用，因為能讓媽媽活下去的人，就只有草部芙巳子一個人。

沒錯，大海，要到海邊去，要讓媽媽去看海。伊都子並沒有幻想這樣媽媽就能像不死鳥一樣重生，但是很不可思議地，只要一想到大海，內心深處就像亮起了一道小小的光一樣，那是一種在不知道正確道路、已經無計可施了的迷宮中，不經意地發現了一個全新轉角的感覺。已經完全想不起來自己剛才身在何處了，伊都子覺得沒有必要回想自己是從哪裡走到這裡來的，也不想搭電車或計程車，只想繼續走下去，感覺只要繼續走下去，與媽媽一同看過的大海，似乎就會出現在眼前。在模糊的多道光芒中，伊都子一心一意不停地走著。

千鶴毫不客氣地四處打量伊都子的屋內，不知道什麼時候麻友美曾說過「就算有電視台來拍『無法整理家中的女人』都不奇怪」，但其實並沒有她說的那麼誇張呀，雖然沙發靠背上掛著衣服，餐桌被密不透風地埋在散亂的文件、照片、信封下，地上也堆滿了雜誌或報紙，但並不如想像中那麼亂，搞不好就是要像這樣適度的零散，住起來反而更舒服呢，千鶴思考著這些，同時不愉快地想起不久前才被泰彥說「這間屋子讓人無法放鬆」。

坐在單人沙發上的麻友美，也只轉動著眼珠環顧整個屋內，和千鶴眼神交會的瞬間，麻友美的嘴巴歪了歪，像是想說些什麼。

「想喝啤酒也沒關係，不過我還是泡了茶。」

從廚房走出來的伊都子將托盤放在小茶几上，以沉穩的動作倒紅茶。

「要是肚子餓了就告訴我，我來點些披薩或什麼東西。」

「我還好，早餐很晚才吃。」麻友美回答，再次偷瞄了千鶴一眼。

「我也還不餓。」千鶴亦急忙說道。

「啊，應該有一些零食，妳們等一下。」倒完紅茶的伊都子站起來，從廚房拿來了餅乾盒和一包巧克力，她坐在地板上，仔細撕開薄薄的封膜。

「不用忙這些了啦，小伊，怎麼了？發生什麼事了？」麻友美按捺不住地開口問。這場聚會是昨天敲定的。「明天中午希望妳們來我家。」伊都子莫名地直截了當，語氣中彷彿沒想過會被拒絕。

「這個嘛，我希望妳們幫忙一件事。」

盤腿坐在地上的伊都子，抬頭看著坐在沙發上的千鶴和麻友美說，在千鶴開口問「什麼事」之前，伊都子就逕自往下繼續。

「我想把我媽從醫院接出來，帶她去看海，所以，麻友美，妳有車吧？大台的，可以借我嗎？然後麻友美或千鶴都可以，由妳們其中一人開車。」

伊都子異常開朗地說。千鶴直直盯著簡直像在談論著要去野餐的伊都子，完全聽不懂她到底想要表達什麼。

「沒辦法去太遠的地方，但我也不想去台場那片假海，橫濱的海又太小了，所以我選擇伊豆，想說伊豆的話不用三個小時就可以到了。我還在肚子裡時我媽好像住過伊豆，聽說我出生之後也在那裡住了一小段時間，雖然我不記得了，就在伊豆的下田再過去一點的地方。」

這時伊都子不知道為了什麼開心地笑了，不懂笑點在哪裡的千鶴困惑地點了點頭。

「剛好目前，狀況好的時候可以拿掉氧氣罩，點滴只剩營養補給的部分，我一直有在計算時間，四小時，一袋點滴吊四個小時，裡面只是葡萄糖，所以一小段時間沒有打應該沒關係，不過我會偷一袋出來以防萬一。點滴由我來換妳們不用擔心，我每天都在看，怎麼可能不會。」

伊都子又笑了。她到底在說什麼，千鶴開始越聽越迷糊。

「等一下，偷點滴是什麼意思？」麻友美插嘴道。

「就是呢，我要偷偷帶我媽離開醫院，希望妳們來幫忙。」

一臉考試考了一百分，驕傲地挺起胸膛的孩子似的表情，伊都子開心地笑了。

「妳要怎麼偷偷帶走？萬一出什麼狀況，這太危險了吧？只要跟醫生申請外出許可不就好了嗎？」千鶴也不禁傾身向前說道。完全搞不懂伊都子到底在想什麼。

「嗯，可是……」伊都子的笑容沒有消失，她繼續說出口的話時而多處省略，時而太過跳躍，每一次麻友美和千鶴都不得不插嘴提問。自兩人抵達這裡的一個小時後，千鶴終於弄懂伊都子想要做什麼，以及為什麼要找她們過來的原因了。

伊都子的媽媽目前是病情什麼時候會惡化、嚥下最後一口氣都不奇怪的狀況。醫生說即使能夠維持現在的狀態，大概也撐不了一個月了，若想出院回家照顧，醫生可以協助安排，但希望家屬明白癌細胞已經轉移到骨頭了，只要摔倒隨便都會導致骨折，這是件很危險的事，因此伊都子說還是希望讓媽媽繼續住院。申請外宿許可或許會過，但如果醫生不允許的話，媽媽就再也沒有機會到海邊去了，而且最重要的是沒時間了，若不趕在今明兩天行動，媽媽什麼時候會死沒有人知道，所以伊都子才擬定計畫，在要護理師人力最少的半夜十二點半到兩點這段時間，偷偷把媽媽帶走。

隨著伊都子東說一點西說一點的想法輪廓越來越清晰，千鶴就越覺得這是什麼爛主意，雖然明白伊都子的心情，但實在是太亂來了，如果真的說什麼都要帶媽媽去看海，那就更應該取得醫院的許可，或是請護理師陪同……

思考到這裡，千鶴忽然醒悟，是這樣子啊，伊都子不想將除了我們以外的人牽扯進來，她極度不願意讓護理師或其他人幫忙。其實如果可以的話，她一定是想要自己一個人實行，但是因為辦不到，所以才會找我和麻友美，要是我和麻友美拒絕，伊都子大概會一個人想盡辦法帶母親到伊豆去，就算要推著輪椅轉乘電車，她也會一個人做到底吧，伊都子已經這麼下定決心了吧。

意識到這件事之後，很不可思議地，千鶴的情緒開始越來越高漲。

「麻友美的車是富豪的休旅車吧？如果把輪椅收起來放在後車廂的話，點滴要怎麼辦？要怎麼樣才能固定？」

回過神時，千鶴已經身體向前傾，和伊都子說了這些，麻友美不安地看著千鶴。

「點滴架可以調整高度，我是想說縮短以後放在副駕駛座，或是從後車廂用長一點的管子連接。」

「還是說不要用麻友美的車，去租更大台的廂型車？這樣就可以躺著了吧。」

「先查好醫院比較好吧。」麻友美毅然決然地開口，千鶴看向麻友美。「萬一途中病情惡化，要先想好真的不行了的時候，前往伊豆的路上有哪些醫院可以送過去，盡量標出一些大醫院。」

啊，麻友美也懂了呢，千鶴想。這就是對伊都子來說非做不可的某件事，同時也是對我和麻友美來說非完成不可的某件事，麻友美和我一樣都明白了呢！

「那要什麼時候行動？」千鶴問。

「越早越好，不過妳們都有自己預定好的行程了吧？」

「明天呢？」麻友美交替看著千鶴和伊都子。

明天是個展開幕派對的日子，四點外燴的人會來做準備，派對五點半開始，千鶴要在那裡致詞，泰彥曾心情非常好地說那天要喝個不醉不歸，連續攤的地點都已經訂好了，明天要穿的小禮服，也在兩個星期前就買好了，連同首飾和鞋子一起。

千鶴腦中模糊地浮現出掛在泰彥畫廊的畫，男人的臉，女人的臉，風景。一開始是想要給老公好看，想要告訴他「我一個人也可以做到這種程度」，想要脫離自己瞧不起自己的狀態。畫畫的目的是什麼？她沒有辦法回答泰彥的這個問題，「要畫出像在限時特賣搶東西一樣的畫」，雖然不是很懂這個意思，但她就是一心想著這件事畫畫。畫呀畫呀，總之就是不停地畫，像是在做肌力訓練一樣地畫。日子很充實，然而她還是不知道。自己畫畫的目的是什麼？她不知道。她去見了老公的情人，如自己所願地受到了打擊然後失去幹勁。真悲慘，可是都這麼悲慘了，我還是一步也踏不出去。

「就明天吧，不過都半夜了，應該說是後天吧？」

千鶴聽見自己鄭重地這麼表明的聲音。

我想要透過畫畫讓自己變得更堅強。千鶴反覆咀嚼著傳到耳中的自己的聲音，終於明白，原來我想要變得更堅強呀。

她想起說出討厭媽媽然後哭了的伊都子。現在有如在談論野餐一樣開心地說著去海邊的事的伊都子，看起來就像是默默地獲得了千鶴渴望的那份堅強。

「讓我想起了那時候呢。」伊都子忽然說。

「那時候是哪時候？」

「我們不是在伊豆高原計畫好說要組樂團嗎？在看完某個節目之後。」

「還寫了歌呢，還有設計服裝。」

「超級認真的。」

「我們一起邊唱歌邊去買東西，超市超遠的。」

想到伊都子母親的病，這時候說這些話實在不夠謹慎，但卻停不下來，被伊都子和麻友美牽動著，直接脫口而出腦海中自動浮現的景象。又笑又鬧地做菜、一起在林中散步、在素描簿上畫了好幾件虛擬的服裝、興致高昂地玩採訪遊戲然後笑成一團、買啤酒回來戰戰兢兢地喝下，那時候覺得自己什麼都做得到，相信想要的東西只要許願就能馬上得到。

「欸，如果想做什麼事，是不是從想的那一刻起事情就已經開始了？」

伊都子將空杯子放回托盤上，同時喃喃說著。

「妳在說什麼啊？什麼意思？」

「大家應該都有想過希望自己變成什麼樣的人吧？會不會從這麼想的那一刻起，就已經開始慢慢往希望變成的那個樣子去了？我是這麼認為的。」伊都子說完，捧著托盤往廚房走去。

「聽不懂妳在說什麼。」麻友美說著，拿起伊都子撕開封膜後就丟在一旁的餅乾盒，「哎呀這個，已經過賞味期限了。」她皺起眉頭。

「沒關係啦，又沒有超過很久。」千鶴從麻友美手中搶過盒子，打開盒蓋丟了一塊到嘴裡，又甜又鹹的味道在口中擴散。

不論是厚木交流道之前的東名高速公路，或是之後的小田原厚木國道都很暢通，接著沿國道一三五號直直南下，經過熱海，左手邊廣闊的大海陷入黑暗之中，看起來像個巨大的窟窿。昏暗的車內放著小小聲的音樂，或許是怕注意力被分散，本來麻友美沒有開廣播或是放音樂，就只是單純開著車，可是一旦沒了聲響，車內就被沉默包圍，她似乎是受不了這樣沉重的氣氛，於是在播放器內放了ＣＤ。麻友美說明這是瑞典搖滾，但對坐在副駕駛座的千鶴來說，管他是加拿大搖滾還是中國搖滾都無所謂。

後方座位，芙巳子靠在伊都子身上睡著了。被抱上車時芙巳子還醒著，「又要帶著我到處跑？我跟那幅畫已經沒關係了。」她用與衰弱的外表截然相反的強悍語氣說著莫名其妙的話，嚇退了千鶴。「妳誤會了，媽咪，我們要去看海喔，是大海喔！」伊都子不斷這樣哄著，她才終於安靜下來。剛上高速公路時芙巳子就睡著了，千鶴好幾次從照後鏡裡偷看狀似痛苦地皺著眉頭，微張著嘴睡著的芙巳子。

「照這樣子五點前應該就能到了。」駕駛座上的麻友美輕聲細語說道。

「希望可以看到日出。」伊都子的聲音聽起來有些歡快。

總之，將芙巳子從醫院帶出來這件事已經成功了。千鶴從個展的續攤中脫身，在醫院的夜間出入口和伊都子會合，她依然是小禮服外面套個大衣的打扮。千鶴和伊都子等到護理師離開護理站後，趁著無人之際帶走了坐在輪椅上的芙巳子。看到芙巳子時千鶴內心大為震撼，因為和不久之前見到的她看起來簡直像是變了一個人，原本瘦骨嶙峋的臉腫了起來，但是卻完全感受不到生氣，半張半閉的眼睛有一半覆著一層黃色的膜，或許是伊都子在意她睡到亂翹的頭髮而幫她戴了帽子，但戴著顏色不是普通鮮豔的寬簷帽，樣子看起來很是怪異，當這樣的芙巳子以嘶啞的聲音大聲地叫嚷著意義不明的事情時，千鶴整顆心都揪了起來。找到麻友美的車之後她們小心地走近，將芙巳子從輪椅上抱下來，點滴先從點滴架上拿下由麻友美提著，縮短點滴架後放到後座用膠帶固定。媽咪，不舒服嗎？可以嗎？這麼問著的伊都子聲音就像孩子一樣稚嫩；要去海邊嗎？可以去海邊嗎？這麼反問的芙巳子，聲音則又比伊都子更加稚嫩。

睡前吃了止痛藥和安眠藥的芙巳子睡著之後，千鶴就放下心了，總之，必須在不吵醒芙巳子，讓她不感到痛苦的狀態下抵達伊豆。

麻友美按照伊都子的指示開車，到達海邊時是剛過四點的時候。伊都子原先似乎是打算去弓之濱，但麻友美說回程時國道一三五號一定會塞車，最後就決定到比那裡還近很多的今井濱等待日出。

車停在濱海道路旁，麻友美一熄掉引擎，聲音就瞬間消失了，芙巳子發出的微弱鼾聲聽起來格外大聲。麻友美和伊都子什麼話也沒說，千鶴也沉默不語，像在計算芙巳子的鼾聲般地聽著。

不久後，水平線漸漸染上一層紅，彷彿在燃燒的橘黃色太陽，邊緣從海的另一端一點一點探出頭來。伊都子默默地下車，推出輪椅，麻友美和千鶴也下車，協助伊都子將芙巳子從車上抱下來，坐在輪椅上的芙巳子微睜開眼。

「小伊，是海。」她小聲說。

「是呀，是海喔。媽咪，等一下我就去買捲成一圈一圈的麵包和咖啡牛奶。」

「海。」芙巳子喃喃細語道。

伊都子將輪椅推到她們所能去到的最遠的地方，然後不斷和媽媽說話，原本拿著點滴架跟在她們身後的千鶴，悄悄地離開了那裡，她站在麻友美身旁，望著母親與女兒的身影，越來越大的太陽以令人驚異的亮麗色彩映出兩人的輪廓，看起來就像某種極為神聖的事物，千鶴瞇起眼，看著面向大海的兩人。

千鶴感受到深刻的充實感。我做了什麼嗎？千鶴想，我什麼也沒做，只是坐在副駕駛座而已。但在胸中擴散開來的充實感，卻比她畫了好幾幅好幾幅畫時，都要來得更深刻，更濃厚。

「太好了呢！」旁邊的麻友美小聲耳語道。

「嗯，太好了。」這麼回答的同時，千鶴知道麻友美也在想著同樣的事情。

徐緩的風吹起了芙巳子戴的寬簷帽，芙巳子和伊都子都毫不在意地依然眺望著大海，千鶴抬頭看著色彩繽紛的帽子飛舞在開始染上天藍色的空中，這幅景象，看起來比自己所畫的任何一幅畫都繪製得更加完美。

CHAPTER 8

只要沿著河邊一直走就可以走到海邊，照著指示，千鶴和麻友美和伊都子，三人悠閒地朝目標走去。天空非常晴朗，林木綠得濃豔，蓋在水田那一頭的獨棟民宅，陽台上飄揚著似乎是忘了收起來的鯉魚旗。

為什麼要往海邊走？千鶴不知道，她覺得另外兩個人應該也不知道，只是不想回東京。該做的事堆積如山。事實上，在伊都子問該怎麼去海邊時，護理長露出了一副莫名其妙的表情，「現在不是去看什麼海的時候吧！」彷彿可以聽到她在內心裡這麼嘀咕。

未經許可從醫院帶走草部芙巳子已經是三天前的事了。在伊都子倉促的計畫中，應該是要直接回東京的，但車子才剛開沒多久，芙巳子的狀況就急速惡化，她吐出大量暗綠色的濃稠液體，看起來似乎喘不過氣。這是意料之中的事，千鶴她們也預先查好了醫院的地點，但還是手忙腳亂地，快速驅車到河津的醫院。千鶴還記得超速的警告聲響個不停，很吵，但對於她們怎麼抵達醫院，又怎麼辦好芙巳子的住院手續，千鶴已經完全想不起來了。

打從三天前起，別說是伊都子了，就連千鶴和麻友美也都不曾回家一趟，麻友美似乎有打電話回家交代事情原委，但千鶴沒有和壽士聯絡，她把手機關機了。

前天白天，醫生和伊都子確認過是否可以打嗎啡，即使是沒有看護過親人的千鶴和麻友美，也都能理解這代表什麼意思，伊都子淺淺地微笑，說著麻煩您了，麻友美哭了出來，千鶴拉著這樣的麻友美到走廊去罵了她一頓，說：「不可以哭，妳看小伊都沒有哭了，我們不可以哭！」令人驚訝的是，伊都子和計畫著要去海邊的那個時候幾乎一樣，她既不慌張也不崩潰，而是開朗地，甚至看起來很快樂。

芙巳子不停昏睡，有時候會發出痛苦呻吟，但她不曾睜開眼睛。三人輪流睡覺，輪流到醫院的餐廳吃飯，她們請人送了一張折疊床到病房裡，伊都子在折疊床上睡覺時，就由千鶴或麻友美看照氣息微弱地沉睡的芙巳子，伊都子醒著時，她們兩人其中之一就到等候室的沙發上淺眠。她們在睡著的芙巳子微張的口中，放入以水沾溼的棉花棒之類的東西，讓她不要口渴，失去意識的芙巳子吐出暗綠色的液體時，就用毛巾將嘔吐物擦乾淨。

千鶴極度渴望和隨便哪一個人說話都好，她在等候室的角落拿出已關機的手機打開電源。她想說話的對象不是壽士，也不是「隨便哪一個人」，而是泰彥，千鶴盯著發光的螢幕時察覺到這一點，她走到可以使用手機的區域，按下泰彥的手機號碼。對著幾聲鈴響之後接起電話的泰彥，千鶴只說了：「我突然有急事，會有好一陣子不能去你那裡，個展就麻煩你了。」、「欸，我是沒關係，妳還好嗎？發生什麼事了？」泰彥以溫吞的聲音問道。「我很好，之後再和你聯絡。」千鶴只回了這句就掛斷電話。只是這樣一小段對話，很不可思議地就擁有了自信。別擔心，我可以克服，不論發生什麼事，我們都可以克服。千鶴緊握再次關機的手機，回到芙巳子的單人房。

昨晚，去其他病房探病的人們離開之後，空氣中還飄著晚餐味道的時間，芙巳子微微睜開了眼睛，千鶴和麻友美和伊都子，三人剛好都醒著，正坐在病床旁邊。「眼睛張開了。」麻友美小聲說，大家都看向芙巳子，芙巳子覆著黃色薄膜的眼睛依序掃過伊都子、千鶴、麻友美，然後再次看著伊都子，「沒問題的，」她像是在喃喃自語地說，「我一個人也不會有問題的，」她以嘶啞的聲音補充道，視線又一次看向千鶴和麻友美，「所以妳也是。」她的聲音彷彿隨時會消失，然後閉上眼，之後，她再也沒有睜開眼睛。過了十點時，醫生來巡房，告訴三人芙巳子體溫和血壓都在下降，希望她們作好心理準備。

今天早上五點多，芙巳子嚥下最後一口氣，醫生宣告死亡時間，在護理師的催促下，伊都子以沾溼的紗布溼潤芙巳子的嘴巴，之後三人和護理師一同擦拭芙巳子的身體，幫她換穿在醫院小賣店買的睡衣，然後化妝。伊都子沒有哭，麻友美似乎在忍著不要哭，肩膀不住地顫抖。

三人一起和護理師還有與醫院合作的葬儀社討論之後的處理方式，最後決定今天就要運送芙巳子的遺體回東京。該做的事堆積如山，伊都子必須決定喪禮的流程，千鶴也抱著盡可能協助她的心，每個人都知道要快點安排靈柩車，她們必須回東京去了，但是當伊都子在護理站問「怎麼走才能去海邊？」的時候，千鶴和麻友美都一副這是個理所當然的問題似地，等待護理長的回答。

然後現在，在上午澄淨的空氣包圍下，三人往海邊走去。騎著腳踏車的老人從後方超越她們，背著書包的孩子們從對側跑過來，大刺刺地盯著千鶴她們，然後往她們身後跑去。

「這些樹是櫻花吧？整片開花的話一定很壯觀。」伊都子抬頭看著沿河邊栽種的樹木，悠哉地說。

不僅睡眠時間不足，最後一次進食也已經是昨天傍晚了，而且還是醫院小賣店賣的甜麵包，但是身體卻無限輕盈，感覺好像可以這樣直接走回東京，這讓千鶴感到很不可思議，而她覺得走在前方的伊都子和麻友美也有相同的感受。

「啊，是海！」麻友美忽然發出高亢的聲音跑了起來，伊都子微微轉頭向千鶴笑了笑，然後也跑著追了上去，千鶴也跑了起來。河川越來越寬，就這樣奔流匯入海中，牽著狗的女性正在海邊散步。三人穿過濱海綿延的車道朝沙灘衝去，千鶴上氣不接下氣地喘吁吁向前跑，追過另外兩人，在海浪拍打的岸際停下，但她又覺得就這樣裹足不前太可惜了，於是脫下鞋子，脫下襪子，大步踏入席捲而來的白浪中，碰到腳掌的海水比想像中還要冰冷，千鶴尖叫著往後退，站在沙灘的伊都子和麻友美齊聲大笑。

千鶴在岸際回過頭，伊都子和麻友美手勾著手，兩人笑得前俯後仰，上午清爽的陽光照在笑個不停的兩人身上，短小的影子像纏繞在兩人腳邊似地跳動。兩人都睡眠不足，一張臉蒼白浮腫，眼睛下方有深濃的黑眼圈，頭髮亂七八糟，但千鶴還是覺得她們看起來和高中時期沒有什麼兩樣。正確來說，是那個時期所擁有的某種純潔的東西，看起來並沒有任何減損。

千鶴光著腳朝她們跑去，然後抓著伊都子的手拉往海浪拍打的岸際，伊都子尖叫著卻不敵千鶴而被拉著走，麻友美也好玩地推著伊都子的背。千鶴忘了腳底的冰冷，將伊都子拉進海水中，伊都子哇啦哇啦地叫著，穿著布鞋就踩入海裡，她的牛仔褲越來越溼，顏色因而轉深，麻友美在沙灘上笑彎了腰。好冷、真不敢相信，伊都子嚷嚷著，海水浸過腳踝的千鶴仰頭大笑。

「我一個人也不會有問題的，所以妳也是。」芙巳子是對著誰說這句話的呢？千鶴邊笑邊思考。她有認出我們嗎？還是她是對著伊都子說的？又或者，她是對其他某個不在現場的人說？可是芙巳子在說那句話時，千鶴覺得芙巳子看起來並不像伊都子的媽媽。她不是誰的媽媽，也不是認識的人，也許說是神明有些太過了，但她就像是借用了人類樣貌的命運之類的東西。千鶴覺得那個命運不是對著任何人，而是對著自己直截了當地這麼宣告，「妳一個人也不會有問題的」。

清澈的笑聲迴盪在空中，離開海中的伊都子倒在沙灘上，踢著雙腳哈哈大笑，千鶴也從海裡走出來，仰躺在沙灘上，可以聽見自己紊亂的喘息聲就在近旁。

「我啊，跟東京的醫院聯絡之後被臭罵了一頓，這也是當然的，如果我沒有帶媽媽去看什麼海的話，她或許還可以活久一點。」隨興躺在沙灘上的伊都子說，麻友美和千鶴都收起了笑聲看著伊都子，伊都子笑著仰望天空，「要說我喜歡媽媽或者討厭媽媽，其實我到現在還是不知道，只是我決定了不管喜歡或討厭，我都要盡我所能地為那個女人做我能做的事，然後，我已經做了我所能做的事了。」堅定地說完，伊都子站起身，沙子撲撲簌簌地隨風飄去，「謝謝，」伊都子依然帶著笑，向躺在沙灘上的麻友美和千鶴說，「因為有妳們，我和媽媽才能擁有屬於我們的道別方式。」

伊都子像是表演完一曲一樣，深深地鞠躬道謝，然後邁步離開。千鶴和麻友美也慢慢起身，拍著沾在身上的沙子追在伊都子後頭而去。

伊都子走在前面，沿著來時路走回去，她的牛仔褲又溼又沾滿了沙，麻友美的衣服和頭髮也都沾滿了沙，至於千鶴，她雙手拎著鞋子和襪子，光著腳丫子走路。這就是伊都子的喪禮吧，千鶴心想，伊都子是用只屬於她自己的方式，送走了強烈傾慕，又強烈憎惡的媽媽吧，而回到東京以後，伊都子會一個人，隆重地舉辦「草部芙巳子」的喪禮吧。

草部芙巳子的喪禮在位於青山的告別式會場盛大舉行，在伊都子的請求之下，千鶴和麻友美都坐在家屬席上，坐在家屬席上的就只有三個人，列席者則都是千鶴不認識的人。依照伊都子的希望，喪禮採無宗教的方式舉辦，寬敞的會場裡播放著千鶴沒聽過的香頌歌曲。人們為了獻花排了長長的隊伍，每一次他們向伊都子鞠躬，千鶴和麻友美就也學著伊都子低下頭。

一轉頭，後方掛著大得可笑的芙巳子照片，照片四周裝飾著色彩鮮豔到與喪禮不搭調的大理花、百合花、蘭花和小蒼蘭，芙巳子的短髮是近似金色的茶色，幾乎沒化妝，明明是開口大笑，眼神卻像是要刺穿人心一樣看著這裡。

不知道什麼時候拍的那張照片，與近二十年前見到的伊都子媽媽的臉重疊，在高二暑假之前，千鶴她們被學校宣告退學處分時，只有一個人大為贊成，那就是伊都子的媽媽。在家長陪同之下被老師找去時，坐在會議室裡的芙巳子，泰然自若地抽著菸，「我沒想過這孩子竟然可以做到這種程度呢！」她說，然後簡直就像喝醉了一樣豪爽地大笑起來，老師們和千鶴及麻友美的家長都皺起了眉頭，而她卻更加樂得笑著說，「這幾個孩子現在正要抓住名為自己的人生這樣充滿魅力的東西，豈是你們這種庸俗的學校，庸俗的校規可以阻止得了的？你們根本沒有任何資格或者能力，可以從這些孩子身上奪走任何東西。」

千鶴想起來了。一開始說要報名參加比賽的人是伊都子，說學校不念也罷了的人也是伊都子，那時候，擁有明確意志的人只有伊都子一個，我和麻友美很不可思議地信賴著伊都子那總是成熟穩重的堅定口吻，然後相信自己也可以做出一番成績來。

原來伊都子一直渴望得到母親的讚揚，直到現在千鶴才發現。「沒想到這孩子竟然可以做到這種程度」，她想要沉迷在媽媽的這句話之中，而我和麻友美則是相信了，我們就如芙巳子所說，正要抓住自己的人生，抓住那個充滿魅力的東西，因為是芙巳子說的話，所以一定是真的，那時候我們這麼相信。我們相信了，然後士氣高昂。

但是，千鶴一邊向來獻花的不認識的人低頭鞠躬一邊想，但是，我們真的抓住了名為自己的人生這樣充滿魅力的東西了嗎？或者說，世上真的有可以篤定地斷言「這就是我的人生」的東西嗎？就算有，那真的又是「充滿魅力」的東西嗎？

再次看了一眼大笑的芙巳子，千鶴端正站姿。獻花的人潮仍絡繹不絕，音樂中斷，換成播放另一首香頌，滿室花香濃郁得嗆人。

窗簾和床單都換成自己喜歡的樣式，白色的牆上貼滿了海報，床邊裝飾著花，將單人房布置得華麗又繽紛，令人感受不到那是間病房的芙巳子，在小型醫院只會讓人意識到那是病房的空蕩蕩單人房中嚥下了最後一口氣。那間病房中，芙巳子的隨身物品除了身上穿的睡衣以外沒有其他東西，就連那件睡衣，最後都以小賣店裡販售的廉價品替換掉了。隨心所欲地活著的芙巳子，只有在死亡的那一刻無法遂行己意，但是，如果世上真有我們應該要抓住的各自的人生，那麼，大概就是像那樣的東西吧，總是無法順心如意，以為到手了卻又馬上失去，那樣的東西。

「沒問題的。」芙巳子嘶啞的聲音在耳邊響起。對了，芙巳子這麼說過，她說即使如此也不會有問題的。即使一無所有，即使孤身一人，即使如此，我們還是不會有問題的。

獻花結束後，連千鶴也聽過名字的老作家念著弔詞，會場裡到處都是抽泣聲，接下來不出所料的是由老翻譯家接棒念弔詞，然後是司儀以沉重的聲調念出弔唁信，抽泣聲像大水蔓延，淹沒整個會場。千鶴看向伊都子，伊都子沒有哭，她挺直背脊，抬起下顎，直視著圍繞在繁花中的芙巳子，嘴角還是一樣噙著一抹笑，千鶴像是著了魔般，眼神無法從她那神情莊嚴的側臉移開。

從畫到一半的畫裡抬起頭，千鶴看向窗外，從房間的窗戶可以看見隔壁大樓的灰色壁面。將素描簿放在桌上，打開電腦的電源後走向廚房，說是廚房，其實也只是從四坪大小的西式房間延伸出去不到一坪的小空間。把煮水壺放上只有一口爐的瓦斯爐台上，在馬克杯中倒入即溶咖啡粉。

千鶴是在四個月前，梅雨季的時候搬到這裡來。結束芙巳子的喪禮回家之後，千鶴坐在餐桌邊等待壽士回家，向回到家的他說：「也差不多，夠了吧。」然後將已經寫上自己名字的離婚協議書輕輕攤在桌上。我和你一直都在裝聾作啞，但是，我們已經沒有理由留在這裡了，這一點你我都發現了吧。千鶴無從得知壽士是否理解了她沒有說出口的這句話，不過隔天，他一臉難以啟齒地說：「如果妳這麼希望的話。」對於只會這樣說話的壽士，千鶴既不憎惡也不驚訝，只是覺得，原來我以前需要這個人呀，而如今，我已經不再需要他了呢。

辦完離婚手續後，千鶴搬入的新居是租金八萬九千日圓的輕鋼構公寓，押金和禮金由壽士負責，即使沒有使用這個詞，不過他是把這筆錢當作贍養費了吧，千鶴想。千鶴並沒有要求正式的贍養費。雖然她有一點積蓄，但總有一天也會用完，插畫的工作是還有，可是光靠這樣實在養不活自己，所以兩個月前，千鶴開始打工，在英語會話學校擔任櫃台。

二十多歲的千鶴很害怕自己會過著像現在這樣的生活，一個人住在狹小的房子裡，老是煩惱著支出與收入，半夜喝著即溶咖啡，幾乎被不安壓得喘不過氣的生活，所以她結婚了，她一直認為沒有不安與恐懼的生活才是自己應有的人生樣貌。然後現在，就像當時懼怕的那樣，千鶴內心懷抱著不安，還有些許將來不知道會怎麼樣的恐懼。但是現在，在昏暗的廚房裡喝著即溶咖啡，千鶴也同時感到心滿意足，她覺得自己終於得到了只屬於自己的某種東西，不受他人意見左右的某種東西，不需要害怕失去的某種東西。就連現在隱約浮現的不安，也是只屬於我的東西，千鶴想。

拿著馬克杯，回到窗邊的桌子，按下電子郵件的收發鍵後，收到了兩封信。是伊都子和麻友美寄來的，兩人不約而同地，寫著想要缺席下週的聚餐。

妳好嗎？新生活順利嗎？下週的午餐會啊，明明是我發起的，但對不起，我可以不去嗎？我本來是想要下週親口說的，其實我現在十週了，不過我這麼說妳應該聽不懂吧（笑），是小寶寶喔，第二個！比懷露娜那時候孕吐還要嚴重，我想在進入穩定期之前還是乖乖待在家吧。我還有好多話想說……有空的話來我家玩吧，幫我跟小伊問好！

這是麻友美寄來的信。一字一句讀著的千鶴臉上浮現出微笑。有事沒事就嚷嚷著高中時期是我人生巔峰的麻友美，又將一個新生命帶到了這個世界上呢！在她決定這麼做的背後，總覺得和那次的海邊之行不無關係。那一天，看著眺望大海的母親和女兒的身影，麻友美想到了屬於她自己的，和我不一樣的東西呀，千鶴心想，那是朋友和伴侶都無法取代的，親子這樣的關係。

晚安，最近過得好嗎？關於下禮拜的約，我不過去了。之前我不是提過要去旅行的事嗎？我買到一直在等候補的兩個禮拜後的機票了，在那之前大概都要忙行前準備的事，所以對不起喔，那天我應該是不能去了。等我到了那裡安頓好之後再寄信給妳，幫我跟麻友美打個招呼。

這是伊都子寄來的信。一個月前在電話裡聊天時，伊都子說打算去西班牙，千鶴問她又要去攝影嗎？她回答不再像之前那樣拍照了。我要去看看五月的那一天，我真正想帶媽媽去看的那片海，我已經不再為了想得到自己以外的某個人肯定自己而拍照了，因為媽媽已經不在了嘛。伊都子在電話的那一端這麼說著。

千鶴按下回信鍵，為了在跳出的全新空白頁上打入文字而抬起頭。窗外是灰色的牆壁，她無意識地盯著那面牆，心想，我們大概會有好一段時間，不能像之前那樣聚會了吧。與其說是「想」，其實更接近「知道」。走在前往碰面地點的路上思考著要說什麼、是不是該說什麼，接著在剛過正午的餐廳裡三人面對面，互相報告近況的景象，一定不會再有了，就算有，那也會是在年歲更加增長之後，遙遠未來的事了吧。因為我們現在，終於找到了自己應該前進的方向，因為我們，就像在沒有月亮的夜晚，無懼大海晦暗，勇往直前的船隻一樣，都已各自揚帆出航。

瞭解，聚餐就無限期延長吧。有一天，或許那會是很久很久以後的某一天，大家再一起吃個飯吧，我很期待那天的到來，要加油喔！

千鶴這麼打完，以副本的方式寄給了伊都子和麻友美。

起身拉上窗簾，灰色的牆壁消失了，腦海中浮現出比現在年紀更大的三個人，坐在餐廳桌前，吵吵嚷嚷地吃飯的景象。露台座位區灑滿了陽光，桌巾在微風中飄動，像孩子一樣伸手到別人盤中互相評論味道，為了選什麼甜點而煩惱，然後那時候，我們的話題一定不會是三人身為歌手的那段，彷彿屬於他人的過去，而是那一晚，大家不顧一切地帶著伊都子的媽媽去海邊的回憶，三人不發一語地凝視的朝陽光輝，以及映照著陽光的銀之海吧。

「去洗個澡吧。」

千鶴輕聲自言自語，關掉電腦的電源，斷斷續續地哼著歌往浴室走去。感覺現在伊都子和麻友美也正在唱著同一首歌，忙碌地做著自己的事，三人小小的歌聲似乎合而為一，飛舞在夜空之中。

後記

二〇一七年尾聲，我在工作室大掃除時掃出了校對稿，校對稿是先印出一份原稿的樣張，由校對人員在上面以紅字註記，或是作者本人以紅字註記訂正的文稿，而那時候我找到的校對稿還沒有標上任何紅字，是完全空白的狀態。

那看起來是一份小說，書名也都取好了，但我卻毫無印象。也許是有人委託我寫某位作者的小說書評吧。書籍出版之前，有時候會像這樣閱讀校對稿然後寫一些感想，所以我才這麼想，可是若我寫過感想的話，至少會有一點印象吧。

我在網路上搜尋了書名，卻沒有出現任何結果，也就是說，這應該是還未出版的作品。嗯～到底是什麼呢？

因為實在是太神奇了，所以我在社群網站上寫了一篇貼文，說「出現了一份沒見過的校對稿，好可怕」，令人驚訝的是，作家宮下奈都小姐看了貼文後，回信給我，表示：「那會不會是在《VERY》雜誌上連載的小說？」

遙遠的記憶復甦，我的確曾在那本雜誌上寫過連載，連載結束後，我覺得這部小說不行，和編輯說我想要整體做一些修改，於是拿到了校對稿。那一陣子是最忙的時候，一個月有近三十個截稿期，每天被截稿追得團團轉，結果那本校對稿連碰都沒碰，就沉入了記憶深處。

因為重獲編輯來探詢出版的意願，所以我從頭讀了一遍，然後，我這麼想，「沒辦法修改」——不是我認為沒有需要修改的地方，而是這裡已經沒有我可以插手的餘地了，這樣的形容感覺最接近。

背景是二〇〇四年至二〇〇五年，在這本小說中登場的幾位女性是國高中的同學，年紀是三十中間歲。她們幾個，有幼稚的一面，也有讓人看不下去的部分，感覺有點蠢，不過，不知道現在她們迎接了怎麼樣的五十歲呢？我這麼想。也就是說，那種感覺是，她們是她們，活在一個與我沒有關係的地方。與我沒有關係的人，她們人生的某一段時期，又豈是比她們還要年長許多的我可以動手修改的。

如果真的要修改，那就必須全部重寫，必須改為由她們的「現在」，進入令和時代的現在這個時間點開始書寫，不過這麼一來，書裡的角色也就不再是這三個人了吧。

這是種很不可思議的感覺，在寫作的過程中，登場人物自己動了起來，自己推進故事，我從來沒有經驗過這種事，我總是要勞心勞力地思考，擠出各種點子，來牽動登場人物，所以像這種，登場人物們活在與我不同世界的感覺，我一次也沒有經歷過。而且，以我的情況來說，有太多連載結束之後覺得這部小說不行而進行改造的例子了，但卻不知道為什麼，這本小說我竟無從下手。